dtv

Mit einem verlängerten Wochenende in Amsterdam möchten Stella und Gerry ihren Ruhestandsalltag in Glasgow unterbrechen. Der Kurztrip soll die beiden aufmuntern, sie wollen die Stadt erkunden und etwas für ihre Ehe tun. Sie lieben sich noch und ertragen gegenseitig ihre kleinen Fehler – aber in den vier Tagen treten tiefe Risse in ihrer Beziehung zutage. Und es wird klar, dass Stella einen ganz eigenen Plan verfolgt. Dieser Plan hängt mit einem der bezauberndsten Orte in Amsterdam zusammen, dem Beginenhof, und mit einem Gelübde, das Stella einst getan hat. Gerry dagegen, ehemaliger Architekt, hat weitgehend abgeschlossen mit seinem Leben, in dem der Alkohol eine zu große Rolle spielt. Während ihrer Reise drängt allmählich ein Ereignis aus ihrer gemeinsamen Vergangenheit in Belfast, Nordirland, immer stärker an die Oberfläche, etwas, das ihr ganzes Leben geprägt hat. Am Ende zeigt sich, wie tief der Graben zwischen ihnen wirklich ist.

Bernard MacLaverty, geboren 1942 in Belfast, erhielt u. a. den Scottish Arts Council Book Award, den Lord Provost of Glasgow's Award for Literature und zahlreiche andere Preise für seine Erzählungen, Romane und Drehbücher. Seine Romane ‹Cal› und ‹Lamb – der Ausgeflogene› wurden erfolgreich verfilmt. Bernard MacLaverty lebt mit seiner Familie in Glasgow.

Bernard MacLaverty

Schnee in Amsterdam

Roman

Aus dem Englischen
von Hans-Christian Oeser

dtv

Dieses Buch wurde veröffentlicht mit der
Unterstützung von Literature Ireland.
Die Arbeit des Übersetzers am vorliegenden Text wurde
vom Deutschen Übersetzerfonds gefördert.

**Ausführliche Informationen über
unsere Autorinnen und Autoren und ihre Bücher
finden Sie unter www.dtv.de**

2020 dtv Verlagsgesellschaft mbH & Co. KG, München
Lizenzausgabe mit Genehmigung der Verlag C.H.Beck oHG
© 2018 Verlag C.H.Beck oHG, München
Die Originalausgabe erschien 2017 unter dem Titel
‹Midwinter Break›
bei Jonathan Cape in London.
© Bernard MacLaverty 2017
Umschlaggestaltung: dtv nach einem Entwurf von
Rothfos & Gabler und Chin-Yee Lai
unter Verwendung von Fotos von
George Pachantouris/Getty Images
und Keith Lloyd Davenport/Alamy
Satz: C.H.Beck.Media.Solutions, Nördlingen
(Satz nach einer Vorlage von Fotosatz Amann)
Druck und Bindung: Druckerei C.H.Beck, Nördlingen
Gedruckt auf säurefreiem, chlorfrei gebleichtem Papier
Printed in Germany · ISBN 978-3-423-14770-5

Für all die Enkel

Im Badezimmer machte Stella sich fertig fürs Bett. Gerry hatte den Rasierspiegel so hinterlassen, dass die Vergrößerungsseite nach außen zeigte, und sie prüfte ihre Augenbrauen. Sie befeuchtete die Spitze ihres Zeigefingers und strich beide glatt. Dann wandte sie sich ihren Lidern zu. Das alles hatte sie herzlich leid – die Wattepads, das abgekochte und entkeimte Wasser, die Cremes, den Abfalleimer voller Wattestäbchen.

Sie sagte Gerry gute Nacht, und auf dem Weg zum Schlafzimmer kam sie am Gepäck in der Diele vorbei. Sie stellte das kleine Radio neben ihrem Bett an, um die Spätnachrichten zu hören, und schlüpfte in ihren Schlafanzug. Schnell, denn im Schlafzimmer war es kalt. Sie hielt es für Geldverschwendung, einen Raum den ganzen Tag über zu beheizen, nur um es abends noch einen Moment lang behaglich zu haben.

Bevor sie zu Bett ging, schaltete sie die Heizdecke aus. Hin und wieder war sie eingeschlafen, wenn die Heizdecke noch an war. Wenn Gerry dann zu ihr ins Bett kam, hatte sie sich furchtbar gefühlt und auch so ausgesehen. «Wie verbrutzelter Speck», so seine Beschreibung.

Sie liebte es, diese Stunde für sich zu haben – die Trennung am Ende eines jeden Tages. Ihre Wärmflasche, die Heizdecke, die Stimmen im Radio. Gerry, außer Gefecht, saß in einem anderen Zimmer und hörte mit Kopfhörern Musik. Bestimmt ein Absacker. Oder zwei oder drei. Die Haustür verschlossen, die Fenster verriegelt. Die Wohnung geschützt. In der Stille nach den Nachrichten las sie manchmal noch eine Weile. Das Geräusch des Umblätterns. Das Ausbleiben der Gespräche.

Aber in letzter Zeit war sie zu müde gewesen, um zu lesen oder das Buch auch nur in die Hand zu nehmen. Gebundene Bücher kamen schon gar nicht in Frage. Es gab einen Punkt, an dem sie merkte, wie sie «hinüberglitt». Dann sank ihr Kopf aufs Kissen, ihre Hand stahl sich unter der Bettdecke hervor, um das Buch beiseitezulegen oder das Radio auszuschalten. Die Haushaltspflichten, die Speisepläne, die Einkaufslisten verflüchtigten sich. Die Aufgaben waren solcherart, dass sie um diese Stunde nicht erledigt werden konnten. Sie verbargen sich hinter einem Vorhang, würden sich jedoch im Nu zurückmelden, gleich am Morgen. Und ehe sie sich's versah, schlief sie auch schon tief und fest.

Ihre Schlaflosigkeit, wenn sie sich denn einstellte, befiel sie mitten in der Nacht. Irgendwann zwischen drei und sechs saß sie dann zusammengerollt auf dem Sofa, schlürfte heiße Milch und knabberte an einem Keks. Und dieser Wachzustand hielt stundenlang an. Ob sie nun im Bett lag oder hin und her lief. Dann zeigten ihre Sorgen und Ängste sich überdeutlich. Vergrößert, so wie ihre Brauen im Spiegel. In den frühen Morgenstunden war eine Sorge ein ganz anderes Biest als eine Sorge bei Tageslicht. Und hielt sie wach. Vielleicht würde sie in ein oder zwei Stunden wieder «hinübergleiten», aber eine Garantie dafür gab es nicht.

Plötzlich ohrenbetäubende Musik. Ihre Augen öffneten sich. Was in Gottes Namen …? Sie schloss sie wieder, presste sie zusammen. Vergrub ihr rechtes Ohr im Kopfkissen. Zog die Bettdecke über das andere Ohr. Doch die Musik hämmerte weiter. Was in Gottes Namen war nur los mit ihm?

Gerry saß da und starrte vor sich hin. Der Fernseher war ausgeschaltet, es herrschte Stille. Über seinem Kopf ein Lichtkegel, der den Rest des Zimmers im Dunkeln beließ. Das Sofa hielt er für unangreifbar. Es wies eine Kuhle auf, in die er genau hineinpasste. Alles, was er brauchte, war zur Hand – Lieblingsbücher, Musik- und Filmführer, CDs. Seine Architekturbände standen im Regal seines Arbeitszimmers. Im Bad hatte Stella gerade ihre Zu-Bett-Geh-Routine hinter sich gebracht. Er hörte, wie der Türriegel aufschnappte und sie herauskam.

«Gute Nacht», sagte sie. Sie trat, nach Zahnpasta riechend, ans Ende des Sofas und wedelte, bevor sie zu Bett ging, mahnend mit dem Zeigefinger. «Vergiss nicht, dass wir in aller Frühe aufbrechen.»

Er wartete, bis er die Schlafzimmertür zufallen hörte, dann ging er zum Getränkekabinett und nahm den Kilkenny-Krug heraus. In der Küche füllte er ihn mit Wasser. Wieder im Wohnzimmer, goss er sich einen Whiskey in sein Lieblingsglas und schenkte bis zum Rand Wasser nach. Er mochte das Gewicht von Waterford Crystal, die Schwere – das Getränk fühlte sich substanzieller an, potenter. Er ging wieder zum Sofa und stellte das Glas ins Bücherregal. In diesem Licht leuchtete es golden. Das Regal war niedriger als die Armlehne des Sofas – wenn seine Frau wieder hereinkäme, würde sie das Glas nicht sehen. Nicht, dass er versuchte, es vor ihr zu verstecken – zu allen und jedem sagte er: «Abends, wenn Stella ins Bett geht, nehme ich einen anständigen Schluck und höre Musik.» Aber wenn das Glas außer Sichtweite stand, würde sie die Menge nicht abschätzen können. Ein Glas Wein zu einer Mahlzeit reichte ihr zur Genüge. Und es war gut fürs Herz.

Die Zentralheizung war so programmiert, dass sie sich abschaltete, wenn Stella zu Bett ging. Die Heizkörper knackten beim Abkühlen. Das ganze Haus knarrte, und draußen wehte der Wind. Gerry roch die Blumen auf dem Tisch. Stella hatte Stargazer-Lilien gekauft, und jetzt, bei Nacht, verströmten sie ihren süßen Duft. Er nippte an seinem Drink. Es sah ihr nicht ähnlich, Blumen hinzustellen, die, wenn sie verreist wären, *un-gen**ossen in der Wildnis blühten.*

Er wählte eine CD aus. Seine Kopfhörer waren mit L und R gekennzeichnet, die Buchstaben allerdings schon fast verblichen. Er setzte die Kopfhörer auf. Obwohl die Musik klar und deutlich zu hören war, drehte er die Lautstärke höher. Genießerisch nahm er einen weiteren Schluck, sodass der Pegel im Glas sank. Die Facetten des geschliffenen Glases hatten eine silberne Farbe, der Whiskey eine goldene. Er würde ihn einschläfern, ihm eine gute Nachtruhe bescheren – und am Morgen wäre er gefechtsbereit. Nichts war schlimmer, als schlecht gelaunt in den Urlaub zu fahren. Natürlich würde er, um richtig einschlafen zu können, zwei weitere Whiskeys benötigen.

Wegen der Kopfhörer war er von der realen Welt abgeschnitten, und selbst hier auf dem Sofa fühlte er sich mitunter wehrlos. Jemand mochte sich hinter ihm ins Zimmer schleichen – auch wenn die Haustür verschlossen und sämtliche Fenster verriegelt waren. War das auch so eine Altlast aus Belfast? *Loyalistische Mörderbande tötet pensionierten katholischen Architekten in Schottland.* Er könnte hinterrücks garrottiert werden. Von wegen unangreifbar. Er stellte die Lautstärke noch höher. Ein wunderbarer Klang – schmetternde Hörner und dröhnende Kesselpauken. Den Komponisten und die Musiker beglückwünschte er mit häufigen Schlücken aus seinem Glas. Dann ein grelles Leuchten. Einen Augenblick lang dachte er, es könnte ein Blitz sein – oder eine Explosion.

«Gerry.»

Er sah auf. In der Tür stand Stella in ihrem Bademantel, die Hand am Lichtschalter.

«Entschuldige», rief Gerry über den Lärm der Musik hinweg. «Mein Fehler.» Er sprang auf und riss sich die Hörer vom

Kopf. Das war auch früher schon passiert, doch angesichts der Lautstärke im Zimmer blickte sogar er bestürzt drein.

«Ach du Scheiße.» Er bückte sich und schaltete die Gerätelautsprecher aus.

«Ich weiß nicht, was schlimmer ist – dein Gesichtsausdruck oder dieser Krach», sagte Stella. «Falls du am Ende unbedingt allein leben möchtest, stellst du's genau richtig an.»

«Tut mir leid, hab ich nicht gemerkt.» Im Zimmer wurde es still, bis auf die blechernen Töne, die aus den Kopfhörern um seinen Hals drangen. «Ich wusste nicht …»

«Du wirst noch dein Gehör schädigen. Die Nachbarn werden sich beschweren. Es ist halb eins», sagte Stella. «Und wir müssen in aller Frühe aufbrechen.»

«Alles gepackt?»

«Wovon redest du? Ich habe versucht zu schlafen.»

«Wie lange hast du schon so dagestanden?»

«Eine Minute oder so.»

«Warum hast du nichts gesagt?»

«Du hättest es nicht gehört», sagte sie. «Wollte dich nicht erschrecken, womöglich noch eine Herzattacke. Dann hätte ich niemanden, mit dem ich in den Urlaub fahren kann.»

«Ich komme gleich», sagte er.

Sie ging wieder ins Bett. Er schenkte sich einen weiteren Whiskey ein.

«Nur ein Tröpfchen.»

Aber dann schenkte er gleich noch ein Tröpfchen nach. Zwei Tröpfchen ergaben ein größeres Tröpfchen. Die Welt schien nur «betrunken» und «nüchtern» zu erkennen. Was war mit dem Zustand dazwischen – dem Spektrum, den feinen Abstufungen? Der erste Drink führte zu einer leichten Distanzierung, zu einer Konzentration auf eine andere Welt, zu einem

Herumbügeln um die Hemdknöpfe, einem Glätten von Falten. Stella würde ihn auslachen. «Du hast doch dein Lebtag nicht gebügelt – du würdest dich nur verbrennen. Ganz zu schweigen von dem Hemd.» Aber er hatte oft genug gebügelt, um Bescheid zu wissen. Der spitze Bug, der sich umherschob, der Stoff, der in der Hitze geplättet wurde. Noch mehr Whiskey, und Gerry begann sich in die Lüfte zu erheben. Die Flügel auszubreiten, im Aufwind der ersten beiden Gläser zu schweben. Später löste er, was gebunden, befreite er, was gefangen war. Begann aufmerksamer zu lauschen. Genauer zu sehen. Besser zu lieben. Morgen – sie würden wieder einmal weg sein. Eine Mittwinterreise. Wie privilegiert! Obwohl er sich schon vor Jahren zur Ruhe gesetzt hatte, war sein Leben mit Besuchen von Orten in aller Welt durchsetzt, die nur *anmuteten* wie Urlaubsreisen. Ein Referat hier – ein Vortrag dort. Preisrichter bei Architekturwettbewerben, Empfänger von Ehrungen, Nutznießer von Freiflügen. Und die meiste Zeit bestand er darauf, dass Stella ihn begleitete.

Er erwachte. Es war fast noch stockfinster, aber doch nicht mehr ganz. Sein Mund war trocken, seine Nase kalt. Allmählich gewöhnten sich seine Augen an das Dämmerlicht. Die schwachen Umrisse der aufgezogenen Vorhänge – draußen etwas weniger Dunkelheit. Vermutlich war es zwischen fünf und sieben Uhr. Jedes Mal, wenn er aufwachte, dieselbe dumme Debatte – sollte er aufstehen und ins Bad gehen oder nicht? Er wusste, wenn er es nicht tat, würde er nicht wieder einschlafen. Behutsam schob er das Bettzeug beiseite, setzte sich auf und nahm einen Schluck Wasser. Das Schlafzimmer war wie ein Kühlschrank. Stellas gleichmäßige Atemgeräusche. Er stieg in seine Hausschuhe und stand auf. Plötzlich Kronleuchter in der Dunkelheit. Nur für eine Sekunde. Himmel – er hatte gedacht, damit wäre es vorbei. Lichtspinnen, Funken, Blitze. Vorzeichen eines Schlaganfalls. Er zog die Füße aus den Hausschuhen und legte sich wieder unter die Bettdecke. Es könnte sich auch um etwas anderes handeln. Lag es daran, dass er zu viel trank? Wie viel war zu viel? Er wusste, dass er sich schadete. Zur Jahreswende hatte er den Vorsatz gefasst, auf Alkohol zu verzichten. Aber noch nicht sofort, o Herr, noch nicht sofort.

Als er kürzlich einen Sehtest für eine Ersatzbrille über sich ergehen lassen musste, hatte er seiner Optikerin von den Wunderkerzen erzählt. Seine alte Brille hatte er irgendwo hinter sich liegen lassen, und obwohl er ein Etikett mit seinem Namen und seiner Adresse ins Futteral geklebt hatte, hatte niemand die Großzügigkeit besessen, sie zurückzuschicken. Wem würde sie nützen? Augengläser waren maßgefertigt. Würde jemand *seine* Brille aufsetzen – er würde überhaupt nichts sehen.

«Besser oder schlechter?», hatte die Optikerin gefragt.

«Besser.» Eine andere Linse wurde eingeschoben.

«Besser oder schlechter?»

«Schlechter.»

In jedem Fall noch einmal hundertzwanzig Pfund.

«Wenn Sie bitte das Kinn hier abstützen würden…»

«Auf der Kinnstütze?»

«Ja.»

Der starre Blick in die Augen dieser Frau, die Angst, sie könnte, wo sie doch nur wenige Zentimeter entfernt war, seinen Altmänneratem riechen. Der Anblick seiner eigenen Netzhautadern wie blutrote Winterbäume. Das Déjà-vu-Erlebnis Beichtstuhl – gedämpftes Licht, die Nähe des lauschenden Gesichts. Wann war dein letzter Augentermin, mein Kind? Allein oder mit anderen? Besser oder schlechter?

Die Optikerin wies seine Sorgen wegen der Kronleuchter

zurück – die hat in Ihrem Alter jeder, sagte sie. Das kommt, wenn man zu schnell aufsteht.

Er musste noch immer ins Bad. Aufstehen, diesmal langsam – kein nennenswertes Feuerwerk –, davonschlurfen, die Tür finden. Er wusste, wie er sich bei dieser Finsternis in seinen eigenen vier Wänden zu bewegen hatte. Den Knauf so drehen, dass er nicht klickte und Stella weckte. Die gepackten und reisefertigen Koffer vermeidend, ging er die Diele entlang. Im Badezimmer war es so kalt, dass es schmerzte. Normalerweise war die Heizung so programmiert, dass sie um acht Uhr ansprang. Aber die werte Dame hatte sie bestimmt abgestellt, weil sie verreisen würden. Schließlich war es sinnlos, die Wohnung zu heizen, nur damit Einbrecher es angenehm hatten. Frühstück im Mantel, und aus dem Tee steigt ein Nebeldunst. Während er sich in die Toilettenschüssel entleerte, hielt er die Augen geschlossen und versuchte, soweit es möglich war, weiterzuschlafen. Sein Arzt würde ihm womöglich eine andere Geschichte erzählen. «Ja, Lichtspinnen sind unweigerlich Vorboten eines Hirnschlags. Auch Hypochonder sterben, wissen Sie.»

Er betätigte die Spülung und ging durch die Diele zurück. Aus dem Arbeitszimmer drang ein schwacher Lichtschein. Es war dunkel bis auf die blinkenden bunten Lämpchen des Routers und der verschiedenen Zusatzgeräte. Wie auf einem Rummelplatz. Seite an Seite wurden ihre Handys aufgeladen. Als er eben den ersten Schlaf genoss, musste Stella noch einmal aufgestanden sein. Er setzte sich vor den Bildschirm. Sie hatte im Internet etwas recherchiert und den Computer nicht richtig ausgeschaltet. Sie war nicht geübt darin, ihre Spuren zu verwischen. Auf dem Bildschirm war, eingeblendet in einen von Bäumen gesäumten Rasen und Häuser im Sonnenlicht, ein unaussprechlicher Name zu lesen. In der Rasenmitte eine religiöse Statue. Sah ein bisschen aus wie das heilige Herz Jesu. Darunter die Worte: «*Mitunter kann es schwierig sein, das Tor zu finden, doch wenn du es findest, schreite hindurch, und du wirst dich wiederfinden in einer anderen Welt.*»

Da sie verreisen würden, fuhr er den Computer herunter. Dann war alles kalt und dunkel. Er fröstelte und erhob sich vom Stuhl.

Im Schlafzimmer langsame, gedehnte Atemzüge. Er ging um das Bett herum auf seine Seite. Während seiner Abwesenheit war sie in die Bettmitte gerutscht. Die warme Höhle, und in ihrem Zentrum lag weich der Mensch. Seine Kopfkissen schienen sich ganz natürlich in die Einbuchtung zwischen seiner Wange und seiner Schulter zu schmiegen. In der Höhle duftete es nach Watte. Er passte sich ihrer Körperform an. Ihre Ferse an seinem Spann, Knie und Kniekehle, Hinterteil und Schoß. Sie waren wie weiche, ineinandergestellte Stühle. Ihr gleichmäßiger Atem stockte vorübergehend. Sie hatte seine Ankunft bemerkt, und sanft schmiegte sie sich dichter an ihn. Er reagierte, indem er den Arm um sie legte. Das Oberteil ihres Schlafanzugs war hochgerutscht, und mit seinen mittlerweile kühlen Fingern berührte er aus Versehen die Narbe an ihrem Bauch. Hohl wie ein zweiter Nabel, eine Art Grübchen. Eine weitere, dazu passende Narbe auf dem Rücken. Sie war vorne und hinten gezeichnet.

«Rück mal ein Stück», sagte sie.

Beide gingen sie in der Wohnung auf und ab und hielten Ausschau nach dem Taxi. Es war ein großer viktorianischer Wohnblock mit Deckenrosen aus Stuck und Eierstab-Zierleisten. Als sie eingezogen waren, hatte Gerry gesagt, die Decken seien hoch genug, um Giraffen zu halten. Das Haus war an einer

Kreuzung erbaut worden, sodass es auf gleich zwei Straßen blickte. Es gab einen kleinen, schmalen Garten mit Sträuchern und grünem Bodenbewuchs entlang des Einfassungszauns. Von ihren Waldspaziergängen hatte Stella Pflanzen mitgebracht – sie fand nichts dabei, einen Suppenlöffel und eine Plastiktüte bei sich zu führen. Ein Büschel Schneeglöckchen war eben herausgekommen. Später würden importierte Hasenglöckchen und Narzissen blühen.

Gerry stand im Schlafzimmer und studierte die transparente Riss-Messlehre, die zu beiden Seiten eines Spalts an der Wand fixiert war. Es hieß, infolge alter Bergbautätigkeit sinke das Gebäude allmählich ab. Dort, wo sich die Innenwände relativ zu den Außenwänden bewegt hatten, gab es normale Setzrisse. An solchen Stellen hatte die Tapete sich gewellt und Falten geschlagen. «Ein bisschen so wie wir», hatte Stella gesagt. «Nicht nur Hunde sehen aus wie ihre Besitzer.» Nachts hörte man zwischen der Wand und dem Fensterbrett gelegentlich Mörtel rieseln. Morgens sah man zuweilen Schornsteinschutt und Ruß auf den gekachelten Kaminböden.

«Und?» Stella kam ins Schlafzimmer. «Schon was zu sehen?»

«Keine Rissbewegung. Sieh selbst.» Er deutete auf die Messlehre.

«Ich meinte das Taxi. An dem Ding könnte ich nicht einmal ablesen, ob's ein Erdbeben gegeben hat oder nicht», sagte Stella.

«Hast du die Pässe oder ich?»

«Alles in deiner Umhängetasche», sagte sie. «Wo du sie hingetan hast.»

Das Taxi hatte sich bereits sechs Minuten verspätet.

«Wenn ich zu irgendeinem langweiligen Architektentreffen müsste, würde es fünf Minuten zu früh kommen.»

«Beruhige dich, Gerry.»

Er fischte den Inhalt der Umhängetasche heraus und legte, während sie ihm zusah, alles aufs Bett. Sein Handy, die Pässe, die Flugtickets, seines und ihres, Scheckkarten, Medikamente. Sie wiederum überprüfte ihre Lederhandtasche: Reisenecessaire, Portemonnaie, Augentropfen, eine halbe Tüte Werther's Original, die Brieftasche mit Familienfotos, ihr Filofax, ihr Handy.

«Himmel – das Filofax?» Gerry verdrehte die Augen.

«Wegen der Telefonnummern», sagte sie.

«Wen kennen wir denn in den Niederlanden?» Sie ignorierte ihn und wühlte weiter in den Tiefen ihrer Handtasche.

«*Hier* kennen wir Leute. Aber nicht ihre Telefonnummern. Notfälle kann es immer geben. Hast du an dein Shampoo gedacht?»

«Und an den Conditioner. Alles abgemessen. Jeweils fünfundzwanzig Milliliter. Schuppenfreier Terrorismus.»

«Wie viel darf man mitnehmen?»

«Hundert.»

Er trug einen roten Angoraschal, den er vor dem Hals geknotet hatte. Er betrachtete sich im Ganzkörperspiegel.

«Jemand meinte, damit sähe ich flamboyant aus.»

«Wer?»

«Ich mag flamboyant nicht.»

Er ging zur Garderobe und fand einen marineblauen Schal. Wieder im Schlafzimmer, betrachtete er sich erneut.

«Auf halbem Weg zwischen flamboyant und langweilig», sagte er.

Stella hielt ihn auf Armeslänge.

«Du könntest einen anderen Knoten versuchen. Vielleicht einen Oxford-Knoten.»

«Haben Knoten Namen?»

«Spleißknoten? Zimmermannsstich?»

«Das ist die Sprache der Baustelle.» Sie löste den Knoten und fing an, einen anderen, ausgefalleneren zu binden.

«Ich kann ihn an dir nicht binden – nur an mir selbst.» Sie drehte Gerry zum Spiegel und stellte sich auf Zehenspitzen hinter ihn.

«Ein bisschen tiefer», sagte sie und drückte auf seine Schultern. Er beugte die Knie und verharrte in dieser Stellung, bis der Knoten gebunden war.

«Über die Sprache der Baustelle weißt du alles, was es zu wissen gibt, Gerry.»

«Das ist mein verdammter Beruf.» Er begann an dem Schal herumzunesteln, zog am längeren Ende, und der Knoten fiel auseinander. Er band ihn so, wie er es immer tat.

«Ganz, wie du willst», sagte sie und wandte sich ab.

«Ich werde beim Taxiunternehmen anrufen.» Er ging in sein Arbeitszimmer und hob den Hörer.

Da hörte er ein Staubsaugergeräusch. Er spähte in die Diele. Stella schob den Handstaubsauger auf dem Teppichboden hin und her. Sie sah, wie er den Kopf herausstreckte.

«Das Taxi ist auf dem Weg, Sir», rief sie.

Die Stimme am anderen Ende der Leitung sagte: «Das Taxi ist auf dem Weg, Sir.»

«Danke.» Gerry legte den Hörer wieder auf die Gabel. «Was machst du da?»

«Da war nur ein bisschen schwarzes Ich-weiß-nicht-was.» Sie nickte zum Teppich hin. «Das sagen sie jedes Mal.»

«Was?»

«Das Taxi ist auf dem Weg, Sir.»

«Dann willst du also, dass es, wer immer einbricht, nett hat?»

Stella machte dem jaulenden Geräusch ein Ende und wickelte die Schnur auf. Sie ging ins Wohnzimmer und kam mit einer schwarzen Plastiktüte in der einen Hand und dem Strauß Stargazer-Lilien in der anderen wieder heraus. Sie stopfte die Blumen in die Tüte und band diese oben zu.

«In den Müll damit», sagte sie. Gerry tat, wie ihm geheißen. Dann trat er noch einmal ans Fenster, um hinauszuschauen.

Das Taxi setzte sie Meilen vor dem Hauptterminal ab. Als sie den Fahrer nach dem Grund fragten, sagte er: «Vorschriften. Seit dem Autobombenanschlag auf den Flughafen.»

Er hob den großen Koffer aus dem Kofferraum und stellte ihn vor Gerry ab. Stella nahm ihren entgegen, und sie zogen gleichzeitig die Griffbügel heraus. Dann machten sie sich auf den Weg, hinter sich die stöhnenden Rollkoffer. Der Riemen der Umhängetasche schnitt wie ein Käsedraht in Gerrys Schulter. Sie näherten sich dem Hauptterminal, der von Pollern aus Edelstahl geschützt wurde.

«Das muss Millionen gekostet haben», rief Gerry über den Lärm der Rollkoffer hinweg. «Was hindert einen Motorradbomber daran, zwischen den Pollern hindurchzufahren?»

Am Haupteingang rauchten drei oder vier Leute hinter einer Hecke aus Plastik. Verbannt wie Aussätzige. In der Abfertigungshalle studierte Stella die Monitore, dann reihten sie sich in die richtige Warteschlange ein. Jedes Mal, wenn die Schlange vorrückte, schoben sie mit den Füßen ihr Gepäck weiter.

«Es wird schon nicht ohne uns abfliegen», sagte Stella zu ihm.

«Sei dir da nicht zu sicher. Jeder hier hat mehr Gepäck als Verstand.»

Schließlich hatten sie die Sicherheitskontrolle hinter sich – nachdem ein Mitarbeiter Gerrys Shampoo und Conditioner in eine Tonne geworfen hatte. Flüssigkeiten in offenen Behältern seien nicht erlaubt, sagte er. Um sich zu beruhigen, tranken sie einen Kaffee.

«Haben sie was zu deinem Grabelöffel gesagt?»

«Den hab ich doch nicht die ganze Zeit dabei. Nur auf Spaziergängen.»

Sie passte auf das Gepäck auf, und Gerry zog los, um sich im Duty-free-Shop umzuschauen. Nichts als Parfüm. Und Werbung für Parfüm. Es stank geradezu nach dem Zeug. Schlanke, schwarz gekleidete junge Frauen erboten sich, Proben auf hingehaltene Handgelenke zu sprühen. Gerry lehnte ab.

Er kam zur Spirituosenabteilung. Stella hatte ihn gewarnt, ja nichts zu kaufen. In Amsterdam werde eine Flasche seines irischen Lieblingswhiskeys weniger kosten, hatte sie gesagt. Freund des Reisenden, das war seine Umschreibung für Whiskey. Weil er einem Mann beim Einschlafen half. Aber was den Kauf von Alkohol in Amsterdam betraf, gab es zu viele Unwägbarkeiten. Verkaufte man ihn in Supermärkten? Gab es konzessionierte Geschäfte? Vielleicht ging es ja so zu wie in Norwegen oder Kanada, und man musste einen der staatlichen Spirituosenläden aufsuchen, die, wenn er sich recht erinnerte, nur während der Bürostunden geöffnet waren. Am besten besorgte er sich den Whiskey gleich jetzt und hier, wo er erhältlich war. Er versuchte eine Flasche Jameson zu erstehen, aber die Kassiererin verlangte seine Bordkarte. Er nahm Abstand von dem Kauf und stampfte wütend zu der Sitzgruppe, wo Stella saß.

«Was ist?», fragte sie.

«Die wollen meine Bordkarte.»

«Wer?»

«Ich weiß nicht, wie sie heißt. Deirdre aus Airdrie.»

«Besorgst du mir Werther's – wenn du dir's merken kannst?»

Er holte seine Bordkarte hervor und nahm für alle Fälle seinen Reisepass mit. Die Verkäuferin schob die Flasche in einen weißen Netzschlauch, bevor sie sie in den Plastikbeutel legte.

«Wieso mussten Sie meine Bordkarte sehen?»

Die Verkäuferin lächelte. Sie tippte den Kauf ein und reichte ihm den Beutel.

«Vorschriften.»

Es verunsicherte ihn, zusammen mit anderen Männern vor den Urinalen zu stehen – er bevorzugte Kabinen. Um sich die Hände waschen zu können, stellte er die Flasche Whiskey ab. Selbst in dem Plastikbeutel machte sie ein klirrendes Geräusch auf dem Marmorboden. Der Händetrockner hatte ein neues Design und war erstaunlich effizient – ein tosender Turbinenlärm, der ihn erschreckte. Die Haut auf seinen Handrücken kräuselte sich.

Ein Mann mit einem kleinen Jungen kam herein. Gerry beobachtete sie im Spiegel. Der Vater steuerte auf die Urinale zu, und das Kind wollte ihm folgen.

«Du bleibst da stehen», sagte der Vater. Der Junge gehorchte. Doch kurz darauf stellte er sich unter die Händetrockner und setzte augenblicklich einen davon in Gang. Heulend blies das Gerät heiße Luft auf seinen Kopf. Seine Haare flogen und flatterten, und der kleine Kerl schrie vor Angst. Er wusste nicht, wohin er flüchten sollte. Gerry tat einen Schritt vor.

«Alles gut, alles gut!», brüllte der Vater über den Krach hinweg. Doch die Panik des weinenden Jungen, der wie am Spieß schrie, war mit Händen zu greifen. Gerry ging in die Hocke, um auf Augenhöhe zu sein, legte einen Arm um das Kind und gab ihm einen Klaps auf den Rücken, während der Vater sein Geschäft beendete. Doch der Junge wand sich seinem Papa entgegen. Der lächelte und hob ihn auf – berührte seinen Scheitel, um zu fühlen, ob er heiß war. «Schon gut. Du hast einen Schreck gekriegt. Es war nur das laute Geräusch.» Gerry machte ein mitfühlendes Gesicht.

«Ach, der arme kleine Wicht», sagte er. Dann zum Vater: «Habe selbst einen in dem Alter. Einen Enkel. Man kann sie gar nicht genug beschützen.»

«Es geht schon wieder, nicht wahr, mein Junge?», sagte der Vater und beugte sich von ihm weg. Das Kind hörte auf zu weinen, war jedoch betrübt und verlegen, in einer Toilette voll erwachsener Männer im Mittelpunkt der Aufmerksamkeit zu stehen. Als sie zur Tür hinausgingen, kuschelte er sich an den Hals seines Vaters.

Bei WH Smith's kaufte Gerry eine Rolle Werther's Original. Er würde Stella vorgaukeln, die Bonbons vergessen zu haben. Und sie kurz vor dem Start überraschen.

In der riesigen Abfertigungshalle verschränkte Gerry im Gehen die Hände auf dem Rücken. Er blickte zur Decke des neuen Anbaus empor.

«Hallo», sagte er, als er sich neben Stella setzte.

«Was hast du gekauft?»

«Den Freund des Reisenden.» Sie verdrehte leicht die Augen.

«Was ist mit den Werther's?»

«Hab ich vergessen.»

«Dich sollte man losschicken, um Sorgen mitzubringen. Die würdest du zum Glück auch vergessen.»

«Reicht dir, was du hast?»

«Der Rest einer Tüte.»

Gerry streckte die Hände hinter den Kopf. Er erzählte ihr von dem Kleinkind und dem Händetrockner.

«Designer und Architekten sollten ihre Verantwortung für solche Dinge ernst nehmen», sagte er. «Es ist einfach schlechtes Design und sollte nicht vorkommen.»

«Der arme kleine Kerl», sagte sie immer wieder.

«Ich habe ihn im Arm gehalten, solange sein Vater noch am Porzellan zu tun hatte.»

«Zu viel Information», sagte Stella. «Jetzt bist du an der Reihe, die Stellung zu halten.»

«Dann kann ich mir ja die Zeit vertreiben», sagte Gerry. «Wo ist die Zeitung?»

Sie deutete auf die Zeitung, stand auf und schlenderte davon. Er folgte ihr mit den Blicken. Sie ging zum Duty-free-Bereich. Am anderen Ende des riesigen Areals wirkte sie winzig. In der Architektur ging es um die Größe der Dinge in Relation zum Menschen. Er schlug die Zeitung auf und begann zu lesen.

Schneller als erwartet kam sie zurück.

«Da steht *Boarding*.» Zehn oder fünfzehn Minuten lang liefen sie die mit Teppich ausgelegten Korridore entlang. Stella sagte: «Wenn du unseren Eltern erzählt hättest, dass man meilenweit Teppichboden verlegt – sie hätten dir nicht geglaubt.»

Das Flugzeug stand mit dröhnenden Turbinen auf der Rollbahn und wartete auf die Starterlaubnis. Gegen Starten und Landen hatte Stella eine besondere Abneigung – dieses Beschleunigen, um die nötige Geschwindigkeit zu erreichen, das Abheben vom Boden und dann, am Ende des Fluges, der dumpfe Aufschlag des tonnenschweren Flugzeugs, wenn es mit der Erde in Berührung kam. Die Art, wie die Tragflächen bebten und sich öffneten, als würden sie zerbrechen, gefolgt vom Gebrüll der Schubumkehr. Jetzt schloss sie die Augen und umklammerte die Armlehne. Gerry legte seine Hand auf ihre. Um sie zu beruhigen, trommelte er einen kleinen Rhythmus auf ihren Handrücken.

«Was ist das denn?», fragte Gerry.

«Armbänder.»

«Wo hast du die her?»

«Aus dem Duty-free.»

«Und was sollen die bewirken?»

«Verhindern, dass mir übel wird.»

«Wie?»

«Druckpunkte.» Sie zeigte ihm einen weißen Knopf, der die Innenseite ihres Handgelenks berührte. «Er drückt hier drauf – nahe der Pulsstelle –, verhindert Übelkeit. In der Vergangenheit hat das bei mir funktioniert. Auf Fährschiffen. Weißt du noch?»

«Hör zu, ich fliege seit Jahren und habe noch nie gesehen, dass sich jemand übergeben hätte. Einmal nur war da ein Kind – vermutlich war es vor dem Einstieg mit schlechten Austern und dubiosem Stout abgefüttert worden. Du tätest besser daran, den Rosenkranz zu beten. Für eine besondere Intention.»

«Und die wäre?»

«Lieber Gott, lass mich auf diesem Flug nicht kotzen.»

Stella lächelte und sagte: «Früher haben wir, wenn wir zu Tanzveranstaltungen gefahren sind, im Auto den Rosenkranz gebetet.»

«Habt ihr nicht!»

«Der Fahrer war viel älter als wir, aber freundlich. Hat uns gegen Fahrkostenbeteiligung mitgenommen. Während der Fahrt hat er den Rosenkranz herumgereicht.»

«Arme geile Burschen fahren zu einem Tanzvergnügen, zahlen gutes Geld, hoffen wie wild auf etwas ganz Bestimmtes, und auf dem Weg dahin betet ihr den Rosenkranz?»

«Irland in den Fünfzigern.»

«Ist keiner von euch schlecht geworden?»

«Nicht einer.»

«Dann tätest du also viel besser daran, den Rosenkranz zu beten, statt dein Geld für blödsinnige Armbinden zu vergeuden...»

«Armbänder. Armbinden sind für Ordner oder Sanitäter.»

Gerry holte die Rolle Werther's hervor.

«Für den Start etwas Süßes gefällig, Madame?»

«Du hast gesagt, du hättest sie vergessen.» Sie zeigte ihm eine andere Rolle. «Also hab ich mir selbst welche gekauft.»

«Du bist so gut organisiert.» Gerry steckte die Süßigkeiten wieder in die Tasche.

Der Motorenlärm nahm zu, und das Flugzeug schoss die Startbahn entlang, sodass sie in ihre Sitze gedrückt wurden. Dann verstummte das Rumpeln des Fahrwerks unter ihnen.

«Wir sind in der Luft.»

Stella lächelte und schlug die Augen auf.

«Hast du dir ein Buch mitgenommen?»

«Ich bin im Urlaub.»

Sie kuschelte sich wieder in ihren Sitz.

«Ich freue mich richtig auf Amsterdam», sagte sie. «Es gibt da ein paar Dinge, die ich tun möchte.»

«Zum Beispiel?»

«Das ist meine Sache.»

Gerry johlte, als enthalte ihr Satz etwas Mysteriöses.

«Ich auch.»

«Dann brauchen wir sie ja nicht unbedingt gemeinsam zu erledigen.» Sie setzte ein übertriebenes Lächeln auf.

«Warum sind wir nicht in eine wärmere Gegend geflogen?», fragte er. «Zum Beispiel in eine nahe Hemisphäre?»

«Zu viel Aufwand.»

Das Flugzeug stieg höher und begann zu rütteln, als es die Wolkendecke erreichte. Wieder legte er seine Hand auf ihre.

«Wie kommt's, dass du schon mal in Amsterdam warst und ich nicht?»

«Eine Konferenz. Mit Lehrern.»

«Wann war das?»

Sie zuckte die Achseln.

«Ich glaube, in den Achtzigern. Jedenfalls dachte ich, es würde mir guttun. Die Erinnerung aufzufrischen.»

«Ein sehr durchdachtes Konzept. Storyboarding.»

«Was meinst du damit?»

«Vorausplanen. Eine Strategie entwerfen. Wie du alles geregelt haben willst.»

«Storyboarding?»

«Ein Begriff aus der Filmbranche. Die zeichnen zunächst Comics, Einzelbilder – erst danach filmen sie. Eine Methode, um präzise darzustellen, wie sie vorgehen wollen.»

«Das Wort gefällt mir», sagte Stella.

Es war kein langer Flug. Stella löste zwei Kreuzworträtsel. Beide kryptisch. Eines in der Morgenzeitung, das andere – gefaltet in ihrem Filofax – aus der Sonntagszeitung ausgeschnitten. Sie hatte eine Theorie über Kreuzworträtsel: dass sie sie noch im hohen Alter geistig fit halten würden. Liegestütze fürs Gehirn, nannte sie sie.

Das Flugzeug schwenkte in die Anfluggrundlinie, und unter sich konnten sie Amsterdam sehen.

«Letztes Mal war Sommer», sagte Stella. «Wir sind über Tulpenfelder geflogen. Von der Luft sahen sie aus wie frisch geöffnete Dosen Plastilin. Reihe um Reihe. Alle in Primärfarben.»

«Jetzt sieht's ziemlich grau aus.»

«Falls es regnet, hätte ich nichts gegen ein Nickerchen, wenn wir im Hotel sind.»

«Mitten am Tag?»

«Letzte Nacht habe ich herausgefunden, was schlechter Schlaf ist.»

«Was denn?»

«Wach liegen. Du und deine Musik», sagte sie.

«Zu Hause legst du dich nachmittags nie ins Bett.»

«Anderswo ist anders.»

Der erste Geruch im Flughafengebäude war der von Blumen. Hyazinthen im Januar. Nachdem sie die Wechselkurse studiert hatte, zog Stella ein paar Euronoten aus dem Geldautomaten. Der Automat gab nur große Scheine aus, und sie schnalzte missbilligend mit der Zunge. Die Hälfte der Scheine gab sie Gerry, der sie in seine Brieftasche schob. Als sie sich auf den Weg zum Bahnhof machten, zeigte Gerry auf ihre Armbänder.

«Die Dinger kannst du jetzt abziehen.»

«Die halten mich hübsch warm.» Stella blickte zu der riesigen Anzeigetafel auf.

«Schau mal.»

«Was?»

«Europa», sagte sie. «Stellen sich dir da nicht die Nackenhaare auf? Auf ein und derselben Landmasse zu stehen? Rom, Warschau, Berlin, Prag, sogar Moskau. Man könnte in einen Zug steigen ...»

«Lass uns erst einmal nach Amsterdam kommen.»

Mit einem Rauschen und einem Klappern der einzelnen Blättchen wurde die Anzeigetafel aktualisiert, die ganze Anlage erzitterte, und im Nu sprangen sämtliche Informationen eine Zeile höher.

«Doppelstockzüge», sagte Gerry.

«Manchmal bist du ein richtig kleiner Junge.»

Sie fanden Sitzplätze in einem leeren Abteil und machten es sich bequem.

«In welche Richtung fahren wir?»

Gerry deutete nach vorn. Stella wechselte den Platz.

«Du bist eine vorausschauende Frau.»

«Schon immer gewesen.»

Der Zug fuhr an und verließ das Flughafengebäude. Es war grau und regnerisch. Stella streifte die Armbänder von den Händen und legte sie in ihre Handtasche.

«Wir sollten in ein Taxi springen», sagte sie. «In der Bahnhofsgegend kann es ein bisschen unappetitlich werden. Letztes Mal mussten wir unsere Koffer zwischen Fixern und anderen gescheiterten Existenzen hindurchschleppen. Zu einer Zeit, als es noch keine Koffer mit Rädern gab.»

«Bisher ist alles viel zu glattgegangen», sagte Gerry. «Ein schlechtes Omen.»

In der Centraal Station kreuzten gurrende Tauben ihren Weg und trippelten schneller, um einen Zusammenstoß zu vermeiden. Gerry blieb stehen, um sie genauer zu betrachten.

«Hast du jemals ihre Füße angeschaut?» Stella schüttelte den Kopf, nein. «Die sind fast alle verkrüppelt. Im Hauptbahnhof von Glasgow genau dasselbe. Winzige geballte rote Fäuste, fehlende Krallen – die laufen auf den Knöcheln …»

«Stimmt», sagte Stella. «Hab ich vorher noch nie gesehen. Die armen Dinger.»

Zwei der Vögel flogen vor ihnen auf, und sie spürten den Windstoß der Flügel, als sie vorüberflatterten. Gerry duckte sich, weil er an Krankheitserreger denken musste.

Gerry bezahlte den Taxifahrer. Stella zauberte einen Schirm aus dem Nichts und ging durch den Regen voran ins Hotel, wobei sie ihren Kabinenkoffer die Treppe hinauf zu der großen Drehtür hievte. Der Angestellte, bei dem sie eincheckten, sprach gut Englisch.

«Vielleicht möchten Sie getrennt ausgehen?»

Als Zimmerschlüssel erhielten sie zwei Plastikkarten. Der Portier griff nach ihren Koffern, aber Gerry sagte: «Schon gut – das schaffen wir schon.»

Die Fahrstuhltür glitt zu, und Gerry konsultierte den kleinen Papierumschlag, der seine Schlüsselkarte enthielt.

«Drei neun sechs», sagte er.

Sie drückte auf den Knopf, und als sich der Lift in Bewegung setzte, küssten sie sich. Es war eine Gewohnheit, die sie angenommen hatten: sich, wenn sie allein in einem Aufzug waren, flüchtig zu küssen. Zwischen den Etagen.

«Es ist so peinlich – jemanden zu einem Lakaien zu machen.»

«Gerry, das ist sein Job.»

«Und dann noch das Trinkgeld. Er hat herumgestanden und auf ein Trinkgeld gehofft.»

Auf ihrer Etage folgten sie den Pfeilen zu der Zimmernummer. Gerry schob die Plastikkarte ins Schloss und zog sie wieder heraus. Im Zimmer war es dunkel, weil die Vorhänge zugezogen waren. Er steckte die Karte in den Card-Schalter neben der Tür und sprach mit dröhnender gottgleicher Stimme: «Es werde Licht.»

Der Fernsehbildschirm hieß sie namentlich willkommen.

«*Das Hotel Theo wünscht Ihnen einen angenehmen Aufent-halt. Sagen Sie uns bitte Bescheid, wenn wir etwas für Sie tun können.*»

«Ein Gratisdrink wäre nett», sagte Gerry.

Als Erstes ging Stella zum Fenster und zog die dunklen Vorhänge auf. Sie hob die Stores an. Ihr Zimmer ging auf den Innenhof des Hotels. Gegenüber Fenster, senkrecht und waag-recht, wie bei einem Kreuzworträtsel. Gerry stellte sich zu ihr, legte ihr seine Arme um die Taille und blickte über ihre Schul-ter. Unter ihnen ein flaches Dach.

«Schau dir bloß diesen Regen an», sagte Stella. Auf dem nassen Dach lagen eine leere Gauloises-Schachtel und ein Kin-derspieleimer aus Plastik.

«Na, wunderbar», sagte Gerry.

Stella stellte den großen Koffer auf das breite Doppelbett. Als sie den Deckel anhob, liefen Regentropfen auf die Tages-decke. Sie begann auszupacken. Gerry ging um das Bett her-um und legte sich der Länge nach auf die gegenüberliegende Seite.

«Perfekt», sagte er. «Hart wie eine Piste aus Ziegelsteinen. Weiche Betten sind eine Gefahr für meinen Rücken.»

«Gefällt er dir?»

Sie hielt eine Zellophanpackung von Marks & Spencer in die Höhe.

«Was ist das?»

«Ein neuer Schlafanzug.»

«Schwarz?»

«Wie die Sünde.»

Er zog eine Augenbraue hoch und blickte zu ihr auf.

«Warum das denn? Glaubst du etwa, das törnt an – so wie mit einem Priester zu schlafen?»

«Normalerweise sind Priester selbstständig genug, um sich ihre Schlafanzüge selbst auszusuchen.»

Stella schälte den Pyjama aus seiner Verpackung. Sie warf sie in den Papierkorb und schob den Pyjama unter das Kopfkissen. Das zusammengeknautschte Zellophan knisterte leise im Papierkorb bei dem Versuch, seine Form wiederzugewinnen.

Sie reichte Gerry die Fernbedienung.

«Such mal nach englischsprachigen Nachrichten.»

Er begann zu zappen und verfolgte die Veränderungen auf dem Bildschirm, hörte das Gewirr europäischer Sprachen. Dann endlich kam BBC News. Ein Reporter an einem Strand interviewte einen Mann, der von einem schwankenden und überfüllten Boot an Land gekommen war. Der Migrant sprach nur gebrochen Englisch, konnte sich jedoch recht gut verständlich machen. Hinter ihm eine Frau mit einem Baby im Arm. Der Reporter endete mit einem Achselzucken. «Um dem Krieg zu entfliehen, wechselt ein Mann mit Frau und kleinem Sohn die Länder.»

«Und so geht es immer weiter», sagte Stella. Sie trug ihr Reisenecessaire ins Badezimmer. In einem Spiegel gegenüber der Tür konnte Gerry ihr Spiegelbild sehen. Sie riss das gefältelte Papier von einem Stück Seife ab und atmete den Duft ein. «Hier drinnen werde ich mir den Luxus von ein oder zwei Bädern gönnen», rief sie. Sie holte ihre Plastiktüte mit Cremes, Tuben und Augentropfen hervor und breitete die Gegenstände auf einer Ablage aus.

Gerry lag noch mit den Schuhen auf dem Bett, als sie wieder ins Zimmer kam. Sie schleuderte ihre Schuhe von sich und kroch neben ihm auf die Tagesdecke. Ihrer Handtasche entnahm sie einen Amsterdam-Führer und begann ihn kurz zu überfliegen. Ein Restaurant rühmte sich «robuster Eintopfgerichte». Sie versuchte es auf dem Stadtplan zu finden, schlief jedoch darüber ein.

Stella wachte von einem Klopfen auf. Ihre Armbanduhr verriet ihr, dass sie viel zu lange geschlafen hatten.

«Wer ist da?»

Sie öffnete die Tür. Zwei schüchterne junge Frauen in Uniform. Sie lächelten, und die, die der Tür am nächsten stand, sagte etwas auf Holländisch.

«Englisch?», fragte Stella.

«Wohlfühlservice», sagte eine der Frauen.

«Danke», sagte Stella. «Das können wir selbst besorgen.»

«Pralinés?» Die Frau, die weiter weg stand, hielt ihr eine Schale mit winzigen, in Goldpapier eingewickelten Riegelchen hin. Stella hatte noch den Amsterdam-Führer in der Hand. Unbeholfen nahm sie mit der Linken eine Handvoll Pralinen und nickte ein Dankeschön. Mit der Schulter drückte sie die Tür zu.

«Wir haben soeben ein Wohlgefühl ausgeschlagen», sagte Gerry lachend. «Jedenfalls noch mehr Unterwürfigkeit. Darf ich Ihnen den Koffer abnehmen, Sir? Darf ich Ihr Bett aufdecken, Sir? Darf ich Ihnen Pralinen anbieten, damit Ihre Zähne verfaulen, Sir?»

Sie hörten, wie an einer Tür weiter unten im Gang angeklopft wurde und das ganze Blabla in der Ferne von Neuem anhob. Diesmal auf Holländisch.

Um sieben Uhr zogen sie Mäntel und Schals an.

«Hast du deinen Plastikschlüssel?», fragte Stella.

«Ja.»

«Wenn du die Karte aus dem Ding herausziehst, gehen sämtliche Lichter aus.»

«Dein Abschluss in Elektrotechnik leistet dir gute Dienste.»

Sie fuhren mit dem Fahrstuhl nach unten und küssten sich mit spitzen Lippen. Stella fragte den Mann an der Rezeption nach einem guten Restaurant in der Nähe. Preiswert.

«Mögen Sie's gern asiatisch, scharf?», fragte der Mann. «Taiwan?»

Beide nickten. Unter dem Tresen holte er ein einzelnes Blatt mit einem Stadtplan hervor und markierte das Restaurant mit einem X.

«Wie heißt das Lokal?», fragte Stella. Der Empfangschef zuckte mit den Achseln. Die dreifache Übersetzung überstieg seine Fähigkeiten. Englisch, Holländisch, Taiwanisch.

«Ist guuut», sagte er und lächelte. Sie dankten ihm und wandten sich ab. Gerry flüsterte Stella zu: «Der beste Stadtplan nützt dir nichts, wenn du deinen Standort nicht kennst.» Sie drehte sich wieder um und sagte zum Empfangschef: «Hotel?» Und er malte ein weiteres X auf das Blatt.

«Sorry», sagte er.

Draußen hatte es aufgehört zu regnen, aber es war bitterkalt. Sie spazierten die nächtlichen Kanäle entlang, und um es wärmer zu haben, hakte sie sich fest bei ihm unter. Das gekräuselte Wasser schimmerte von Lichtern. An der Unterseite der Brücken waren Lichterketten angebracht, die zusammen mit ihren Spiegelungen Reifen bildeten. Hier und da knuffte sie ein eisiger Wind und verdüsterte das Wasser. Gerry blickte hinab.

«Geh vom Rand weg», sagte sie. «Das löst ein ganz gruseliges Gefühl bei mir aus.»

«Was?»

«Die Schwärze des Wassers. Wie kalt es wäre.» Er spreizte den Ellbogen ab, damit sie sich wieder bei ihm einhaken konnte. «Es ist der Gedanke an Selbstmord – wenn nur noch der Tod deine Lage verbessert.»

«Entspann dich. Wir sind im Urlaub», sagte Gerry. «Wir gehen aus, um etwas zu essen. Vielleicht auch ein, zwei Gläschen zu trinken. Und eben sind wir an einem Irish Pub vorbeigekommen.»

Eine Fahrradglocke ertönte, und ein Warnruf. Stella blickte über ihre Schulter. Ein Mädchen auf einem Fahrrad sauste an ihnen vorbei.

«Wow», sagte Gerry, «schau dir das Tempo an. Das ist mir vielleicht eine.»

Stella blickte auf die Gehwegmarkierungen, dann auf die Gestalt, die in die Dunkelheit entschwand.

«Das ist ein Radweg. Mitten auf dem Bürgersteig?»

Der Kellner, der sie bediente, sah außergewöhnlich gut aus, und Stella war sehr von ihm angetan. Er entfaltete sogar ihre rote Papierserviette und breitete, als er sie sanft auf ihren Schoß gleiten ließ, die Arme um Stella. Sein Englisch war ausgezeichnet. Wie um es zu kühlen, fächelte Stella in gespielter Schüchternheit ihr Gesicht, während sie gleichzeitig die Augenbrauen zu Gerry hob.

Das Essen war gut, und sie teilten sich einen Rioja – Stella nahm ein Glas, und Gerry trank mannhaft den Rest der Flasche. Sie lobte die Temperatur des Weins.

«Je lauer, desto besser», sagte sie. Zu seiner Vorspeise hatte er zwei eiskalte Heineken getrunken.

Als er die Rechnung beglich, sah Gerry, wie Stella die von seiner Käseplatte übrig gebliebenen Cracker an sich nahm, sie in ihre Serviette einwickelte und in ihre Handtasche steckte.

Um zum Irish Pub zu gelangen, mussten sie eine Hauptverkehrsstraße überqueren. Wenn sie über eine Straße gingen, nahm er immer ihre Hand – sie hatte wenig Gespür für die Geschwindigkeit herannahender Autos. Außerdem war es eindeutig gefährlich, in Amsterdam in die falsche Richtung zu schauen. Zu Hause benutzte sie, wenn sie allein war, stets Fußgängerüberwege. Aber Gerry empfand Händchenhalten auch als etwas Intimes – anders als sich einzuhaken. Es war Haut an Haut. Die Tröstlichkeit des Ineinanderpassens. Hände, die füreinander geschaffen waren.

Im Pub fanden sie einen leeren Tisch. Der Barmann hatte einen Dubliner Akzent, und das Lokal war mit irischem Trödel aus den Fünfzigerjahren vollgestopft. An der gegenüberliegenden Wand Guinness-Werbung. Kalender mit irischen Schriftstellern. Reiseposter der London Midland & Scottish Railway mit irischen Gemälden. Fotos nächtlicher Überfahrten von Belfast nach Heysham und Liverpool.

«Es gibt eine Firma, die die stereotype Einrichtung liefert, mit allem Drum und Dran», sagte Gerry.

Nahe der Tür baute eine Gruppe Musiker ihre Instrumente auf. Es gab Geigen, eine Bodhrán, Vollbärte und einen ganzen Wald aus Mikrofonen auf Ständern.

«Manchmal finde ich leichte Musik ziemlich schwer erträglich», sagte Gerry. «Das sind Diddle-dee-die-Spezialisten.» Sie setzten sich und sahen einander an. «Stella, du hast mir seit Jahren keinen Drink mehr spendiert.»

«Ich bin zu langsam», sagte sie. «Immer rennst du wie der geölte Blitz zur Theke.»

«Ich nehme einen Whiskey – einen Jameson – und überlasse es dir, das Maß zu bestimmen. Mach sie kalt, wenn sie versuchen, Eis hineinzutun. Und etwas Wasser extra.»

Stella nahm ihr Portemonnaie und ging zur Theke. Sie kam mit Gerrys Drink und einem Krug Wasser zurück. Gerry hob sein Glas und begutachtete die abgefüllte Menge.

«Eine gut gebaute Ameise könnte mehr pissen.»

«Ich habe einen doppelten verlangt.»

«Du hast dazugelernt.»

«Ich meine es halt zu gut mit dir.»

Sie ging wieder zur Theke, um ihren Sprudel zu holen. Als sie sich setzte, verdünnte Gerry gerade seinen Whiskey.

«Alkohol ist der Gummireifen zwischen mir und der Mole.» Er hielt ihr sein Glas hin. Sie stießen an.

«Was immer dir hilft, zurechtzukommen», sagte sie und nahm einen Schluck.

«Auf dich und mich.»

«Auf mich und dich», sagte sie. «Wie gut, dass wir einander zum Ignorieren haben.»

«Du wirkst nachdenklich.»

«Ich storyboarde mein Leben.»

«Geht's dir gut?», fragte er.

«Ja – bestens.»

«Nein, so habe ich es nicht gemeint. Ich meine nicht …»

«Was?»

«Wie sieht es in dir drin aus? Du wirkst so still. In dich gekehrt.»

«Ist mir nicht aufgefallen.» Nach einer Weile sagte sie: «In Anbetracht der heutigen Welt. In diesem Augenblick schwimmt wahrscheinlich irgendwo im Mittelmeer ein bis zu den Schandeckeln mit armen Leuten beladenes Boot herum. Kurz vor dem Sinken. Und wir sind hier.»

«Wenn ich's dir doch sage – wir sind im Urlaub.»

Gerry blickte an ihr vorbei auf das Poster. Er zeigte auf ein Bild von Paul Henry – eine Seelandschaft mit zusammengeballten cremig weißen Wolken. *Lough Derg – Urlaub in Ir-land*. Etliche Male hatte Stella eine Wallfahrt nach Lough Derg unternommen – drei Tage Beten und Fasten. Barfuß im Regen, kein Schlaf, schwarzer Tee und verbrannter Toast. Gerry ahmte eine Stimme nach: «Ich werde Sie der Touris-musbehörde melden. Wie können Sie es wagen, so etwas Ur-laub zu nennen?»

Aber Stella verteidigte sich.

«Man tritt einen Schritt zurück vom Leben, um sich auf die Dinge zu konzentrieren, auf die es wirklich ankommt. Und 'ne Menge Zigarettenqualm damals.»

The Jug of Punch setzte ein, mit viel Füßewippen.

«Die Arroganz von Verstärkern in einem Raum dieser Größe.» Gerry musste brüllen, um sich Gehör zu verschaffen. Dann forderte der Sänger sie auf, in den Refrain einzustim-men. Der Typ hatte einen nordirischen Akzent.

«Ist das nicht seltsam», sagte Gerry, «dass Irlands größter Exportschlager eine Lektion in Amüsement ist? Das und die Autobombe.» Die Band stimmte *Will Ye Go Lassie Go* an.

«Ach, das liebe ich», sagte Stella. Die Musik schien lauter zu werden. Das meiste von dem, was Gerry sagte, ging verlo-ren, obwohl Stella ihm ihr Ohr hinhielt und er eine hohle Hand machte, um wie in ein Megafon in sie hineinzurufen. Doch dann begann die Band, IRA-Rebellenlieder zu spielen. *Seán South of Garryowen*, gefolgt von *The Patriot Game*.

«Ich hasse dieses Zeug.» Stella verzog das Gesicht. «Lass uns gehen.» Gerry nickte.

«Die setzen es als selbstverständlich voraus, dass wir Gewalt unterstützen. Stille Zustimmung. Irlands Kampf für seine ver-fluchte Freiheit.» Gerry leerte seinen Whiskey.

«Ich freue mich auf mein Bett», schrie Stella. «Und auf meine Wärmflasche.»

Für den Rückweg ins Hotel wählten sie eine andere Strecke. Sie fröstelten. Der Mond raste durch die Wolken, verschwand manchmal ganz.

«Ist das ein buckliger Mond?»

«Keine Ahnung», sagte Gerry. «*I'm a stranger here myself.* Chic Murray.»

«Ich weiß.»

«Auf der rechten Seite ist er ein bisschen abgeschmirgelt.»

«Vor zwei Nächten war er noch voll.»

«Genau wie ich», sagte Gerry. «Gott, was für eine Kälte.»

Der Himmel war voller Möwen, die von den Straßenlaternen unter ihnen angeleuchtet wurden – kreischend segelten sie hoch oben in der Nachtluft, miauten manchmal wie Katzen –, gespenstisch, die Flügel im Dunkel durchgebogen. So schwebten sie dahin, blickten wie aus einem Cockpit hierhin und dorthin, hielten Ausschau nach jedem Brocken, jedem Krümel. Ein Vogel kreuzte den Mond.

«Man vergisst, dass Amsterdam am Meer liegt», sagte Stella. «Bis man die Möwen sieht.»

Sie senkten die Köpfe und stemmten sich gegen den Wind, um, so schnell sie konnten, zum Hotel zu gelangen.

Von einem seltsamen Gegenstand auf dem Bürgersteig vor der Hoteltreppe wurden sie aufgehalten.

«Was in Gottes Namen ist das?»

Stella war sicher, dass er nicht schon früher dagelegen hatte.

«Was weiß ich?» Gerry bückte sich und blickte nach unten. Es war ein solider weißer Eisblock, etwa so groß wie ein Mikrowellenofen. Hier und da Einkerbungen. Unter der Oberfläche konnte er gefrorene Streifen erkennen.

«Der wartet auf seine *Titanic*», sagte Stella.

«Das ist eine von diesen Rachel-Whiteread-Skulpturen. Die den Turner-Preis gewonnen hat.»

«Wer?»

«Sie kehrt das Innere von Häusern nach außen. Negativ-Abgüsse. Leerer Raum, ausgegossen mit Beton. Nur dass es hier Eis ist.»

Gerry stellte seinen Fuß auf den Block und versetzte diesem einen Stoß. Schwerfällig rutschte er ein Stück weiter – hinab in den Rinnstein.

«Erinnert mich an einen Curlingstein, so wie er sich bewegt», sagte Gerry. «Das ist dein Herz.»

«Der ist für deinen Drink.»

Stella, im Frotteebademantel des Hotels, stopfte ihre Haare unter eine Plastikhaube, während das Wasser in den Badeschaum sprudelte. Allmählich beschlug sich ihr Bild im Spiegel. Zu Hause nahm sie nur selten ein Bad – im Urlaub aber liebte sie den Glamour Hollywoods. Die Luft füllte sich mit Lavendelduft. Sie hängte den Bademantel an den Türhaken und ließ sich in den Schaum sinken. Gut, eine Weile allein zu sein. Und jetzt, da der Hahn zugedreht war, herrschte eine wunderbare Stille. Von draußen konnte sie schwach den Fernseher hören. Sie hob die Hände aus dem Schaum und betrachtete sie. Sie fand, dass das Hantieren mit Gepäck unweigerlich ihre Fingernägel ruinierte. An der rechten Hand ihre Ringe. Verlobungsring und Ehering. Etwas Schaum, der ihnen anhaftete, erinnerte sie an Kuckucksspeichel – im Zentrum der winzige Schimmer von Gold. Der Schaum knisterte leise, als er sich aufzulösen begann. Allmählich zeigten sich ihre Knie und die Umrisse ihres Körpers. Ihr Bauch, auf dem noch der Abdruck ihres Höschens zu sehen war. Gummiband und Haut wie Feder und Nut. Und die Narbe nahe ihrem Nabel. Darüber die blasse Linie ihres Kaiserschnitts. Um die Narbe auf ihrem Rücken zu sehen, würde sie sich vor dem Spiegel verrenken müssen. Bei einem Strandurlaub trug sie immer einen schwarzen Einteiler. Und nach all den Jahren hatte Gerry aufgehört, Bemerkungen darüber zu machen. Hatte fast aufgehört, überhaupt etwas zu machen. Außer zu trinken.

Wie waren in ihrem Alter Veränderungen zu bewerkstelligen? Allein der Gedanke daran, ihn zu verlassen, schien eine Unmöglichkeit. Es gab zu viel zu tun. Aber sie war als Organisatorin bekannt – genau der Typ Frau. Herausforderungen nahm sie an – war Vorsitzende der Eigentümergemeinschaft, hatte die Position einer Kommunionhelferin in ihrer Gemeinde angenommen, organisierte Trödelmärkte und Wohltätigkeitsbasare. Im Laufe der Jahre hatte sie für ihren Sohn Michael Wohnungen ge- und verkauft. Gerry nannte sie seine «Transportkapitänin». Sie organisierte komplizierte Reisen, buchte Hotels, kontaktierte Personen, die sie abholen würden, sah die gesamte Reise vor ihrem geistigen Auge, noch ehe sie das Haus verlassen hatten. Menschenskinder, sie hatte Hochschulabschlüsse vorzuweisen. Wenn *sie* nicht ihren Mann stehen konnte, wer dann? In Gedanken probte sie, was sie zu ihm sagen würde. Unterschiedliche Ausdrucksweise, unterschiedlicher Tonfall.

Morgen. Was würde sich ergeben? Es könnte ein Ort der Zuflucht sein.

Die meisten Menschen gingen auseinander, weil sie jemand anderen kennengelernt hatten – aber das war bei ihr nicht der Fall. Jetzt, wo beide Elternpaare gestorben waren, wurde es einfacher. Ihr Sohn Michael war der Einzige, der informiert werden musste, und der war in Kanada und hatte sein eigenes Leben und seine eigene Familie. Er würde sie verstehen – wusste er doch, wie sein alter Herr beschaffen war. Die Trinkergene, die er geerbt hatte, waren Stellas, nicht die seines Vaters. Sollte Gerry mit seiner sauffreudigen Art fortfahren, würde sie es vorziehen, anderswo zu sein. *Ein Zimmer für sich allein*. Sie wickelte ein Stück Seife aus und fing an, sich die Arme und die Schultern zu waschen. Und als sie eben die Sinnlichkeit der Seife zu genießen begann, war diese auch schon weg, ihren Fingern entglitten. Sie musste sich aufsetzen und mit beiden Händen unter dem schwindenden Schaum nach ihr suchen.

«Ich würde gern in der Horizontalen liegen», sagte Stella, als sie aus dem Badezimmer kam. Sie wollte die letzten Neuigkeiten auf BBC News sehen.

«Die hast du doch schon gesehen.»

«Etwas Neues könnte geschehen sein. Das ist die Definition von Neuigkeiten.» Gerry fand die Fernbedienung und fing wieder an, Knöpfe zu drücken. Sie setzte Wasser auf und füllte ihre Wärmflasche.

«Stell das Gerät leiser, Gerry. Du willst doch nicht, dass jemand gegen die Wand hämmert.» Im Koffer kramte sie nach ihrem Buch.

«Ich hab schon gedacht, du würdest nie wieder herauskommen», sagte er. Er ging ins Badezimmer, machte sich aber nicht die Mühe, die Tür zu schließen. Der Badezimmerspiegel reflektierte einen weiteren Spiegel im Schlafzimmer. Jetzt konnte er Stella in ihrem weißen Nachthemd neben ihrer Seite des Bettes knien sehen. Zuerst dachte er, sie habe einen Ohrring oder dergleichen fallen lassen – dann, als er ihre Hände betrachtete, merkte er, dass sie betete. Er war drauf und dran, den Mund aufzumachen, etwas Lustiges zu sagen, verkniff es sich aber. So etwas sah er nicht oft. Zu Hause gingen sie zu unterschiedlichen Zeiten ins Bett – ließen einander Raum, um den gängigen Jargon zu bemühen. Er hatte nicht gewusst, dass sie es noch immer tat.

Stella führte die gefalteten Hände an ihr Gesicht. Die Handcreme des Hotels war angenehm, nicht widerlich süß. Damit sie nicht abgelenkt wurde, hatte sie ein Mantra, eine Art Gerüst, um sich daran zu hindern, dass sie wegdriftete. Dazu gehörte es, für die Menschen zu beten, die sie liebte, eine Art Gleitflug über die Familienangehörigen hinweg, die sie im Geiste alle kurz berührte. Ihre Eltern, ihre Brüder und Schwestern daheim und in verschiedenen Teilen der Welt. Wie Master Ryans Morgenappell in der Schule. Dankgebete für ihr außergewöhnliches Leben, für ihre bemerkenswerte Überlebenskunst. Geborgen in der Hand Gottes. Sie war neun gewesen, als ihr Vater starb. Sein Leichnam lag aufgebahrt im Wohnzimmer, und als sie hineingeführt wurde, um ihn zu sehen, wurde sie aufgefordert, ein Gebet zu sprechen. Andere Leute waren zugegen, damit der Leichnam nicht allein blieb. Er war so still. Ruhte in Frieden. Die Hände mit einem Rosenkranz umwunden. Später am Abend saßen Leute in der Küche, und ein Mann sang *Shall My Soul Pass Through Old Ireland*. Sie schloss die Augen und ließ für einen Moment den Kopf auf die Tagesdecke sinken. Ein Gebet war wie ein Besuch, so als würde sie als letzte Verrichtung am Abend im Licht vom Flur nach ihrem Kind schauen. Und dieser Tage betete sie für Flüchtlinge in aller Welt, für die Beladenen, die Angsterfüllten, jene, die vor Kriegen flohen. Doch Gebete wie diese waren nur spirituelle Aufräumarbeit. Etwas, das man morgens und abends erledigte. Vor dem Schlafengehen und nach dem Aufwachen. Um die Welt in Ordnung zu bringen. In eine rituelle Ordnung. Sie lächelte.

Gerry betätigte die Toilettenspülung. Er blieb stehen und betrachtete sich im Spiegel, weil er darauf wartete, dass sie sich erhob. Um ihr mehr Zeit zu geben, wusch er sich langsam die Hände. Als er ein weiteres Mal in den Spiegel schaute, sah er, wie sie ihre Gebete beendete, das Zeichen des Kreuzes schlug und aufstand.

Wieder im Zimmer, setzte er sich vor den Fernseher. Stella stand neben ihm und warf über seine Schulter hinweg einen Blick auf den Bildschirm, dann wandte sie ihre Aufmerksamkeit dem Bett zu. Das Bettzeug war straff gespannt wie eine Trommel, und sie begann, es auseinanderzufriemeln. Erst pellte sie die schwere Tagesdecke zurück und schleuderte sie in die Ecke, wo niemand über sie stolpern würde. Dann klaubte sie das weiße Oberlaken aus den Ritzen, zerrte daran und befreite es endlich ringsherum. Sie wusste, dass Gerry ein Gezeter anstellen würde, wenn er sich eingesperrt fühlte. Dann würde er im Dunkeln aufstehen müssen, und wenn er sich damit abmühte, die Oberlaken zu lockern, gäbe es ein Stöhnen und Fluchen. Als alles lose war, schlüpfte sie unter die Bettdecke und lehnte sich gegen ihre aufeinandergestapelten Kopfkissen. Er hörte das Glucksen der Wärmflasche, als sie sie mit den Füßen nach unten schob.

«Ach, ist das herrlich», sagte sie.

«Ich komme später nach.»

Gerry schenkte sich einen Jameson ein. Das erste Quäntchen löste ein lautes Gluckern im Hals der Flasche aus – etwas, womit er vorsichtig sein musste, wenn er sich in Hörweite einschenkte. Er füllte eine Kaffeetasse mit Wasser aus dem Badezimmer und verdünnte seinen Drink. Lange Zeit rührte er ihn nicht an – Stella sollte denken, dass er, wie James Thurbers Bär, *gern einen guten Tropfen trank, es aber auch bleiben lassen konnte.* Nach einer Weile beendete Stella ihre Lektüre und drehte sich zur Wand.

«Ist die Tür abgeschlossen?», fragte sie. «Leute, die betrunken in Hotels herumtorkeln, irren sich gern in der Tür.»

«Ich gehe heute nirgendwohin», sagte er.

«Sehr komisch.»

Bald deuteten ihre Atemzüge, langsam und gedehnt, auf Schlaf. Es war ein langer Tag gewesen.

Die Erwähnung abgeschlossener Türen und die Rebellenlieder aus dem Irish Pub riefen ihm Belfast in Erinnerung. Er versuchte, sich den Bildern zu entziehen. Sich auf den Drink zu konzentrieren. Auf den ersten Mundvoll. Der Jameson verdiente seine Aufmerksamkeit. Er hatte nichts als Lob für ihn. Ein im Süden gebrannter Whiskey, ein katholischer Whiskey. Bushmills war protestantisch, hergestellt im Norden. Black Bush. Ein guter Name. Aber das alles war ihm einerlei. Was Alkohol anbelangte, war er überhaupt nicht konfessionsgebunden. Er trank den Rest aus und schenkte sich noch ein Glas ein. Doch die fragliche Erinnerung ließ ihm keine Ruhe. Ja, je mehr er trank, desto weniger Widerstand konnte er ihr entgegensetzen. Etwas war geschehen, was ihn für sie empfänglich machte. Wie Blütenstaub, der ein Niesen hervorruft. Mit zwei der anderen Architekten hatte er gerade sein Mittagessen eingenommen. Alle drei wussten, dass sie am Nachmittag arbeiten müssten, und so tranken sie nur Porter. Single X. Jeder ein Pint. Es half ihnen, einen klaren Kopf zu bewahren, schließlich hatte Porter keinen hohen Alkoholgehalt. Das galt nicht als Trinken – so wenig, wie Gin Tonic als Trinken galt –, sondern diente nur dazu, ihre Sandwiches hinunterzuspülen. Es gab Geschichten über Jungs, die nach dem Mittagessen einschliefen. Gestützt von einem durchsichtigen Plexiglaslineal zwischen Reißbrett und Stirn. Aber das war ein Mythos – eine Geschichte, die man Fremden aufband. Niemand auf der Arbeit glaubte auch nur ein Wort davon.

Jemand wartete auf Gerry im Sitzungsraum neben dem

Hauptbüro. Die anderen machten sich wieder an ihre Arbeit. Es herrschte eine gewisse Spannung – alle sahen ihn erwartungsvoll an. Gerry ging in den Sitzungsraum. Am Konferenztisch aus Mahagoni standen ein massiger Mann mittleren Alters und ein jüngerer Bursche. Die beiden Männer wandten sich um, als er eintrat, und nickten. Sie gaben an, von der Royal Ulster Constabulary zu sein. Das war eine schlechte Nachricht – sie genügte, dass sich ihm der Magen umdrehte. Sie luden ihn ein, sich zu setzen. Es war sein Vorrecht, *ihnen* einen Sessel anzubieten. Schließlich war es *sein* Territorium. War jemand tot? Aber er blieb weiter stehen. Sein Körper wollte sich nicht von der Stelle rühren – tausend Gedanken schossen ihm durch den Kopf. Er versuchte, die Hinweise zu deuten. Der Ältere hatte schwere Hängebacken und einen dunklen Schnurrbart. Seine Unfähigkeit, Gerry in die Augen zu schauen, war beunruhigend. Entweder hatte es mit der Nachricht zu tun, die er ihm gleich überbringen würde, oder er hielt Gerry für einen Katholiken. Er trug ein weinrotes Halstuch mit Paisleymuster und hielt die Krone seines Filzhutes zwischen Zeigefinger und Daumen. Ihm war sichtlich unwohl – seine Finger zuckten. Der Jüngere gab Gerry abermals ein Zeichen, sich in einen der Leder-Chrom-Sessel zu setzen, die um den Tisch herum standen. Weshalb war es so wichtig, dass er sich setzte? Weshalb beharrten sie darauf? Es klirrte, als der Sessel gegen den Nachbarsessel stieß. Gerry nahm Platz. Dann fragten sie ihn, ob sein Name Gerald Gilmore sei. Er nickte. Und sie wollten seine Adresse wissen. Es wurde immer schlimmer. Seine Knie wurden weich, eine eiskalte Faust griff nach seinem Magen. Der Ältere nestelte noch immer an den Quasten seines Halstuchs herum.

«Es hat sich ein Unglück ereignet», sagte er. «Ihre Frau war involviert.»

Dann wachte er in seinem Sessel auf. In einem Hotelzimmer. Das Licht vom Fernseher veränderte sich mit den Bildern. Vom Bett Stellas Atemzüge. Wie lange hatte er geschlafen? Hatte er gesabbert? Seine Armbanduhr besagte, dass es nach zwei war. Hatte er sie nach der Landung vorgestellt, oder zeigte sie noch immer britische Zeit an?

«Ich komm jetzt lieber mal in die Gänge.»

Er leerte den Whiskey in seinem Glas.

«Hast du etwas gesagt?» Stella sprach vom Bett aus. «Was murmelst du da?»

«Nischtsch. Allsch in Ordnung.»

Er blieb reglos sitzen, bis ihre Atemzüge wieder hörbar und rhythmisch waren. Er schaltete den Fernseher aus und ging ins Badezimmer. Als er die Tür schloss, drückte er die Klinke herunter und bewegte sie langsam nach oben, um Stella nicht zu wecken. Er zielte auf die Innenseite der Toilettenschüssel, und als er fertig war, schloss er den Deckel, um das Geräusch der Spülung zu dämpfen. Wegen seines Cholesterins war er auf Statine gesetzt worden. Einzunehmen abends. Aber eins dieser scheußlichen Dinger aus der Blisterpackung zu drücken war eine geräuschvolle Angelegenheit. Zu Hause bewahrte er sie deshalb nicht im Schlafzimmer auf. Jetzt, bei geschlossener Tür hier im Badezimmer des Hotels, war es okay. Stella würde nichts hören – würde nicht gestört werden. Er ließ Wasser in ein Glas laufen, löste die Tablette heraus und schluckte sie hinunter. Während er das Medikament einnahm, betrachtete er sich im Spiegel. Der Alkohol stand ihm übers ganze Gesicht geschrieben – es war ein verräterisches Zeichen, wie die Messlehre, die zu Hause an der Wand angebracht war, um die Absenkung, die Unterspülung anzuzeigen. Um die Menschen wissen zu lassen, was vor sich ging. Die Nase – mehr als alles andere – rot, grau oder leicht ins Bläuliche spielend – am Ende würde sie pockennarbig aussehen wie eine Erdbeere. Der Whiskey-Sonnenbrand, die Bräune, das ledrige Aussehen. Das alles nimmt Jahre, Jahrzehnte in Anspruch. Die alte Gewohnheit meißelt das fertige Du. Als es sich zum ersten Mal zeigte, hatte er sich häufig den Scherz erlaubt: «Diese Rosacea färbt dein Gesicht rot.» Sein Spiegelbild starrte ihn an. Er entwickelte einen Halslappen – eine regelrechte Wamme. Veräcdtlich zupfte er unter seinem Kinn herum. Aber wenn all das schon äußerlich zu sehen war, wie zum Teufel sah es in ihm aus? Ließ er seine Leber schrumpfen? Legte er Gott weiß was für Organe in Alkohol ein? Das völlig fertige Du. Er hob das Handtuch und wischte sich den Mundwinkel ab. Außerdem bestand die Gefahr, dass sein Alkoholkonsum dazu führte, dass sie nicht länger zusammenblieben. Er wusste, wie verhasst es ihr war. Die Antwort lautete, es für sich zu behalten – die Menge, die er zu sich nahm. Aber meistens wusste er es ja selbst nicht.

Das Glas im Badezimmer fasste nur eine bescheidene Menge Wasser, aber er füllte es bis zum Rand. Den Lichtschalter drückte er so behutsam, dass er nicht klickte. Ums Bett herum auf seine Seite. Das Glas abstellen. Auf dem Nachttisch lag seine Brille, die Bügel nach oben, die Linsen nach unten. «Wenn Sie das tun, bekommen die Gläser Kratzer», hatte seine Optikerin gesagt. Er schob die Brille zur Seite, damit er in dem neuerlichen Dunkel direkt nach dem Glas Wasser greifen konnte. Stella schnarchte leise in ihrem Nest aus Kissen.

Seine Blase weckte ihn. Einige Augenblicke lang wusste er nicht, wo er war. Nirgendwo Licht, bis auf das rot glühende Stand-by-Lämpchen des Fernsehers. Ein Hotelzimmer. Amsterdam. Draußen überhaupt keine Lichter. Die Vorhänge überlappten sich perfekt. Neben ihm im Bett lag Stella. Sie schwieg, aber er glaubte, dass sie wach lag. Er wollte sie nicht stören, um herauszufinden, ob sie nun schlief oder nicht. Als er aufstand, stellten sich sofort die Kronleuchter ein. Sterne vor dem Nachthimmel. Zickzacke und Pfeile aus Markasit. Ein unmittelbar bevorstehender Schlaganfall – wahrscheinlich noch ehe er das Badezimmer erreichte. Blutdruck und Alkohol. *Schmetterling und Taucherglocke.* Gestrandet im Universum der Aphasie. Krankenschwestern, die dreimal am Tag seine Windeln wechselten. Er streckte die Hand aus und benutzte die Wand, um sich zur Toilette zu tasten. Er versuchte so leise wie möglich zu sein, aber es war nicht nötig, denn Stella hatte die Nachttischlampe angeknipst. Sie war bereits wach gewesen. Als er ins Zimmer zurückkam, sagte sie: «Whui whui-u.» Nur diese beiden Wörter.

«Was?»

«Der schwarze Schlafanzug.»

Er machte eine theatralische Verbeugung.

«Jetzt bin ich an der Reihe», sagte sie und stieg aus dem Bett.

«Hab nicht gezogen – wollte dich nicht wecken.»

«Ich werde für uns beide ziehen.» Sie hatten die stillschweigende Übereinkunft getroffen, bei solchen Gelegenheiten nicht zu sprechen, einander nicht allzu sehr aus dem Schlaf zu reißen. Wie Schiffe, die einander in der Nacht begegnen. Zuzeiten verwendete einer von ihnen dieses Klischee.

Stella löschte das Licht. Aber der Schlaf wollte sich nicht wieder einstellen. Bei beiden nicht.

«Das Syndrom der ersten Nacht von zu Hause weg», sagte sie.

Gerry hörte, wie sie sich in dem riesigen Bett hin und her wälzte. Sie knipste ihre Nachttischlampe wieder an, stand auf und begann zu wühlen. Vom Bettende kamen Geräusche – ein Rascheln, ein Knirschen. Es dauerte eine ganze Zeit. Schließlich setzte er sich auf und sah, dass sie im Sessel saß und mit beiden Händen einen halb verzehrten Cracker zum Mund führte.

«Was soll die Mitternachtsmesse?»

«Tut mir leid», sagte sie. «Ich hatte ganz plötzlich Hunger.»

«Du hinderst mich daran, hinüberzugleiten», sagte er. Er legte sich wieder hin und warf den Kopf aufs Kissen. «Woher stammt denn dieses Whui whui-u?»

«Das müssen die Comics gewesen sein», sagte sie. «Ein bisschen wie dein Storyboarding. Wie stößt jemand in einem Comic einen bewundernden Pfiff aus? Es muss doch eine Sprechblase dafür geben. Dabei geht es ja gar nicht ums Sprechen – also Whui whui-u.»

Sie kam wieder ins Bett. «Was das Pfeifen betrifft, hab ich den Bogen nie herausgehabt. Und die Nonnen haben uns nicht gerade dazu ermutigt. Mit der Begründung, dass Unsere Liebe Frau es nie getan habe.» Nicht lange, nachdem sie das Licht ausgeschaltet hatte, begann sie sich vor Lachen zu schütteln. Er spürte die Erschütterungen.

«Was ist so komisch?», fragte er.

«Hinübergleiten», sagte sie. «Was für ein altmodischer Ausdruck – den hab ich schon seit Jahren nicht mehr gehört. Mein Vater hat ihn die ganze Zeit gebraucht. Meine Mutter hat gefragt: Hast du gut geschlafen?, und er hat gesagt: Nee, hatte Mühe, hinüberzugleiten.» Jetzt musste auch Gerry lachen.

«Ich bin ziemlich strack», sagte er. «Hör auf zu reden, oder wir werden nie hinübergleiten.» Und das brachte sie beide erneut zum Lachen. Diesmal aber fiel das Gelächter nicht so lang oder heftig aus. Sie schwiegen. Er legte den Arm um sie und drückte sie eine Weile an sich, bis sie in der Weite des Bettes von ihm wegrückte.

Statt das Licht anzuknipsen und ihn möglicherweise aufzuwecken, griff Stella übers Bett und lüpfte einen Zipfel des Vorhangs. Noch herrschte graues Dunkel, aber draußen brannte irgendwo eine gelbe Natriumdampflampe. Sie schlug das Laken zurück und schwang die Beine aus dem Bett. Das Licht war hell genug, damit sie den Weg ins Badezimmer fand. Sie war froh, dass sie letzte Nacht gebadet hatte.

Ihre Kleider im Schrank erkannte sie nicht an ihren Farben, sondern an ihrer Form und daran, wie sich anfühlten. Das Natriumdampflicht neutralisierte die Farben. Sie wählte ein marinefarbenes Kostüm mit einem blassen Seidenschal aus. Es war nicht wichtig, da sie die ganze Zeit ihren Mantel tragen würde.

Gerry würde noch ewig schlafen. Bevor sie hinausging, nahm sie die rote Serviette mit dem letzten Cracker an sich und steckte sie in die Handtasche. Im Aufzug vermied sie es, sich im Spiegel zu betrachten. Vom Buffet her wehten pikante Frühstücksdüfte. Aber sie hielt es für unangemessen, in Mantel und allem hineinzugehen und allein zu frühstücken. Vielleicht würde sie ja zurück sein, noch ehe Gerry aufgestanden und angekleidet wäre. Durch die Drehtür schob sie sich ins Freie.

Es war kalt und nass. Sie schob ihren Arm durch den Henkel ihrer Handtasche und steckte beide Hände in die Manteltaschen, um sie warm zu halten. Doch sogleich blieb ihr Fingernagel am Futter hängen. Sie machte Fäuste, weil sie die Empfindung hasste. Eine mit Seide gefütterte Manteltasche war wie ein Vergrößerungsglas für die noch so kleinste Unvollkommenheit. Das Licht aus dem Osten, das zwischen den Gebäuden aufstieg, war weiß. Sie hatte ein Lesezeichen in ihren Amsterdam-Führer gelegt und stellte sich, um ihn zurate zu ziehen, aus dem Regen in Hauseingänge. Auf dem Papier war das Geflecht der Kanäle verwirrend – einer sah so aus wie der andere –, die Entfernungen täuschten. Es dauerte eine Ewigkeit, um an ihr Ziel zu gelangen. Ohne es zu merken, ging sie mehrere Male am Eingang vorbei. *Mitunter kann es schwierig sein, das Tor zu finden.* Es gab einen ziegelsteinernen Torbogen, der in einen dunklen Gang führte. Zögernd ging sie die trockene Passage entlang und hörte das Echo ihrer Schritte. Der Durchgang führte auf eine freie Fläche, die ihr den Atem raubte. Sie hatte die Vorstellung, geboren zu werden. Sich aus dem Dunkel ins Licht zu bewegen, in die Welt. Sie war an einem neuen Ort, hatte das Gefühl, ein neuer Mensch zu sein. Das erstaunliche Gefühl, wiedergeboren zu sein. Niemand erinnerte sich an das Erlebnis der eigenen Geburt. Vielleicht war das gut so. Sie war *einmal* geboren worden und hatte *einmal* geboren. An das erste Ereignis hatte sie keine Erinnerungen, das zweite wollte sie vergessen. Die Geburt war unter solchen Umständen erfolgt, dass ihr Körper sich mit Panik füllte, wenn sie nur daran dachte. Aber sie war eine Expertin darin geworden, die Erinnerung, noch bevor sie hochkommen konnte, im Keim zu ersticken, indem sie sich auf die physische Welt um sie herum konzentrierte. Gras, winterliche Bäume, ein Geviert schmucker alter Häuser, die der Welt den Rücken kehrten und alle nach innen schauten – wie Planwagen, die in einem Kreis aufgestellt worden waren, um Schutz zu bieten. Ein Innenhof oder ein römisches Atrium. Im Zentrum der Grünfläche stand eine christusgleiche Statue, die auf eine Kirche aus rotem Ziegelstein blickte. Es war derselbe Ort, den sie zu Hause auf dem

Bildschirm ihres Computers gesehen hatte. Und auch die Stille war dieselbe. Der Gang, durch den sie gekommen war, hatte den Verkehrslärm Amsterdams verschluckt – Züge, Straßenbahnen, Autos, das alles war wie ausgelöscht. Wie um die Stille zu unterstreichen, piepsten innerhalb der Häuseranlage einige Spatzen.

Nun, da der Regen sich gelegt hatte, spazierte sie umher und genoss die begrünte Fläche. Ein, zwei Augenblicke lang brach die Sonne aus den Wolken und ließ ihr weißes Licht auf die nassen Baumäste fallen. Stella wandte ihr das Gesicht entgegen, und ihre Augen schlossen sich automatisch. Sie blieb stehen, wurde sich der roten Welt hinter ihren Augenlidern inne. Das Gleiche geschah nachts, wenn sie nicht schlafen konnte, nur dass dann die Welt schwarz war. Dann konzentrierte sie sich auf das Pochen ihres Herzschlags gegen das Kissen. Der Körper, der ohne Erlaubnis vor sich hinarbeitete. Selbstständig. Das Herz, das nie pausierte. Die Eingeweide, die nie ein Schläfchen hielten. Wenn das alles aussetzte, wäre es der Tag, da alles zu Ende ging. Einmal war sie nahe dran gewesen. Ein Tag, den sie niemals vergessen würde. Der Tod hatte sie gestreift. Eines Tages aber, irgendwie, würde sie sich in Seele verwandeln. Das widerfuhr jedem, der je gelebt hatte, seit Anbeginn der Zeit. Die Seele, das war sie, abzüglich Körper. Die Entbindung – sie, abzüglich Sohn. Allmählich verdunkelten sich ihre Lider, dann öffneten sie sich wieder. Die Sonne war hinter einer Wolke verschwunden. Sie sollte möglichst bald ein weiteres Paket nach Kanada zusammenstellen. Mit einer weiteren Sendung nach dem Weihnachtspaket würden sie sie frisch im Gedächtnis behalten. Bei Oxfam hatte sie ein Spiel für ihren Enkel Toby erstanden. Construct-o-straws. Ein Schnäppchen, noch in seiner Zellophanverpackung. Vielleicht würde noch einmal ein Architekt aus ihm werden – wie sein Großvater. Die Bezahlung: eine geringe Spende für Wohltätigkeitszwecke. Für die anderen – ihren Sohn Michael und seine Frau – könnte sie hier in Amsterdam etwas einkaufen. Falls sie Zeit fand, vielleicht noch an diesem Vormittag. Ohne dass Gerry hinter ihr herstolperte.

Die Kirchentür gab nicht nach. Nur das leere Echo des knarrenden Türgriffs. Der Führer verriet ihr, dies sei die aus dem fünfzehnten Jahrhundert stammende Englische Reformierte Kirche. Sie lief um das Gebäude herum und versuchte hineinzuspähen. Jemand, den sie für ihren Hochschulabschluss studiert hatte, war Julian von Norwich. Eine Reklusin mit einem Männernamen – die erste Frau, die ein Buch auf Englisch verfasst hatte. Julian hatte sich an der Außenmauer ihrer Kirche eine Zelle bauen lassen wie ein Wespennest. Diese enthielt lediglich ein hartes Bett und ein Kruzifix. Einblick in die Kirche gab es nur durch ein kleines unverglastes Fenster oder Hagioskop, welches ihr ermöglichte, an der Messe und den Zeremonien teilzunehmen und das Wort Gottes und die Sakramente zu empfangen. Gerry hatte Stella auf die Lepraspalte in der Außenmauer einer Kirche in Antrim hingewiesen. Stella stellte sich vor, wie sich die ausgeschlossenen Leprakranken im Regen kauernd zusammendrängten und sich darin abwechselten, der Messe zu folgen. Julian von Norwich war eine Zeitgenossin Chaucers gewesen. Stella liebte die Bodenständigkeit des Mittelalters, seine Vulgarität, die Sprache selbst mit ihren flachen, gepressten Vokalen und ihrer Fähigkeit, sich im Handumdrehen in die Sphäre des Religiösen, des Mystischen, des Barmherzigen emporzuheben.

Sie ging weiter, um sich die Häuser aus der Nähe anzusehen. Bei einem war auf der Giebelwand das Baujahr 1660 festgehalten, die Zahl wirkte authentisch. Es gab einen Seitenhof mit viereckigen Vertiefungen in der Mauer. In jede war eine kleine Szene aus dem Alten Testament eingelassen, alle unlängst restauriert und mit leuchtenden Farben bemalt: Abraham, der über seinem Sohn das Messer schwingt, die drei Jünglinge im Feuerofen, deren Namen sie nie richtig aussprechen konnte, die Flucht nach Ägypten. *DE VLUGH VA EGIPTEN.* Letztere gefiel ihr am besten: Maria, wie sie, von Joseph geführt, mit ihrem lapislazuliblauen Umhang ihr Kindlein beschirmt.

Neben einer auf Holländisch beschriebenen Anschlagtafel zu ihrer Linken befand sich eine Tür. Auch diese war verschlossen. Aber es waren Zeiten angegeben. Falls es sich um Öffnungszeiten handelte, würde sie nicht lange warten müssen. Der Regen setzte wieder ein. Sie ging zurück zum Durchgang, um sich unterzustellen. Vielleicht sollte sie doch etwas essen. Ihre Hand fuhr in ihre Manteltasche. Die Weichheit der roten Papierserviette, die knusprige Textur des Crackers. Sie knabberte ihn im Stehen. Es war so still, dass sie das Knirschen in ihrem Kopf hören konnte. Dieser Kellner war ein richtiger Charmeur gewesen. Mit seinen weißen Zähnen und seinem asiatischen guten Aussehen. Seiner professionellen Zuvorkommenheit. Seiner Art, ebendiese Serviette auf ihrem Schoß zu drapieren. Als sie den Cracker verzehrt hatte, wollte sie die Serviette nicht wegwerfen, sondern stopfte sie in ihre Manteltasche. Dann merkte sie, dass sich die Krümel im Futter verstreut hatten.

Sie erinnerte sich an eine Zeit, als Gerry eine vergleichbare Wirkung auf sie ausgeübt hatte. Vor langer Zeit. Als er «angesagt» war. An das erste Mal, als er mit ihr in seinem Auto davongebraust war. Allein schon, dass er zu jener Zeit überhaupt ein Auto besaß. Sie fuhren die gewundene Ostküstenstraße entlang zu den Glens of Antrim. Durch eine Landschaft, die sie in Erstaunen versetzte. Waterfoot, Cushendall, Cushendun, dann weiter bis zum Seebad Ballycastle. Zurerst, im Auto, war sie schüchtern gewesen. Sie rauchten Benson & Hedges. Sie war keine richtige Raucherin, aber es war nett, ihm Gesellschaft zu leisten – den meisten Rauch blies sie durch die Nase. Und immerhin war das Wetter so gut, dass sie die Fenster herunterkurbeln konnten.

Und sie redeten. Über Politik und Religion. Erkundeten die Nebenstraßen ihrer Personen und ihrer Familien. Sie war eines von sechs Kindern, drei Jungen und drei Mädchen, und sie hatten in einem kleinen Haus in einem großen Dorf gewohnt. Es gab nur eine Außentoilette und kein fließend Wasser. Jeden Morgen hatte sie die Aufgabe, an der Pumpe draußen auf der Straße einen Emailleeimer mit Wasser zu füllen. Aber sie nahmen dies nicht als Entbehrung wahr. Sie lebten ja in unmittelbarer Nähe der Pumpe. Nicht alle ihre Nachbarn konnten sich dessen rühmen. Mit einem Flanelllappen wuschen sie sich an einer Waschschüssel in ihren Schlafzimmern. Und er erzählte ihr, er sei Einzelkind gewesen und habe Briefmarken gesammelt. Als sie lachte, behauptete er, dies sei eine Art zu reisen, ohne irgendwohin zu gelangen. Aber nein, sagte sie, sie habe ihre Geschichte über das Haus noch nicht zu Ende geführt. Die Bezirksverwaltung hatte damit begonnen, eine Sozialbausiedlung im Dorf zu errichten, und die Leute wurden aufgefordert, einen Mietantrag zu stellen. Die Häuser hatten unterschiedliche Größen und Formen. Ein Modell bot vier Schlafzimmer, und als sie sich darum bewarben, gab es endloses Gerede voller Hoffnung und Erwartung. Wie wunderbar es sein würde. Abgesehen von den Schlafzimmern ein Bad und zwei Toiletten für ihren alleinigen Gebrauch. Ihre Mutter und ihr Vater beteten darum, dass sie dieses Haus bekämen, und bezogen auch die Gebete der Kinder mit ein. Sie nahmen alle zusammen an einer Novene von Messen teil, standen in aller Herrgottsfrühe auf und gingen über den Hügel zur Kirche. Später stellte sich heraus, dass ihre Mutter im Dunkel der Nacht um die Baustelle herumgelaufen war und in die Baugrube, aus der der geräumige Garten des ersehnten Hauses entstehen sollte, eine Wundertätige Medaille geworfen hatte. Der Garten war noch so etwas, was ihr Vater sich wünschte – einen Ort, um Gemüse anzubauen: Karotten, Zwiebeln, Kartoffeln. Vielleicht auch die eine oder andere Blume. Doch als die Zeit nahte, sprachen nicht die da oben, samt und sonders Unionisten, das Haus mit den vier Schlafzimmern einem der ihrigen zu – einem protestantischen Polizisten? Einem Sergeant in der RUC, einem Witwer, der seine krebskranke Frau verloren hatte. Mit einem halbwüchsigen Sohn. Wieso benötigten die eine solche Unterkunft?

Das brachte Gerry in Fahrt. Die Unionisten. Nordirland sei ein Land, weggeben von jemandem, dem es nicht gehöre. Der Staat, der daraus entstanden war, sei wie eine extreme protestantische Version von Francos Spanien. Das werde immer so weitergehen, weil die Mächtigen die Wahlkreisgrenzen so manipuliert hatten, dass jede Stimmabgabe sinnlos war. Es sei so, als mache man sein Kreuz mit unsichtbarer Tinte. Und es seien nicht nur die Katholiken, denen das Wahlrecht entzogen werde – das Gleiche gelte für die gesamte Linke. Sie besänftigte und beschwichtigte ihn, sagte ihm wieder und wieder, was für ein herrlicher Tag es sei. In Cushendall hielten sie an, um Eiscreme zu kaufen, und parkten am Golfplatz, damit Gerry das Eis essen konnte, bevor es schmolz und er sich bekleckerte.

Als sie in Ballycastle die Strandpromenade entlanggingen, war sie fasziniert von den Grastennisplätzen. Smaragdgrün, wunderbar gepflegt. Die straff gespannten Netze sahen neu aus. Er sagte, für den Sommer und die Ankunft der schottischen Touristen werde alles auf Vordermann gebracht. Die meisten Spielfelder waren besetzt, die Spieler ganz in Weiß ausstaffiert. Das Ploppen der Tennisbälle, die höflichen Ausrufe nach einem verfehlten Aufschlag – das alles fand sie ein bisschen einschüchternd. Es gab eine bestimmte Art, Tennis zu spielen, und sie wusste nicht, worin sie bestand.

Sie gingen hinunter zum Strand und legten sich in den Sand. Es war ein Tag, an dem sich Wolken und Sonnenschein abwechselten. Über die Landzunge von Torr Head jagten Schatten. Der Sand war weich, und während Gerry rauchte, ließ sie die Sandkörner aus einer Hand in die andere rieseln. Später spazierten sie weiter den Strand entlang. Auf dem trockenen Sand ließ sich nicht gut laufen, und so bewegten sie sich näher am Rand des Wassers, dort wo die abebbende Flut den Sand gefestigt hatte. Das Meer hinterließ Fransen aus Spitze. Stets sah sie sich nach Kieselsteinen um. Nur vollkommen abgerundete weiße veranlassten sie, sich zu bücken. Dann zeigte sie sie ihm mit einer kleinen schwungvollen Geste. Schau dir den an. Wenn sie nass waren und glitzerten, schienen sie etwas Besonderes zu sein, doch sie wusste, sobald sie trockneten, würde sich ein Gelb- oder Grauton in die Farbe einschleichen. Die vollkommenen würden in einer Glasschale auf ihrem Tisch enden. Es war ihre Schlichtheit, die sie so attraktiv fand. Die Form eines Vollmondes. Und dass sie nichts kosteten, dass sie von niemandem feilgeboten wurden.

In der Landschaft sah er besser aus. Ein Mann fürs Tageslicht – besser als im orangenen Schimmer eines Tanzsaals. Eher gut aussehend als wirklich schön. Er schien rücksichtsvoll, fürsorglich, die Art Mann, der alles für einen tun würde. Vor allem aber schien er interessant – die Art, wie er über Kunst, über Architektur redete. Wie konnte jemand Architektur so interessant machen? Bevor sie ihn kennenlernte, war sie sich ihrer kaum bewusst gewesen. Die Menschen benötigten Häuser, um darin zu wohnen, Geschäfte, um darin zu verkaufen, Buswartehäuschen, Schulen, Kirchen, aber im Großen und Ganzen war ihr das alles nur ein Achselzucken wert gewesen. Sie überreichte ihm weiße Kieselsteine, und er revanchierte sich mit Pyramiden und Wolkenkratzern, Deckenbossen und Marienkapellen. Wenn er über diese Dinge mit ihr sprach, war er ganz nahe, neigte sich zu ihr, sein Blick auf ihre Augen geheftet. Was auf sie wirkte, das waren seine Energie und sein Enthusiasmus, seine Redeweise und sein Witz. In ihren Ohren klangen seine Worte wie frisch gemünzt.

Am anderen Ende des Strandes gelangten sie zu einer Fußgängerbrücke, einem Steg. Aber es herrschte Ebbe, sodass die Brücke albern wirkte – ein Überbleibsel, eine Brücke nach Nirgendwo. Sie stiegen die Stufen hinauf und liefen bis zur Mitte der Konstruktion. Der Boden war aus Holz, verwittert und ausgebleicht. Wozu dieses Ding? Zuerst sagte er, dies sei eine unvollendete Brücke nach Schottland. Dann nahm er den Scherz zurück und erklärte er, sie sei ein beliebter Angelplatz. Bei Flut sei die Brücke notwendig. Um zu den Felsen zu gelangen, die die meisten Fische erbrächten.

Sie mussten in Windrichtung aus der Stadt gegangen sein, konnten sie doch schwach die Musik von den Spielhallen und das Kreischen von den Fahrgeschäften hören. Sie stützte die Ellbogen auf das Geländer, um aufs Meer hinauszublicken. Einmal blinkte das Signalfeuer eines Leuchtturms auf Rathlin Island. Sie wartete lange, und es blinkte erneut. Dahinter war Schottland zu erkennen, ein blasses Blau am Horizont. Sie wandte sich ihm zu, um eine Frage zu stellen, und er küsste sie. Als der Kuss zu Ende war, lehnte sie ihre Stirn an seine

Schulter. Da machte er Anstalten, sie noch einmal zu küssen. Sie hob ihren Zeigefinger, um seine Lippen daran zu hindern, und ließ ihn dort ruhen, sodass Gerry das Gefühl hatte, sie sei verunsichert. Er lächelte ein verwirrtes Lächeln, und unter ihrem Finger spürte sie die Bewegung seiner Lippen. Dann, nach kurzem Zögern, nahm sie den Finger fort und erwiderte seinen Kuss.

Noch lange danach empfand sie, wann immer sie diesen Mantel trug, eine Art Freude, wenn ihre Finger in den Taschen auf Sandkörner stießen.

In Amsterdam lehnte sie die Schulter gegen den Durchgang und blickte auf ihre Uhr. Schritte. Sie drehte sich um. Eine Gestalt kam auf sie zu, und es wurde noch schummriger. Es war eine bebrillte Frau in mittlerem Alter, die sich auf Holländisch entschuldigte, als sie mit klappernden Blockabsätzen an ihr vorüberging. Sie holte ein Schlüsselbund hervor, schloss das gegenüberliegende Gebäude auf und trat ein. Stella setzte sich in Bewegung. Sie zauderte, wollte die Frau nicht bedrängen, falls dies der Beginn ihres Arbeitstages war. Lass ihr Zeit, den Mantel abzulegen – sich den Regen von der Brille zu wischen. Vielleicht folgte sie einer Routine, zu der es nicht gehörte, Fragen von Leuten wie Stella zu beantworten. So drehte Stella auf dem Weg mit dem Heringsgrätenmuster eine weitere Runde um die Grünanlage. Hier konnte man sich nicht verlaufen. Sie hob den Blick zu den Häusern. Verhängte Fenster – einige mit Pflanzen geschmückt. Schulterpalmen, genau wie die zu Hause. Und in einem Fenster hoch oben das Scharlachrot eines Weihnachtssterns, hell wie ein Ewiges Licht. Die Gestaltung der Grünanlage erinnerte sie an einen Kreuzgang, auch wenn es keine gedeckte Kolonnade gab, keine Säulen, die ein Dach trugen. Wer hier wandelte, um zu meditieren, war Wind und Wetter ausgesetzt. Und daher abgelenkt. Ein Kreuzgang war ein geschützter Gang nach Nirgendwo. Ein spirituelles Fitnessstudio. Am stärksten war ihr die Kathedrale von Santiago de Compostela in Erinnerung geblieben. Die Schlagschatten der Säulen schufen einen Zebrastreifen aus Hell und Dunkel, einen Ort, den man gefahrlos überqueren konnte. Einen Ort, an dem man Runden drehen konnte – einen Ort, der einen wieder zum Ausgangspunkt zurückbrachte. Einen Alpha-und-Omega-Ort. Wo Geist und Seele befreit werden konnten, indem sie eingeschränkt wurden. Eine Übung für jene, die innerhalb der Mauern bleiben wollten. Eingeschlossen, aber vor der Außenwelt geschützt.

Einige Monate später, vor Sommerende, fuhren Gerry und sie noch einmal fort. Nach Galway an die Westküste. Als sie in dem kleinen Hotel eincheckten, blickte die Inhaberin von ihrem Melderegister auf und fragte, ob sie Einzelzimmer oder ein Doppelzimmer wünschten. Sehr entschieden sagte Stella, zwei Einzelzimmer.

Beim Abendessen teilten sie sich eine Flasche Blue Nun und lobten die Mahlzeit über die Maßen. Vom Speisesaal aus konnten sie den Garten sehen, und die Frau, die auch an den Tischen bediente, wies auf die Kräuter, die den Gerichten so viel Geschmack verliehen hatten.

Hinterher suchten sie den Garten auf. Das Licht wechselte von Abend zu Nacht. Am Himmel über dem Meer hing eine Mondsichel, die einen Lichtpfad zu der Stelle, wo sie im Kräutergarten standen, aussandte. Er zeigte ihr den Trick, den sein Vater ihm gezeigt hatte – zerrieb die Blätter zwischen Finger und Daumen und roch dann das Aroma, die Hand mit Duft bestäubt. Aber er war nicht wagemutig genug, ihr seine Finger hinzuhalten, damit sie an ihnen roch. Er war erleichtert, als sie es ihm nachtat und an ihren eigenen Fingern den Duft einsog. Nach jeder Pflanze stieß sie kleine Laute der Überraschung und der Freude aus.

«Die Gerüche vermischen sich alle», sagte sie. «Ich habe nicht genügend Hände.»

Am nächsten Tag – als beide der Inhaberin gegenüber das Essen und den Garten priesen – führte diese sie umher und benannte einige der dramatischeren Pflanzen. Salbei, Rosmarin, Lavendel, Zitronenmelisse, Gewöhnlicher Fenchel und Bronze-Fenchel.

Wo Stella jetzt entlangschritt, mutete an wie ein Ort, an dem man nie vom rechten Weg abkommen würde. Ein ausgebleichtes Schneckengehäuse mochte ein Meilenstein, eine spitzdornige gelbe Pflanze, die sie als «Winter Sun» kannte, ein Wegzeichen sein. In einer Ecke der Grünanlage wuchs eine Weißbirke, die Zweige, fein und zierlich, hatten den Regen auf sich versammelt. In diesen Tröpfchen fing sich das niedrige Sonnenlicht, und sie blitzten auf. Wenn sie sich bewegte, stellte sich ein Regenbogeneffekt ein, bei dem kleine bunte Kiesel verschleudert wurden. Sie blieb stehen, um genauer hinzusehen, und war erstaunt, dass die Farbveränderung schon bei der geringsten Kopfbewegung eintrat. In einer anderen Ecke stand ein Strauch in voller Blüte. Es war doch erst Januar. Sie hatte ihn, lange bevor sie zu ihm kam, gesehen – weiße, mit Rosa gefleckte Blütenblätter –, aber sie hatte keine Ahnung, wie er hieß. Sie hielt das Gesicht dicht dran und atmete ein. Was für ein wunderbarer Duft! Wie konnte er im Mittwinter blühen? Vielleicht brachte die Geschütztheit der Anlage ein eigenes Klima hervor. All diese Dinge waren gute Omen. Gottes Herrlichkeit.

Sie lächelte und strebte der Tür neben der Anschlagtafel zu. Inzwischen brannten drinnen Lichter, Menschen bewegten sich umher. Aber noch immer zögerte sie. Ihre Fragen mussten unmissverständlich sein. Für den Fall, dass es Sprachschwierigkeiten gab. Aus dem Bürogebäude kam ein Mann mittleren Alters, eine Klarsichthülle in der Hand. Als er den Regen spürte, hielt er sich die Hülle über den Kopf. Seine Hand war noch an der Tür. Stella tat einen Schritt nach vorn und trat, ihm dankend, ein.

Die Frau mit der Brille stand hinter einem Schreibtisch und unterhielt sich auf Holländisch mit einigen gut gekleideten Afrikanern – zwei in Anzügen, zwei in bunter Stammestracht. Stella wartete, und die Warterei schien ewig zu dauern. Je länger es dauerte, desto beklommener wurde ihr zumute. Sie wollte ihre Stimme laut erproben, um herauszufinden, ob sie zitterte – ob sie ihre Nervosität verriet. Irgendwann kam ein Mann in einem hellbraunen Gabardinemantel herein und stellte sich hinter ihr in die Schlange. Sie konnte nicht wissen, ob die bebrillte Frau hinter dem Schreibtisch Englisch sprach. Das heißt, bis sie, Stella, ihre Frage stellte. Und sie war sich nicht sicher, wie die Frage lauten sollte, wie sie sie formulieren musste. Der Mann im Gabardinemantel lächelte ihr zu, und sie lächelte zurück. Er sagte etwas auf Holländisch. Sie sagte, sie könne ihn nicht verstehen.

«Sind Sie im Urlaub?», fragte er.

«Nur für ein paar Tage.»

«Schade, dass das Wetter so schlecht ist.» Er zuckte die Achseln. «Winter.» Sie lächelte und nickte. Die Gruppe Afrikaner verabschiedete sich mit äußerster Höflichkeit von der Frau und ging zur Tür hinaus. Stella räusperte sich und trat an den Schreibtisch.

Durch die dunkle Passage ging sie zurück in den Lärm der Stadt. Sie brauchte ihren Führer nicht zu konsultieren. Überall

Läden. Viele von ihnen hatten keine Tür, sondern stattdessen einen Vorhang aus heißer Luft, der Straße und Geschäft trennte und ihr auf den Kopf fallen würde, wenn sie einträte. Die Geschenke, die sie kaufen wollte, mussten klein sein – einfach einzuwickeln, einfach aufzugeben, wenn sie wieder zu Hause wäre. Ein Familienpaket mit den Construct-o-straws für Toby. Sie hasste es, mehr für das Porto auszugeben als für das Geschenk. Eine Ansichtskarte aus Amsterdam wäre schön. Wo hatte die Mutter bloß einen Namen wie Tobias her? Natürlich, Danielle war Französin. Richtiger, Frankokanadierin. «Toby» war eine Art Kompromiss, dass Großmutter miteinbezogen wurde, und dieser Tage konnte sie den Namen nur am Telefon verwenden. Als sie das letzte Mal nach einem Besuch in Glasgow nach Kanada zurückgeflogen waren, hatte sie telefonisch mit Toby gesprochen. Er war drei. Sie hatte versucht, ihn zum Reden zu bringen. Hat dir der Besuch bei deiner Oma gefallen? Schweigen. Dann hörte sie im Hintergrund schwach Michaels Stimme: «Es nutzt nichts, mit dem Kopf zu nicken, Tobias. Am Telefon musst du Ja *sagen*.»

«Ja.»

«Natürlich hat er dir gefallen», sagte Stella.

Und sie hatte ein Bild von dem Kind am anderen Ende der Leitung, wie es, den Hörer in der Hand, stumm dastand und mit dem Kopf nickte. Es hatte ihr fast das Herz gebrochen.

Sie fand ein großes, elegantes Kaufhaus. Wie jede andere Stadt war Amsterdam voller Geschäfte, die Dinge verkauften, die niemand wollte. Oder Dinge, die einige Leute zwar wollten, die aber niemand benötigte. Sie suchte eine Krawatte für Michael aus – ein bisschen zu bunt, aber sie wollte nicht konservativ erscheinen – und ein schwarz-weiß gestreiftes Halstuch für Danielle. Jetzt brauchte sie nur noch eine passende Ansichtskarte.

Als Gerry aufwachte, fühlte sich sein Gaumen wie Cord an. Er lag reglos und betäubt da. Letzte Nacht – wieso hatte er sich an die beiden RUC-Männer erinnert, die ihn an seinem Arbeitsplatz aufgesucht hatten? Solcher Kram sollte in der Vergangenheit ruhen – sollte ein für alle Mal begraben sein. Aber es war der erste Gedanke beim Erwachen, und erste Gedanken waren für Gerry stets schlimme Gedanken. Den trockenen Mund hatte er jedes Mal, wenn er in einem Hotel übernachtete. Er schob die Schuld daran der Klimaanlage zu. Nie ließ sich ein Fenster öffnen, um die Luft zu befeuchten. Dass er am Vorabend furchtbar viel getrunken hatte, spielte kaum oder gar keine Rolle. Zu Hause gab es Nächte, in denen er genauso viel trank und nicht in diesem Zustand aufwachte. Das Gesicht des älteren RUC-Mannes stand noch vor ihm, aber an das des jüngeren konnte er sich nicht erinnern. In dem Zivilfahrzeug, einem blauen Cortina, hatte der Ältere sich auf dem Beifahrersitz umgedreht, um ihn anzuschauen. Er sagte, Gerry habe Glück, dass sie zufällig in die Richtung führen. An Vorzugsbehandlung glaubten sie offenbar nicht. Der Jüngere saß am Steuer. Der ältere Mann hatte seinen Hut aufs Armaturenbrett gelegt. An seinen Haaren war noch der Abdruck zu erkennen. Von hinten konnte Gerry sehen, dass der Ältere in der Mitte eine kahle Stelle hatte – wie bei der Tonsur eines Mönchs. Über seinem Mantelkragen war der Rand seines Halstuchs zu sehen. Das Paisleymuster kompliziert, koloriert, dicht gewebt. Keiner sprach. Schließlich sagte der Fahrer etwas zu seinem Kollegen in einer Tonlage, die Gerry ausschloss. Etwas darüber, was sie später unternehmen sollten. Wenn sie diesen Job hinter sich gebracht hätten. Gerry blickte von einem zum anderen. Er merkte, dass er «dieser Job» war. Ein Job, der nur widerstrebend ausgeführt wurde. Ohne ihm in die Augen zu blicken. Das Flattern in seinem Magen hielt an. Er beugte sich vor, als könne ein Blick auf den Straßenverkehr es beseitigen. Aber er sprach nicht.

Als sie am Krankenhaus ankamen, setzte der Fahrer sie vor der Notaufnahme ab, blieb jedoch im Wagen sitzen. Der ältere Mann, der es nicht für nötig befunden hatte, seinen Hut aufzusetzen, führte Gerry zur Anmeldung. Es herrschte Hochbetrieb – geschäftiges Hin und Her, zuklatschende Plastikvorhänge, Krankenbahren mit oder ohne Patienten, die hierhin und dorthin geschoben wurden, Krankenschwestern in zweckmäßigen Schuhen, die, wie man durch eine offene Tür sah, Vorhänge um Betten zogen. Aus der Tür kam eine Schwester mit Schürze halb gehend, halb rennend. Der RUC-Mann in Zivil stellte sich hinter einigen anderen Leuten an, die an der Anmeldung warteten, und bedeutete ihm mit einem Nicken, sich zu setzen. Gerry hatte den deutlichen Eindruck, wie ein Bürger zweiter Klasse behandelt zu werden. Es hatte etwas mit seinem Namen zu tun. Sie hatten von vornherein gewusst, dass er Katholik war. Gilmore in Verbindung mit Gerry signalisierte Fenier. Dann der Blickkontakt. Oder der Mangel an Blickkontakt. Schließlich sah Gerry den Polizisten durch eine Öffnung in der Glasscheibe mit der diensthabenden Schwester sprechen. Dann ging er und nickte ihm zu. «Diese guten Leute werden sich um Sie kümmern», sagte er.

Nach einer Weile führte eine Schwester ihn einen Korridor entlang. Sie ging ein, zwei Schritte vor ihm her – oder vielleicht war er es, der ihr im Abstand von ein, zwei Schritten folgte. Wie ein Kind. Ohne jede Ahnung, wo es hinging. All die Korridore sahen gleich aus. Pfefferminzgrün oberhalb des Sockels, weiter unten flaschengrün. Zwei Soldaten mit Gewehren liefen an ihnen vorbei in die entgegengesetzte Richtung. Allmählich waren die Korridore weniger überfüllt, und sie konnten ihre eigenen Schritte hören, das Rascheln der gestärkten Schwesterntracht beim Gehen. Er fragte sich, ob dieser Korridor etwa zur Leichenhalle führte. War das ihre Art, jemandem eine solche Nachricht beizubringen? Vielleicht war das Ganze ja ein Irrtum. Das Unglück betraf eine andere Frau, die mit Stella verwechselt worden war. Er würde hineingehen, um sie zu besuchen, und die Frau würde wie jemand aussehen, dem er nie je zuvor begegnet war, und er würde lächeln und Mitgefühl zeigen und ihren Arm tätscheln und den Raum verlassen und der diensttuenden Schwester – unter einer weißen Schürze in Scharlachrot gekleidet – sagen, dies sei ganz und gar nicht seine Frau. Es liege ein Irrtum vor. Eine Verwechslung. Doch die Schwester ging mit feierlicher Entschlossenheit voraus. Sie wusste, worum es sich handelte. Sie gelangten zu einem weiteren Sitzbereich. Etwa die Hälfte der Plätze war besetzt. Die Schwester bat ihn, zu warten, und ging zu einem anderen Zimmer. Gerry nahm am Ende einer leeren Stuhlreihe Platz. Dieser Bereich sah aus wie eine Turnhalle – Sprossenwand, Seile, Treträder. Die Leute, die dort saßen, schienen sich gedämpft und ernsthaft zu unterhalten. Niemand lachte oder pfiff. Aber bizarrerweise war auf einem Tisch ein knallbuntes Geschicklichkeitsspiel aufgebaut, bei dem der Spieler über die gesamte Länge eines Drahtlabyrinths eine Metallschlaufe entlangführen musste, ohne den Draht zu berühren und dadurch einen Alarm auszulösen.

Sein Kopf auf dem Hotelkissen bewegte sich. Er drückte die Zunge gegen den Gaumen, um herauszufinden, ob er Feuchtigkeit auslösen konnte, aber da war nichts. Seine Hand streckte sich, und seine Finger umschlossen das Glas. Er führte es an den Mund, und das Wasser war köstlich.

Eine Weile lag er mit geschlossenen Augen da. Im Zimmer – Stille. Draußen – ein fernes Gehämmer und wie immer und überall Pressluftbohrer. Vermutlich auf Veranlassung irgendeines Architekten.

Die Stille im Schlafzimmer war ungewöhnlich. Er drehte sich im Bett um und sah nach. Stella war verschwunden. Ihre Hälfte des Lakens war säuberlich zu einem dreieckigen Eselsohr zurückgefaltet. Er blickte zum Badezimmer, doch die Badezimmertür stand offen – das war nicht ihre Gewohnheit. Sie musste hinuntergegangen sein, um eine Zeitung kaufen. Oder war es Sonntag? Und war sie zur Messe geeilt? Er schaute nach dem Datum ihrer Zeitung mit dem Kreuzworträtsel – eindeutig nicht Samstag. Also war heute auch nicht Sonntag.

Er raffte sich auf und blieb lange auf der Bettkante sitzen. Ein weiterer Schluck Wasser war notwendig – den ersten hatte er völlig absorbiert. Alles, was getan werden konnte, damit er sich besser fühlte, musste getan werden. Er stieg aus seinem schwarzen Schlafanzug, ging ins Badezimmer und stellte die Dusche an. Während er wartete, putzte er sich die Zähne und hoffte, dass die Dusche eine geeignete Temperatur erreichen würde. Eine Karikatur, die er einmal gesehen hatte, zeigte einen Duschhahn mit nur zwei Einstellungen: «zu heiß» und «zu kalt». Wie wahr. Es gab keine Badematte, sodass er mit größter Vorsicht über die Seite der Wanne einstieg und, als sich das warme Wasser über ihn ergoss, den Chromhahn an der gekachelten Wand kaum losließ. Er benutzte die beiden Miniaturfläschchen Shampoo und Conditioner, die das Hotel bereitstellte. Das Badetuch, in das er sich hüllte, war so groß wie eine Toga. Behutsam stieg er aus der Wanne und rasierte sich.

Als er angekleidet war, ließ er sich in den Sessel sinken. Es war kurz nach neun. Zu dieser morgendlichen Stunde fernzusehen widerte an. Allein der Gedanke. Und es war der falsche

Zeitpunkt, um auf seinem iPod Musik zu hören. So ertrug er wohl oder übel die Stille im Zimmer. Draußen waren gelegentlich Stimmen zu hören – andere Gäste, Hotelpersonal –, das Knallen zufallender Brandschutztüren. Vielleicht war Stella hinuntergegangen, um zu frühstücken – hatte etwas zu ihm gesagt, in dem Glauben, er sei wach, während er in Wahrheit schlief. Er versuchte es mit ihrem Handy, aber es meldete sich nur die Mailbox. Vielleicht sollte er im Speisesaal nachschauen. Er stand auf und zog die Plastikkarte aus dem Card-Schalter. Auf dem Gang bewegten sich Mädchen in fliederfarbenen Hauskleidern zum Geräusch von Staubsaugern zwischen Zimmern und Reinigungstrolleys hin und her. Sie alle schienen Ausländerinnen zu sein – aus Thailand oder Puerto Rico. Wenn er mit einer von ihnen Augenkontakt herstellte, lächelten sie. Ihre hübschen Gesichter erhellten sich.

Im leeren Aufzug hing ein Spiegel, und er sah, dass seine Haare überall abstanden. Als hätte er auf ihnen geschlafen. Der Conditioner des Hotels war ihm nicht bekommen. Zweifellos billiger Schund, gallonenweise eingekauft, um die eigenen teuren Fläschchen damit zu füllen. Er versuchte seine Haare mit den Handflächen zu glätten, schwor dem Sicherheitsmitarbeiter am Flughafen den Tod, diesem Scheißkerl, der ihn um seinen eigenen 1-a-Conditioner erleichtert hatte. Als er durch die Lobby ging, überlegte er, ob er die Empfangsdame ansprechen sollte. «Haben Sie meine Frau ohne mich vorbeikommen sehen?» Er lachte über seinen eigenen Scherz, da blickte die Rezeptionistin auf. Sie lächelte ihm zu, und das tat ihm gut.

Der Frühstückssaal war geräumig und überladen. Stuck und Kristallleuchter. Viktorianisch. Aber das Wort passte hier nicht. Datierte man auch in den Niederlanden Perioden danach, wer auf dem Thron gesessen hatte? «Wilhelminisch» nach dem

Oranier King Billy? Er stand am Kopf einer flachen Marmortreppe, von der aus man den Saal überschaute. Stella war nicht da. Der Plan, den sie für derartige Notfälle ausgearbeitet hatten, war nicht anwendbar. «Falls wir getrennt werden, geh zurück zu dem letzten Ort, an dem wir zusammen waren.» Das bedeutete Bett.

Vom Buffet holte er sich Getreideflocken und steuerte einen für zwei Personen gedeckten Fenstertisch an. Seit Belfast setzte er sich immer auf einen Stuhl gegenüber der Tür. Auf den Cornflakes Backpflaumen. Gut gegen Verstopfung, gut für die Verdauung. Nach Farbe und Form hatten die abgelutschten Pflaumenkerne, wenn sie vom Löffel auf den Teller gelangten, eine beunruhigende Ähnlichkeit mit Küchenschaben.

Jetzt, da sie Mobiltelefone besaßen, hätte es theoretisch leichter sein müssen, ein wachsames Auge aufeinander zu haben. Aber eigentlich nutzte es nichts. Zunächst einmal durfte man nicht vergessen, das verdammte Ding mitzunehmen. Hatte man es dabei, war das eine oder das andere Handy unweigerlich ausgeschaltet oder musste aufgeladen werden. Und selbst wenn man eine Verbindung bekam, war Stellas Handy mysteriöserweise so eingestellt, dass eingehende Anrufe automatisch auf die Mailbox umgeleitet wurden: «Bitte hinterlassen Sie eine Nachricht.» Oder ihr Handy klingelte gar nicht erst. Oder sie ging nicht dran. Sie gehörten einer Generation an, die in Donegal noch Kurbeltelefone benutzt hatte.

Eine Serviererin kam an seinen Tisch – ihre Haare, wie Uhrfedern, hoch auf dem Kopf getürmt. Junge Leute. Die hatten etwas: das Funkeln in ihren Augen, die Elastizität ihrer Haut, ihr Enthusiasmus, ihr ganzes Auftreten.

«*Tea or coffee, Sir?*»

Wie hatte sie auf Anhieb seine Sprachgruppe erraten? Sah er wirklich so britisch aus? Aber er war doch Ire. Und stolz darauf. Trotz des Pubs vergangene Nacht. Trotz der letzten fünfzig Jahre.

«*Black tea?*», sagte er.

Nachdem ihm die Serviererin seine Kanne Tee gebracht hatte, ging er zum Buffet. Normalerweise mied er Gebratenes, doch weil er im Urlaub war, hatte er das Gefühl, sich etwas gönnen zu dürfen. Und Stella war ja nicht da, um ihn vor den gesättigten Fettsäuren zu schützen. Oder waren es die ungesättigten Fettsäuren? Transfettsäuren waren offenbar noch schlimmer. Aber er wusste nicht, wo diese anzutreffen waren, deshalb war es schwierig, sie zu meiden.

Wo steckte sie nur? Das hatte sie noch nie getan – allein wegzugehen. Wollte sie sich mit jemandem treffen, den sie kennengelernt hatte, als sie das letzte Mal mit den Lehrern hier gewesen war? Eine Affäre? In ihrem Alter? Wer ging noch vor dem Frühstück einer Affäre nach?

Fast geriet er vor Vergnügen in Verzückung, als er sich Schinkenspeck und Eier in den Mund gabelte. Seine eigene kleine Affäre. Zum Frühstück Bratkartoffeln und zwei Eier. Als er aufgegessen hatte, schenkte er sich noch eine Tasse Tee ein und trank gemächlich. Sämtliche Zeitungen im Ständer waren auf Holländisch, nützten ihm also nichts. So blickte er sich einfach nur um. Es geschah so selten, dass Stella und er getrennt waren. Und ehe er sich's versah, hielt er sich wieder im Warteraum des Belfaster Krankenhauses auf. Eine ältere Frau in einem rosafarbenen Schutzanzug hatte ihm einen Becher milchigen Tees gebracht. Sie setzte sich, um ihn über die Situation zu unterrichten, konnte ihm allerdings wenig mehr mitteilen, als dass seine Frau im OP-Saal lag. Sie gab an, eine der «Pink Ladys», der freiwilligen Hilfsschwestern, zu sein, die in der Notaufnahme aushalfen. Ihr Name sei Mavis. Er konnte nur den Kopf schütteln. Als er fragte, ob seine Frau durchkommen werde, sagte die Frau, das wisse sie nicht. Es sei ein Mensch, den er liebe, sagte er, wie um seine hartnäckigen Fragen zu begründen. Die Frau legte ihm die Hand auf den Arm. Außerdem schien sie sich Gedanken darüber zu machen, ob er Zucker nahm oder nicht. Er brachte es nicht übers Herz, ihr zu sagen, er nehme keine Milch. Trotzdem, nachdem sie gegangen war, trank er den Tee und rauchte noch eine Zigarette. Die gummibesohlten Schuhe der Leute, die hin und her gingen, quietschten. Die Frau kam wieder zu ihm. Sie sagte, sie habe soeben mit einer der Krankenpflegerinnen geredet. Als seine Frau auf die Operation vorbereitet worden sei, habe sie eine Nachricht hinterlassen. Sie lasse ausrichten, alles werde gut sein. Die Frau berichtete, seine Frau habe es gleich zweimal gesagt: *Aber alles wird gut sein, und jederlei Ding wird gut sein.* Sie habe gesagt, er werde schon verstehen. Man werde ihn auf dem Laufenden halten, sagte die Pink Lady. Gerry nickte. Aus einer der Türen kam ein halbwüchsiger Junge mit einer weißen Schlinge und einem frischen hellen Gipsverband am Arm. Er ging mit zwei Erwachsenen davon, offenbar seinen Eltern. Der Junge sah sehr blass aus.

Es musste mehr als eine Stunde später gewesen sein, und Gerry saß noch immer da, rauchte eine Zigarette nach der anderen und lauschte den Sirenen der Rettungsfahrzeuge. Sah irgendwo Blaulichter aufblitzen. Schwierig, ankommende und abfahrende Krankenwagen zu unterscheiden, schwierig zu wissen, ob es sich um eine Bombe oder eine Herzattacke handelte. Natürlich, die wirkliche Gefahr war: keine Sirenen. Das bedeutete: keine Vorwarnung. Es gäbe Tote und Verwundete. Reichlich Arbeit für die großen Scheren. Auf einer Party hatte er eine mit Stella befreundete Krankenschwester diesen Ausdruck verwenden hören. Zwar arbeitete sie nicht selbst in der Notaufnahme, kannte aber Schwestern dort. Sprach darüber, wie die Leute aus ihren Kleidern herausgeschnitten wurden. Er versuchte, sich daran zu erinnern, was Stella getragen hatte, als er am Morgen das Haus verließ.

Einmal kamen ein kleines Mädchen und seine Mutter herein. Das Kind stürzte schnurstracks auf das knallbunte Geschicklichkeitsspiel auf der anderen Seite des Wartebereichs zu. Wieder und wieder summte es, wenn das Mädchen scheiterte. Die Mutter zeigte kein Interesse an dem Tun des Kindes, außer dass sie hin und wieder sagte: «Das reicht jetzt.» Sie saß seitlich auf ihrem Stuhl und starrte zum Fenster hin.

Er bat die Serviererin um einen Zahnstocher. Frühstücksspeck blieb ihm immer zwischen den Zähnen hängen. Als er seinen Tee ausgetrunken hatte, ging er aufs Zimmer. Es war noch nicht hergerichtet worden. Er hatte das Bettzeug in einem hohen Berg auf seiner Seite liegen lassen. Das Badetuch lag auf dem Fußboden. Er blickte auf seine Armbanduhr. Fast schon Leidensstunde. Aber er hatte nichts Neues zu berichten. Er bemerkte, dass geradezu üppig Haare unter seiner Armbanduhr sprossen. So sehr, dass er die Uhr abzog und nachschaute, wo das Armband in seine Haut geschnitten hatte. Das wäre etwas, wovon er berichten könnte. Er lächelte. Sub-Horologium-Hirsutismus. Damit einhergehend Angst.

Er zog die Vorhänge zurück. Licht flutete herein. Es regnete nicht. Die Gauloises-Schachtel und der gelbe Kinderspieleimer aus Plastik. Die mochten schon seit Jahren dort liegen. Und würden auch in Zukunft noch jahrelang dort liegen. Es sei denn, das Hotel wechselte den Besitzer.

Er wollte sich nicht anmerken lassen, dass er auf sich allein gestellt unzulänglich war, darum band er sich seinen marineblauen Schal um den Hals und zog seinen Mantel an. Stella hatte den Stadtplan vom Vorabend auf dem Schreibtisch liegen lassen. Er steckte ihn ein und ging nach unten. Sie war weder in der Lobby noch in der Coffee Lounge.

Draußen lag nach wie vor der Eisblock. Der Straßeneisberg. Er vermutete, dass jemand genau das Gleiche wie er getan und ihn geschubst hatte, da er sich seit vergangener Nacht mehrere Meter weiterbewegt hatte. Was hatte es mit ihm auf sich? Wie war er hierhergekommen? Etwas Quadratisches hatte sich mit Regen gefüllt, der war gefroren und herausgelöst oder -geschnitten worden. Er machte keine Anstalten zu schmelzen. Wieder stupste er ihn behutsam an, und schwankend glitt er ein Stück weiter, polterte ein wenig. Er trat um ihn herum. Dann blieb er stehen und betrachtete ihn eingehender. Bei Tageslicht ließ sich ein schwacher Blaustich erkennen. Vielleicht war es gefrorene Pisse, aus einem Flugzeug gefallen. Die blauen Spülzusätze. Er könnte Stella damit auf den Arm nehmen – ihr sagen, es sei genau das.

Er folgte den Hinweisschildern nach Norden in Richtung Centraal Station. Ein Mädchen in Jeans und rotem Anorak radelte auf ihn zu, das Handy am Ohr, eine Hand am Lenker. Sie klingelte. Gerry trat zurück, und als er zu Boden blickte, sah er die Fahrradwegmarkierung. Er fand sie unglaublich, wie sie so mit wehendem Haar hoch auf dem Sattel saß. Ja, alle diese radelnden Mädchen waren unglaublich – wie Walküren, wie Amazonen. Wer brauchte da noch ein Rotlichtviertel?

Er musste eine Hauptstraße mit vorüberdonnerndem Verkehr überqueren und streckte die Hand aus, um Stella bei der Hand zu fassen, bevor er merkte, dass sie nicht bei ihm war. Seine Hand fuhr in seine Tasche, um die leere Geste zu verschleiern. Die Ampel sprang um. Das universelle grüne Männchen. Der Ire. Dieses hatte eine kleine grüne Kreissäge auf dem Kopf.

Nachdem er die Straße passiert hatte, überlegte er, wann er zum ersten Mal Stellas Hand gehalten hatte. Aber er konnte sich nicht erinnern. Jedenfalls nicht, um eine Straße zu überqueren, diese Dienstleistung kam erst später. Logik verriet ihm, wann es geschehen sein musste. Zum ersten Mal hatte er sie bei einem Tanz im Fruithill – einem katholischen Tennisklub – erblickt. An einem Sommerabend, als man kurze Ärmel trug. Sein Gedächtnis erfand oder ergänzte die Details. Ihr helles Kleid. Das goldene Kreuz an ihrem Hals. Und als er sie sah, musste er mit ihr tanzen. Und um mit ihr zu tanzen, musste er ihre Hand in seiner halten. Und gleich zu Beginn stellte sich heraus, dass keiner von beiden Tennis spielte. Und sie lachten und scherzten darüber. Sie stammte aus Dungiven, einer Kleinstadt im County Derry, unterrichtete Englisch in einer Gesamtschule für Mädchen in Belfast, teilte sich mit einigen öffentlichen Bediensteten eine Wohnung in der Antrim Road. Er war so von ihr eingenommen, dass er sie – für ihn ziemlich dreist – ein zweites Mal aufforderte, und sie war hinlänglich von ihm eingenommen, dass sie einwilligte. War ein Set von drei Tänzen zu Ende, kehrte normalerweise jeder zu den Stühlen am überfüllten Saalrand zurück. Doch nachdem sie sich auf einen weiteren Tanz geeinigt hatten, standen sie am Rand des Parketts herum und warteten darauf, dass die Musik einsetzte. Und das dauerte lange. Und während sie warteten, musste er ihre Linke in seine Rechte genommen und weitergeredet haben. Wer wusste, worüber sie sich unterhielten? Es kam darauf an, sie nicht zu verscheuchen, sie nicht in Verlegenheit zu bringen, ihr in die Augen zu sehen, sie zu halten. Und es zu tun, indem er sie amüsierte. Und als sein zweiter Tanz mit ihr begann, wechselten sie die Partner. Die Kapelle war eine Showband und spielte ein Set aus drei Songs, bevor der Tanz zu Ende war. Er glaubte sich erinnern zu kön-

nen, dass es ein langsames Set war – ein Walzer oder ein langsamer Foxtrott. Er hatte sich inständig gewünscht, dass es ein
langsames Set würde, aber eigentlich war der Schwingboden
so überfüllt, dass man kaum tanzen konnte. Die Leute bewegten sich, wann und wo sie konnten. Es war ein Freibrief, jemandem, den man nicht kannte, nahezukommen. Zu der Zeit
war *Spanish Harlem* sehr beliebt. Und die Songs der Everly
Brothers. Sämtliche Showbands spielten Coverversionen. Niemand damals schrieb eigene Songs. Noch nach all der Zeit
konnte sich Gerry an die Empfindung seiner Hand auf ihrem
Rücken erinnern, durch den Stoff ihres Kleides hindurch, und
an die Mischung der Düfte und Gerüche, die den Saal füllten.
Und ihr Haar – er entsann sich, dass er während des Tanzes ihr
Haar gerochen hatte. Nach dem zweiten Tanz erbot er sich,
ihr ein Mineralwasser zu kaufen. Er musste lächeln, als er an
die katholischen Tanzveranstaltungen zurückdachte, bei denen kein Alkohol ausgeschenkt wurde. Sie nahm einen Orangensaft. Und er nahm dasselbe. Und in dem verräucherten
Saal war es so heiß geworden, dass sie mit ihren Getränken auf
den Balkon hinaustraten. In die Nachtluft – noch nicht ganz
dunkel, denn es war Juni –, die Nachtluft, die mit Fliederduft
von den Büschen um das Klubhaus herum erfüllt war. Die roten Sandplätze waren für die Nacht geschlossen worden, doch
ein paar Lichter brannten noch. Um die hellen Glühbirnen
wirbelten Insekten. Als sie auf die Spielfelder hinabblickte,
konnte er in der Abenddämmerung ihren blassen Hals sehen.
Ihre Haut war unglaublich – makellos, durchscheinend, seidig.
In der Dunkelheit schien sie Licht zu verströmen. Er bat sie,
mit ihm auszugehen. Und sie lächelte mit den Augen und
nickte, ja, das würde ihr gefallen.

   «Jemals in Ballycastle gewesen?», fragte er.

Die Fäuste gegen die Kälte geballt, durchstreifte er die Straßen Amsterdams. Die Architektur war einzigartig. In fremden Städten blickte er stets nach oben. In Glasgow hatte er anfangs über die Zahl der Kirchtürme gestaunt. Hier waren es die unterschiedlichen Giebel – Hals- und Glockengiebel, schlichte und verzierte Giebel, genug, um Schutzwälle gegen den Himmel zu bilden. Einige waren gestuft, was er als schottisch empfand. Alle mit vorstehendem Hebebalken und Flaschenzug versehen, um Möbel hinaufziehen und herablassen zu können. Alle mit orangefarbenen Terrakottaziegeln gedeckt. Es gefiel ihm, wie die Häuser sich im Kanalwasser spiegelten.

In der erfrischenden Luft begann er sich besser zu fühlen. Bis auf Stellas Abwesenheit. Ging es ihr gut? Er hatte Filme gesehen – Thriller –, in denen jemand, der dem Helden lieb und teuer war, spurlos verschwand. Bei einem Großeinkauf im Supermarkt – als sie das letzte Mal gesehen wurde, hatte sie einen Einkaufswagen geschoben. Entführt. Er hatte von seltsamen Vorfällen in Holland gelesen. Diese Karikaturen. Der bekannte Typ, der mitten auf der Straße ermordet worden war – Parlamentsabgeordneter, Filmproduzent oder so ähnlich. Gerry zog den Stadtplan zurate, dann ging er den Singel und den Spui entlang nach Norden. Von der Nordsee her wehte ein eisig kalter Wind, der, als er den Kanal entlangfegte, das Wasser dunkel färbte. Gegen die Witterung zog sich sein ganzer Körper zusammen. Wenn er sich entspannte, würde er sich nicht so schlecht fühlen, doch bei solchen Temperaturen war es nicht leicht, sich zu entspannen. Stella hatte die Theorie, dass, wenn man all seinen Mut zusammennahm und die Füße bis zum Bettende ausstreckte, diese sich schneller erwärmten, als wenn man dalag «wie ein halb geöffnetes Taschenmesser». Er senkte den Kopf, um dem Wind zu entgehen, und sah, wie seine Schuhe den Bürgersteig unter ihm beschritten. In letzter Zeit trieb der Wind ihm Tränen in die Augen. Wenn er zwinkerte, liefen sie über seine Wangen, und er musste sich mit einem Taschentuch die Augen wischen, bis er wieder klar sehen konnte. Anders als Stella, deren Problem darin bestand, dass sie gar keine Tränen vergoss. Sie musste ihre mit sich herumtragen.

Er gelangte zu einem großen Platz voller Läden und Cafés. Verschiedene Etablissements hatten auf den Steinplatten vor den Fenstern verschiedenfarbige Tische aufgestellt. An der Ecke war eine Buchhandlung von Waterstones. Die Vertrautheit des großen W und der schwarzen Stirnfront sagte ihm zu. In jeder Stadt gleich. So wie früher die heilige Messe, bevor man die lateinische Sprache aufgab. Er überquerte den Platz und hielt darauf zu.

Die Kunst- und Architekturabteilung befand sich in der zweiten Etage. Er stieg die Treppe hinauf und stöberte eine Weile, bis sein Atem wieder gleichmäßiger wurde. Dann trat er ans Fenster und nahm den Anblick in sich auf. Ein eindrucksvoller freier Raum. Sein Blick wanderte über den Platz, bis er aus den Augenwinkeln etwas Vertrautes wahrnahm. Es war Stella.

Es versetzte ihm einen Schock. Was für ein sonderbares Gefühl. Wie zuvor, als er sie durch das Areal des Glasgower Flughafens in den Duty-free-Shop hatte gehen sehen. In der Ferne hatte sie so winzig gewirkt – wie eine Fremde, wie eine Frau, die man durchs falsche Ende eines Teleskops betrachtet. Er erinnerte sich daran, weil er sie in Glasgow einmal ganz zufällig getroffen hatte. Er war aus dem Zeichenbüro gegangen, um etwas zu besorgen – vielleicht Kekse –, und in der St Vincent Street war er ihr begegnet, als sie gerade aus John Smith's Buchhandlung kam, die es inzwischen nicht mehr gab. Eigentlich hätte sie zu Hause sein müssen. In dem Bild, das er von ihr hatte, trug sie einen pflaumenfarbenen Mantel mit passendem Schal, und es dauerte ein oder zwei Momente, bis sie ihn bemerkte – über die Schulter blickte sie auf einige Bücher in der Schaufensterauslage. Sie standen etwa fünf Schritte voneinander entfernt, als sie sich umwandte und ihre Blicke sich trafen. Vor Freude zog sie die Augenbrauen hoch und lächelte ihr Lächeln. Er war begeistert und errötete, weil er solche Begeisterung empfand. Es war wie damals, als sie sich kennengelernt hatten. Dabei waren sie seit rund zwanzig Jahren verheiratet. Mit ausgestreckten Händen kam sie auf ihn zugelaufen.

«Was machst du denn hier?», fragte sie.

«Dich bewundern.» Er nahm die dargebotenen Hände und drückte sie an sich, sodass ihre Wagen einander streiften. «Dieselbe Frage könnte ich dir stellen.»

Er versuchte, sich daran zu erinnern, was als Nächstes geschehen war. Hatten sie einen Kaffee getrunken? Oder zu Mittag gegessen? Aber das Bild hatte sich verflüchtigt. In Erinnerung geblieben waren die Befangenheit und die Bewunderung, die auch noch nach so langer gemeinsamer Zeit zwischen ihnen entstand.

Jetzt also sah er sie am anderen Ende dieses Amsterdamer Platzes stehen, den Blick nach unten gerichtet. Dann begann sie zu nicken. Sie sprach mit einem Mann in einem hellbraunen Gabardinemantel, der neben ihr stand. Gerry legte sein Buch auf die Fensterbank und beobachtete sie. War es jemand, den sie kannte? Vielleicht jemand, den sie kennengelernt hatte, als sie das letzte Mal hier gewesen war? Für so etwas hatte sie ein gutes Gedächtnis. Aber was, wenn es mehr war? Keine Frage des Wiedererkennens – sondern jemand, den sie gut kannte. Er verwarf den Gedanken und ging die Treppe hinunter. Als er aus der Buchhandlung trat, konnte er sie noch immer sehen. Der Mann ging davon und verschwand. Stella machte sich auf den Weg über den Platz, und Gerry folgte ihr. Menschen bewegten sich in alle Richtungen, und um sie nicht aus den Augen zu verlieren, musste er ihr dicht auf den Fersen bleiben. In der Schule hatte er einen Zweifingerpfiff vervollkommnet, den ihm der Turnlehrer beigebracht hatte – laut genug, um Basketballspiele zu leiten. *Whuit.* Und Stella, die den Pfiff kannte, drehte sich um. Auf einem Platz in Amsterdam. Wie ein Vogel an einem überfüllten Strand, der den Ruf des eigenen Kükens erkennt.

«Hättest du Lust auf einen Kaffee?», fragte er.

«Nur, wenn's eine kleine Tasse ist.»

Gerry setzte sich auf einen leeren Stuhl am Fenster, und Stella ging zur Theke. Cafés waren immer so laut. Dieses hier hörte sich an, als würde man die *Titanic* schweißen, statt Tassen Kaffee herzustellen – die Mahlmaschine kreischte in höchster Lautstärke, mahlte genug Kaffeemehl, dass es für ganz Europa ausgereicht hätte, während ein Typ unter turbinenähnlichem Zischen einen Dampfstrahl in die Milch jagte. Eine junge Frau leerte eine Geschirrspülmaschine und stapelte klirrend Teller und Untertassen aufeinander. Eine dritte Barista klopfte den metallenen Siebträger in der Sudlade aus Edelstahl aus – jedoch mit einer solchen Gehässigkeit und Lautstärke, dass Gerry bei jedem Schlag zusammenzuckte. Es war unmöglich, sich zu unterhalten. So schlimm, dass er nicht einmal hörte, ob sie mit Musik berieselt wurden oder nicht. Und der Lärm der Mahlmaschine, die versuchte, die braun-schwarzen Bohnen in dem Behältnis zu Staub zu zerreiben, wollte einfach nicht enden. Stella musste ihre Bestellung brüllen.

Gerry blickte auf den Platz hinaus. Zwischen den grünen Tischen und Stühlen des Cafés trippelten Tauben umher und pickten Krumen vom Boden auf. Schließlich kehrte Stella an den Tisch zurück.

«In den Kaffeehäusern des Himmels wird man keine Kaffeebohnen mahlen», sagte sie. «Aber Kaffee wird es geben.»

Für sich hatte sie ein Croissant mit Butter und Erdbeerkonfitüre bestellt. Sie begann sofort zu essen. Der Milchkaffee schmeckte gut, das Croissant noch besser. Zwischen zwei Bissen sagte sie: «Ich nehme an, du hast schon gefrühstückt.»

Gerry nickte.

«Hat die Tasse die richtige Größe?», rief er.

Stella schlürfte ihren Latte und nickte. Die Kaffeemahlmaschine verstummte.

«Gott sei Dank», sagte er. Nachdem der Lärm verklungen war, hatte er jetzt Ohrensausen. «Wo wolltest du denn hin?»

«Ich habe einen Spaziergang gemacht.»

Das schien keine ausreichende Erklärung.

«Ich bin früh aufgewacht, und du hast noch fest geschlafen – hast geschnarcht zum Gotterbarmen», sagte sie. «Da hab ich mir gedacht, ich lass dich lieber. Kaffeemahlen und Schnarchen gehören zu meinen unliebsten Geräuschen.»

«Ich habe unsere Leidensstunde vermisst.»

«Wir können ja morgen eine zweistündige Sitzung abhalten. Wenn du dich wohl genug fühlst.»

«Unter meiner Armbanduhr wachsen mir merkwürdige Haare ...»

«Ich hab nur gescherzt.»

«Ich auch. Hast du nicht gefrühstückt? Im Hotel?»

Sie schüttelte den Kopf – nein.

«Wo bist du hingegangen?»

«Nur spazieren. Es war herrlich. Zu sehen, wie eine große Stadt den Tag beginnt. Dann hat's mich an einen wunderbaren Ort verschlagen. Da drüben.» Sie zeigte auf die andere

Seite des Platzes. «Du gehst durch eine Passage in eine Art Kolleghof – Bäume, eine Grünfläche, ringsum Häuser, die der Welt den Rücken kehren. Du erinnerst dich noch an die Fischerhäuser in Cromarty, die dem Meer den Rücken kehrten – der Aussicht zogen sie den Schutz vor. So ähnlich waren diese Häuser. Und eine alte Kirche. Aber die war geschlossen – zu früh am Tag.»

«Hält Gott sich an Bürostunden?»

«Er ist immer in Bereitschaft, da bin ich mir sicher.»

«Und der Mann?»

«Was für ein Mann?»

«Der Typ, mit dem du geredet hast. Auf dem Platz. In dem cremefarbenen Regenmantel.»

«Er stand hinter mir in der Schlange. Er war sehr geduldig.»

«Was für eine Schlange?»

«In dem Haus – da drin – sie haben ein Büro.» Gerry betrachtete sie mit schief gelegtem Kopf. Stella lächelte und sagte: «Nein. Er war nur freundlich. Sein Englisch war sehr gut.»

«Was ist das für ein Büro?»

«Die befassen sich mit der Organisation. Verlang bloß nicht von mir, den Namen auszusprechen. Hat mit den Beginen zu tun. Da drin.» Ihre Stimme wurde scharf, und sie war sich dessen bewusst.

«Und heute Nachmittag?»

«Heute Nachmittag werde ich eine Galerie über mich ergehen lassen.» Sie lächelte. «Aber nur, wenn ich dir den Ort zeigen darf.»

«Welchen Ort?»

«Den Ort, an dem ich eben war.»

Sie rafften sich auf und ließen als Trinkgeld ein paar Münzen zurück, unsicher, ob der Betrag kränkend niedrig war oder eine unglaubliche Großzügigkeit. Als sie den Platz überquerten, verstellte eine Schar Tauben, die vom Boden fraßen, Stella den Weg.

«Hallo, Täubchen», sagte sie zu einer, die aus dem Gedränge ausgeschert war. Dann, in einer Explosion von Flügeln, flogen sämtliche Tauben auf und schwangen sich in die Lüfte.

«Warum tun sie das?»

«Was?»

«Na, diese Gleichzeitigkeit. Eine fliegt, alle fliegen.»

«Es müssen wohl Katholiken sein.»

Die Sonne kam heraus, doch kaum standen sie in der Helligkeit, führte Stella ihn in das Dunkel der Passage. In dem Tunnel klangen ihre Stimmen sonderbar kräftig, ihre Schritte ebenso. Sie traten in die Sonne, und Stella gestikulierte. Sieh, schau, betrachte. Vor allem aber, horch.

Gerry starrte, den Kopf zurückgelegt, den Mund leicht geöffnet. Das Ganze hatte etwas Vertrautes. Der Eindruck war der einer Schale, eines abgeschiedenen, mit Licht gefüllten Ortes, gesäumt von Gebäuden im alten holländischen Stil. Kunstvoll verzierte Giebel – voller Schnörkel und Girlanden – jedes Haus nach Design und Alter anders.

«Eine großartige Anlage», sagte er. «Mir gefällt, dass die Häuser den Eindruck machen, jeden Augenblick einzustürzen. Die Art, wie sie sich aneinanderlehnen – wie eine Horde Betrunkener. Und die Hebebalken – wie Einhörner.»

«Dort habe ich meine Erkundigungen eingeholt. Da drin.» Stella zeigte auf den Hauseingang gegenüber der Passage.

«Worüber?»

«Fragen über Leben und Tod.»

«Und andere Bagatellen.»

«Die Person, die ich sprechen wollte, war nicht da. Aber am Montag wird sie da sein.»

«Werden wir bis dahin denn noch hier sein?»

«Ja – wie oft muss ich dir das noch sagen?»

In der Mitte der Grasfläche stand eine steinerne Statue Christi, dessen Hände nach innen, auf sein steinernes Herz, wiesen. Jetzt wusste Gerry, wo er sie schon einmal gesehen hatte. Sie war es, die Stella am Vorabend ihrer Abreise auf dem Bildschirm ihres Computers zurückgelassen hatte.

Sie zeigte ihm die farbigen biblischen Bildtafeln und die alte Kirche. Es gab noch eine Statue. Eine Frau, der Kopf von einem Schleier verhüllt. Bei ihrem ersten Besuch hatte Stella sie gar nicht richtig bemerkt. Sie ging näher heran. Und dann begriff sie, dass die Statue eine der frühen Beginen darstellte. Eine Frau – war sie aus Stein oder aus Bronze? – im Akt des Gehens, mit der Linken den Saum ihres Kleides hebend.

«Zu Beginn lag dieser Ort unterhalb des Meeresspiegels, heißt es in meinem Führer. Die ganze Zeit überschwemmt», sagte Stella. «Das ist eine Frau, die sich durchsetzen kann. Ist sie nicht großartig?»

Sie setzten ihren Spaziergang fort. Gerry verzog das Gesicht.

«Das hat etwas von van Goghs *Rundgang im Gefängnishof*.»

«Unsinn.»

«Dieser Weg. Rund und rund. Wie Albert Speer.»

«Wer?»

«Hitlers Architekt. Erinnerst du dich noch an die Geschichte über ihn im Gefängnis?»

Stella schüttelte den Kopf, nein. Gerry erzählte ihr von der Zeit, die Speer nach dem Krieg im Garten des Spandauer Gefängnisses verbracht hatte. Wenn er Hofgang hatte und seine Runden drehte, fragte er sich immer nach der zurückgelegten Entfernung. Er maß seine eigene Schrittweite und die Länge des Weges und berechnete seine geistige Reise so, als wandere er tatsächlich rund um die Welt – stellte sich all die Orte bildlich vor. Alles, was ihm in der Bücherei in die Hände fiel – Geographie, Kochkunst, Kultur –, las er daraufhin durch, was vor ihm lag, damit er wusste, was er zu gewärtigen hatte, wenn er dort ankam. Bevor er seine Strafe verbüßt hatte, war er bis nach Mexiko gelangt – an die 30 000 Kilometer.

Irgendwo schlug eine Tür, und eine junge Frau kam auf sie zu. Sie lächelte Stella an.

«Ist die Kirche schon geöffnet?», fragte Stella.

«Welche Kirche?»

«Gibt es mehr als eine?»

«Es gibt zwei.» Die junge Frau deutete auf die Ziegelsteinkirche: «Das ist die Engelse Kerk», und dann auf eine Tür, die Teil einer Häuserzeile zu sein schien. «Die ist römisch-katholisch.»

«Ist das eine Kirche?»

Die junge Frau nickte und bedeutete ihnen, einzutreten.

«Sie müssen uns sehr mögen», sagte sie lächelnd und ging weiter, ohne dass das Lächeln auf ihrem Gesicht erlosch.

«Was hat sie damit gemeint?», fragte Gerry.

«Sie war vorhin im Büro», sagte Stella. «Und jetzt bin ich schon wieder da.»

«Dir scheint's hier drin sehr gut zu gehen.»

«Wir haben uns ein bisschen unterhalten. Sie war nett.»

«Und was, wenn ich fragen darf, war der Zweck deiner Erkundigungen?»

«Ach, das hatte nichts mit ihr zu tun. Sie war einfach nur freundlich. Mein Anliegen war spiritueller Natur – und es würde dich nicht sonderlich interessieren.»

Stella ging zu der Häuserzeile. Sie griff nach der Tür, auf die die junge Frau gezeigt hatte, und drückte sie auf. Ein schwaches Quietschen. Gerry trat hinter ihr in den Vorraum und folgte ihr in das Dunkel einer Kirche. Der Altar stand untypischerweise an der Längswand. Ein Ewiges Licht leuchtete rot – ein sicheres Anzeichen, dass das Gotteshaus katholisch war.

Stella bekreuzigte sich und kniete kurz nieder, um ein Gebet zu verrichten. Sonst war niemand zugegen. Als sie umhergingen, federten ihre Schritte auf den Holzdielen. Stella fand ein Gestell mit Faltblättern in verschiedenen Sprachen. Sie fischte das auf Englisch heraus.

«Ich weiß noch, dass ich davon gehört hatte, als ich das letzte Mal hier war», sagte sie. Da sie allein waren, flüsterte sie nicht, sondern las die Worte laut vor. Offenbar waren katholische Gottesdienste im siebzehnten Jahrhundert von den protestantischen Machthabern verboten worden. Öffentliche Messen waren nicht gestattet, sodass die Katholiken sich darauf verlegten, ihre eigenen Wohnhäuser zu benutzen.

«Ein bisschen wie die Messsteine in Irland, diese als Altar genutzten Felsblöcke?»

«Deswegen sieht's von außen auch nicht wie eine Kirche aus», sagte Stella. «Sie ist getarnt. Ich weiß noch, beim letzten Mal bin ich im Rotlichtviertel in eine Kirche gegangen, die Unser Lieber Herr auf dem Dachboden hieß.»

Gerry hob die Augenbrauen. «Bordelle mit einem ewigen Licht?»

Er blickte nach oben auf eine Reihe von Wandmalereien. Das Ganze schien eine Geschichte zu erzählen. Das größte Bild zeigte eine Frau, die auf einem Holzstuhl vor dem Herdfeuer saß. Sie beugte sich vor, und unter dem wachsamen Blick zweier Engel hob sie etwas aus den Flammen. Was sie da heraushob, ähnelte einem weißen Seeigel mit Stacheln aus Licht. Die anderen Bildtafeln zeigten einen Mann, der aufrecht im

Bett saß und von einem Priester die Kommunion empfing. Dann noch ein Mann – oder war es derselbe Mann? –, aber was tat er denn da? Musste er sich etwa erbrechen? Gerry winkte Stella herbei.

«Was ist das alles?»

«Keine Ahnung.» Stellas Kopf folgte der Erzählung.

«Der Priester versieht deine Aufgabe», sagte Gerry. «Teilt die Kommunion aus. Kannst du erkennen, was vor sich geht? Auf diesem Bild ist Speibe zu sehen.»

«Ist was?»

«Er muss sich übergeben.» Gerry zeigte hin. «Es ist ein Comicroman – eine Storyboard-Sequenz.»

Stella setzte ihre Brille auf und begann aus dem Faltblatt vorzulesen.

«Im Jahre 1345 lag ein Mann in der Stadt Amsterdam sterbenskrank in seinem Haus in der Kalverstraat.»

«Ein guter erster Satz», sagte Gerry.

«Ein Priester kam und erteilte dem Mann die Kommunion. Und nachdem er gegangen war, wurde dem Kranken so übel, dass ihm die Dienstmagd eine Schüssel brachte und er die heilige Hostie erbrach.»

«Sehr hübsch», sagte Gerry.

«Ratlos, was sie mit etwas so Heiligem, das in etwas so Ekelhaftem schwamm – etwas so Göttlichem inmitten etwas so Menschlichem –, anstellen sollte, verabreichte die Magd den Inhalt der Schüssel dem Feuer ...»

«Muss eine Übersetzung sein», sagte Gerry. «Einem Feuer verabreicht niemand etwas.»

Stella blickte ihn über die Brillengläser hinweg an. Den Rest las sie schweigend für sich. Dann erzählte sie Gerry den Hergang.

«Anscheinend starb der Mann noch in derselben Nacht.

Doch am Morgen, als die Magd den Kaminrost reinigte, sah sie, dass die Hostie noch immer da war, von den Flammen unberührt.»

«Feuerbeständige, vomitussichere Oblaten. Vielleicht gibt's einen Markt dafür ...»

«Lass das, Gerry.»

«Und dann ...?»

«Der Priester ließ eine Kapelle errichten, um an das Wunder zu erinnern.»

«Welches war?»

«Die unzerstörbare Hostie.»

«Das ist doch untere Liga.»

«Wunder gibt's in allen Größen. Ich muss es wissen.»

«Was dir passiert ist, war kein Wunder. Es lag innerhalb der Grenzen des Möglichen», sagte Gerry. «Anscheinend fiel der Glaube an Wunder im Mittelalter leichter. Aber über die Kirche bin ich froh. So was hält uns Architekten auf Trab.»

Gerry schlenderte zum hinteren Ende der Kirche, wo Dunkelheit herrschte. Das Holz war alt. Die geschwärzten Dielenbretter und Dachbalken waren von ungleichmäßiger Größe. Auf einem Holzregal lag ein Buch.

Buch der Gebete
Book for your prayers
Livre pour vos prières

Daneben lag ein Kugelschreiber. Gerry betrachtete die aufgeschlagene Seite: die verschiedenen Sprachen und Handschriften und die unterschiedlichen Tintenfarben – einige Gebete waren mit Bleistift notiert. Französisch und Deutsch konnte er zwar mühelos identifizieren, aber nicht verstehen. Er blätterte um, zurück in die Vergangenheit. Die meisten Einträge

waren kurz, eine oder zwei Zeilen. Er musste laut herausla-
chen, und Stella machte «Pst». Er zeigte auf das Buch und las
vor: «Möge Arsenal in dieser Spielzeit wenigstens einen Titel
gewinnen.»

Stella lächelte. Gerry blätterte weiter, ein längerer Eintrag
zog seinen Blick auf sich. Es war auf Englisch verfasst, doch die
Handschrift verriet einen Amerikaner. Mit dem Kugelschreiber
charakteristisch schräge Schleifen und Abstriche. Er wusste sofort, dass es ein Mädchen war, denn sie hatte geschrieben, dass
sie schwanger sei. Sie bat Gott um Beistand. Weiter unten auf
der Seite Einträge von derselben Hand. Drei Tage hintereinan-
der war dieses Mädchen gekommen und hatte gebetet. Im
zweiten Eintrag äußerte sie sich kritisch – *Gestern habe ich gebetet, und nichts ist geschehen. Von wegen Wunder von Amsterdam!!!* Drei Ausrufezeichen. Offenkundig war die Frau in Not.
Zwei Ausrufezeichen hätten auch gereicht. Aber nicht das Kind
war das Problem. Ihr Geliebter hatte sie verlassen. Im dritten
Eintrag wurde sie ungehalten: Was für ein Gott war er, dass er
sich die Chance entgehen ließ, drei so wunderbare Menschen
zusammenzubringen – sie, ihren Geliebten und das ungebo-
rene Baby. Sie war der Verzweiflung nahe – der Kindsvater
schien nicht gewillt, sich seiner Verantwortung zu stellen. Er
rannte einfach davon. Und es war ja nicht so, als ob sie ihm
nachstellte. Was für ein Gott gab ihm ein solches Gefühl ein?
Gab es überhaupt einen Gott? *Wir haben Dir nichts getan.* In
diesem Eintrag klang sie streitlustig und zugleich traurig. *Bring
alles wieder ins Lot, und ich werde an Dich glauben,* schrieb sie.

Gerry rief Stella herbei und zeigte ihr den Verlauf der Einträge.

«Das arme Ding», sagte sie, als sie gelesen hatte. Sie tät-
schelte das beschriebene Papier, als wäre es des Mädchens
Hand, dann schlug sie wieder die jüngste Seite im Buch auf.

Sie spazierten einen Kanal entlang in Richtung Hotel und kamen zu einer Brücke, wo Hunderte Fahrräder abgestellt oder aufgegeben worden waren. Es hatte den Anschein, als wären sie im Gefolge einer ungeheuren Flut an Land gespült worden – als hätten sie den überstürzten Wasserandrang im Brückendurchlass nicht bewältigen können und sich am Ufer verhakt. Einige von ihnen befanden sich offenbar schon seit Jahren dort. Platte Reifen, verrostete Rahmen, verbogene Vorderräder, Gestelle ohne Vorderräder – *arme, nackte, zweizinkige Tiere* nannte Stella sie. Gerry bot ihr seine Hand an, und sie nahm sie.

«Du frierst ja», sagte er. Er steckte ihre verschränkten Hände in seine Manteltasche. «Die anderen beiden Hände müssen sich selbst zu helfen wissen.»

Eine Radfahrerin rasselte über das Kopfsteinpflaster an ihnen vorbei. Dann griff sie, man konnte es nur einen Akt des Wagemuts nennen, mit beiden Händen nach oben und richtete ihre Pferdeschwanz.

«Wow», sagte Stella. «Wenn ein Auto und ein Radfahrer hier in einen Unfall verwickelt sind, gibt das Gesetz stets dem Autofahrer die Schuld.»

«Du machst Witze.»

«Immer.»

«Wenn man sich den Zustand einiger dieser Fahrräder anschaut ...»

«Brotkarren», sagte Stella. «Fahrräder als Brotkarren. Überbleibsel aus dem letzten Krieg.»

«Oder dem davor.»

Sie kamen zu einer Hauptstraße und mussten warten, bevor sie queren konnten. Er nahm ihre Hand aus seiner Tasche, hielt sie aber weiter fest.

«Dir ist schon viel wärmer», sagte er. Im Verkehr tat sich

eine Lücke auf, und er führte sie bis zur Mitte. Eine schwarze Geländelimousine näherte sich, aber sie hatten noch genug Zeit, um auf die andere Straßenseite zu gelangen. Gerry tat einen Schritt nach vorn, doch Stella war nervös und zauderte. Er griff fester zu, doch wie erstarrt blieb sie mitten auf der Straße stehen.

«Komm endlich.» Sie entriss ihm ihre Hand. Ihr ganzer Körper war unbeweglich, sodass Gerry die andere Straßenhälfte allein überquerte. Am anderen Bürgersteig wartete er auf sie. Sie stand auf der Straße und blickte nach rechts und nach links. Die schwarze Geländelimousine brauste an ihr vorüber, und endlich kam sie auf Gerry fast zugerannt.

«Du wirst uns noch mal beide umbringen», sagte er.

«Ich kann für mich selbst urteilen», sagte sie. «Aber du kannst nicht für mich urteilen.»

Sie blieben stehen und besahen sich die Speisekarten in den Fenstern. Einige beschrieben die Gerichte auf Englisch. Ein Lokal sah vielversprechend aus, doch als sie sich eben niederlassen wollten, setzte Musik ein. Frenetisches Gestampfe. Amerikanischer Rap mit einem gelegentlichen *muthafucka*. Sie machten kehrt und gingen hinaus. Auf der Straße sagte Gerry: «Dieses Zeug ist so unerbittlich gleichförmig. Dieses *muthafucka* geht mir am Arsch vorbei. Es ist die Lautstärke.»

«Umso besser. Die Tassen hatten die Größe von Nachttöpfen.»

«Die ganze Idee der Größe ist amerikanisch. Dir zweimal so viel zu verkaufen, wie du trinken willst. Und dir um die Hälfte mehr zu berechnen. Du bezahlst für das, was du wegschüttest.»

«Meine Mutter hatte ein Mantra über Mister Coleman – wie er dank des Senfs, der auf deinem Teller zurückbleibt, Millionär wurde.»

«Und Popcorn. In Eimern. Groß genug, um deinem Nachbarn den ganzen Film hindurch auf die Nerven zu gehen.»
Gerry mimte eine heftige Essbewegung von der Hand in den
Mund. «Noch so eine amerikanische Unart – beim Filmesehen
zu essen. In jedem Kino kleben deine Füße am Boden. *Was für
eine Zeitverschwendung, hier zu sitzen und auf die Leinwand zu
starren – wir könnten doch gleichzeitig fett werden. Geh und hol
noch eine Portion. Gasometergröße. Und bring mir eine Zehn-
Gallonen-Coke mit.* Kein Wunder, dass amerikanische Ärsche
die dicksten der Welt sind. *Die Levi's in welcher Größe, Madam?
Haben Sie zwei Maßbänder da, Baby? Eins wird nicht reichen.*»

Schließlich fanden sie ein Lokal, das ihnen gefiel – nahe dem
Amstelkanaal.

«Gute Größe, die kleinen Tassen», sagte Gerry. Das Lokal
war eine Kreuzung zwischen einem Klub und einer Herberge.
Keine Tischtücher. Die Bedienung freundlich.

«Es ist so schön, sich setzen zu können», sagte Stella. «War
den ganzen Morgen auf den Beinen.»

Die Kellnerin brachte die Speisekarten, und Stella und
Gerry kramten ihre Lesebrillen hervor.

«Eine Flasche Wein?», fragte Gerry.

«Zum Mittagessen?»

«Wir sind im Urlaub.»

«Gibt's denn keine Halbflaschen?»

«Kann keine sehen. Und was soll dann aus mir werden?»,
fragte Gerry. «Ich muss die verdammte Flasche austrinken – das
wird aus mir werden. Selbst Priester, wenn sie die Messe lesen,
trinken mehr Wein als du – nur einen winzigen Schluck.»

«Sie führen kleine Karaffen.»

Gerry bestellte eine Karaffe roten Hausweins, und nachdem sie gebracht worden war, schlürfte und schmatzte er ge-

nießerisch. Stella schloss sich ihm an, indem sie an einem halben Glas nippte. Sie stießen an.

«Maßhalten in allem», sagte Gerry. «Besonders im Maßhalten.»

Im Hintergrund war schwach Musik zu hören. Etwas Bekanntes.

«Besser als *muthafuckas* ist das allemal.»

«Ist dir die Musikberieselung aufgefallen?», fragte Stella. «Abgesehen vom letzten Lokal scheint alles, was sie spielen, aus den Fünfzigern und Sechzigern zu stammen. *A White Sport Coat and a Pink Carnation, Bye Bye Love, Just Walking in the Rain.*»

«Bill Haley und Elvis.»

«Und Buddy Holly.»

«Die Songs sind so alt, dass sie aus der *Hit Parade* stammen könnten.» Über das altmodische Wort mussten sie ein bisschen lachen. «*Hit Parade.*»

«Dieses Zeug haben wir immer im Dunkeln gehört», sagte Stella. «Kissen umarmt. Bei *The Great Pretender* habe ich zum ersten Mal vor dem Radio eine Gänsehaut gekriegt.» Sie lächelte.

«Ich dachte, ihr wärt zu arm gewesen, um einen Apparat zu besitzen?»

«Daddy hatte von jemandem ein altes Radio bekommen. Ich kann mich noch an den Tag erinnern, als es ins Haus kam. The Platters.»

«Das waren noch Jungs.»

«Und der Text – den muss man auswendig können.» Halb sang sie, halb sprach sie die Worte: «*Oh-oh yes I'm the great pretender. Adrift in a world of my own.*»

Ein Kellner kam mit ihrem Essen, und sie verstummten. Sie aßen schnell, um den ärgsten Hunger zu stillen.

«Das Kind wäre jetzt zwei», sagte Stella.

«Was?»

«Das schwangere Mädchen in dem Bittbuch.»

«Denkst du immer noch an sie?»

«Dem Datum ihres Eintrags zufolge.»

«Oder neun Monate danach.»

Stella überhörte die Bemerkung.

«Was für ein trauriges Leben manche Leute haben», sagte sie.

«Wir können nicht für jedermanns Kummer verantwortlich sein.»

«Es ist der einzige Weg nach vorn.»

«Stella – sei nicht albern.»

«Ich meine nicht verantwortlich – ich meine – ihn irgendwie in den Blick zu nehmen. Vielleicht sogar zu versuchen, etwas dagegen zu tun. Mir gefällt John Wesley ...»

«John wer?»

«Der Begründer des Methodismus. *Tu all das Gute, das du kannst, mit allen Mitteln, die du hast, an allen Orten, wo du bist,* und so weiter und so fort.»

«Dem kann ich zustimmen. Bis auf die Definition von *gut.* Dein Freund, der Papst ...», sagte Gerry.

«Papst Franziskus? Er tut sein Bestes.»

«... er könnte unter *gut* ein Kondomverbot verstehen. Andere dagegen würden sehen, dass einfach nur mehr Menschen zu ernähren sind. Mehr Leiden. Mehr AIDS. Mehr Tod.» Mit einer Papierserviette wischte Gerry sich die Lippen ab. «Aber wir sind im Urlaub. Erspare mir den Trübsinn.»

«Bevor wir uns entspannen – wo möchtest du begraben werden?»

Gerry verdrehte die Augen und zuckte mit den Achseln.

«Und du? Zu Hause oder in Schottland?»

«Schottland ist jetzt mein Zuhause», sagte sie.

«Hättest du etwas dagegen, wenn ich – oder meine Asche – mit dir begraben würde?»

«Falls du immer noch trinkst, möchte ich dich nicht neben mir oder in meiner Nähe haben.»

«Wenn ich tot bin, werde ich dem Alkohol definitiv entsagt haben.»

«In dem Fall ...» Sie lächelte. «... rücke ich ein Stück.»

«Danke.»

Gerry leerte den Rest der Karaffe in sein Glas. Stella versuchte mit einem Stück Brot die winzigen Salatreste vom Teller aufzuwischen.

«Wie bist du da gelandet ... an diesem Ort?»

«Von welchem Ort redest du?»

«Wo wir eben waren.»

«Im Begijnhof?»

«Woher weißt du, wie man das ausspricht?»

«Die Frau hat's mir gesagt. Als ich anfing, Fragen zu stellen.» Stella hörte auf zu essen.

«Was für Fragen?»

«Über die Ursprünge. Im Mittelalter. Er begann als Wohnhof der Beginen.»

«Jetzt versuchst du mich zu verwirren.»

«Eine katholische Gemeinschaft von Frauen, die allein lebten, als Nonnen, aber ohne Ordensgelübde. Sie hatten das Recht, in die Welt zurückzukehren und, wenn sie wollten, zu heiraten. Ich finde, der Ort hat eine starke Aura als Zufluchtsstätte.»

Da sie so früh aufgestanden und den ganzen Morgen auf den Beinen gewesen sei, sagte Stella, müsse sie sich ausruhen und ein wenig dösen, bevor sie den Nachmittag auf sich nehmen könne. Sie gingen zurück zum Hotel, und sie zog die Vorhänge zu, um das Zimmer zu verdunkeln. Dann schlüpfte sie unter die Tagesdecke und war fast augenblicklich eingeschlafen. Gerry legte sich nicht zu ihr. Er saß in der Düsternis und betrachtete die flimmernden Bilder auf dem stumm geschalteten Fernsehschirm. Nachrichtenmeldungen ohne jeden Bezug zu dem Lauftext, der sich ständig von rechts nach links bewegte. Wörter auf einem roten Rollsteig. Ein wie ein Christbaum gekleideter russischer Erzbischof, der mit seinem Krummstab fuchtelte. Ein Aufruhr, Menschenmengen, Ausschreitungen irgendwelcher Art. Gewehrschüsse. Ein Reporter, der sich mitsamt Mikrofon wegduckte.

Gerry suchte seinen uralten iPod heraus. Es war einer der ersten – groß wie eine Waschmaschine aus weißem Emaille. Der Kniff, genau die Musik zu finden, die er am liebsten hören wollte, blieb ihm versagt. Er konnte seinen Zeigefinger nicht flink genug bewegen, konnte nicht zu dem Musikstück springen, auf das er aus war, deshalb hörte er sich an, was immer gerade kam – durch die Kopfhörer. Aber er hatte die Stücke ja überhaupt erst ausgewählt, insofern fühlte es sich nicht ganz so zufällig an. Er ließ den iPod in seine Hosentasche gleiten und schenkte sich mit großer Sorgfalt einen Whiskey ein. Nichts Unbotmäßiges, nur so viel, um sich in Schwung zu halten. Er nahm einen Schluck. Die Musik in den Kopfhörern wurde zu Bach.

Einmal, in einer Mammutsitzung, hatte ein Freund ihn davor gewarnt, allein zu trinken. Andere Menschen fungieren als Bremsen, hatte er gesagt. Leute wie du und ich legen das Tempo vor. Niemand wird sich so schlimm aufführen wie wir. Der Mann hatte sich – mehrere Male – in einer Entzugsklinik aufgehalten, wusste also, wovon er sprach. Dieser Freund hatte gemeint, Leute, die so tränken wie sie, seien von Selbsthass durchdrungen. Sich zu betrinken sei eine Form vorübergehenden Selbstmords. Aber das Gute daran sei, dass man die Chance habe, am nächsten Tag wieder von vorn anzufangen. Wie konnte er es vermeiden, allein zu trinken, wenn Stella fast gar nicht trank? Er tat so, als proste er ihr zu. Auf dich. Erinnerst du dich noch an die Zeit in Deutschland? Waren es laut gesprochene Worte? Oder nur Gedanken? Irgendeine Konferenz. Oder die Jury eines Architekturwettbewerbs. Vielleicht war Stella gar nicht dabei gewesen. War's vielleicht Weimar? Und es war ein Ausflug zum Konzentrationslager Buchenwald arrangiert worden. Und alle stiegen aus dem Zug, und es wartete ein Reisebus auf sie. Es war so heiß und der Bus voll. Alle saßen stumm da und fürchteten sich vor dem, was sie sehen würden. Man konnte Leute atmen hörten. Und dann hörte Gerry eine Wespe. Sie flog zwischen ihnen umher – und alle lehnten sich zurück oder drehten das Gesicht zur Seite, um ihr zu entgehen. Sie brummte an den Fenstern auf und nieder, prallte immer wieder ein Stück weit zurück, und niemand hatte den Mut, nach dem Mistvieh zu schlagen, wegen des Ortes, den sie aufsuchen wollten, und nach allem, was dort geschehen war. Der Bach war zu Ende, und er stellte das Gerät aus. Aus der Flasche einzugießen war heikel – sie musste schräg gehalten werden – ebenso das empfangende Glas. Oder damals in Spanien. Es war eine Hochzeit – vor der Kathedrale. Stella war mehr am Kleid der Braut interessiert gewesen als an der mittelalterlichen Architektur. Plötzlich eine Maschinengewehrfeuersalve. Unglaublich laut, und über der gesamten Plaza del Obradorio Blitze und Qualm. Wer würde ein solches Paar ermorden wollen? Nicht gut für Menschen, die aus Belfast kamen. Zeit, die Unterwäsche zu wechseln. Die Rauchschwaden schwebten dicht am Boden. Feuerwerkskorper, nicht Maschinengewehrfeuer. Knallfrösche und Knallerbsen. Genau wie zu

Hause in Irland – auf ländlichen Hochzeiten wurden Schrot-flinten abgefeuert, um böse Geister zu vertreiben.

Die Fernsehbilder zeigten wieder Nachrichten. Gewalt. Aus Gebäuden schlugen Flammen, und schwarzer Rauch stieg auf. Panzer waren aufgefahren. Wo war das? In Beirut? Syrien oder Irak? Religionen werden gegeneinander kämpfen, *bis alles nicht mehr ist.* Er wollte den Ton nicht höher stellen und Stella wecken. Er hatte seinen gerechten Anteil an all dem Kram gehabt. Als er noch im Büro am Diamond in Derry arbeitete, war ein Brandbombenanschlag verübt worden. Wer oder warum, hatte man nie herausgefunden. Vielleicht zwei vierzehnjährige Savonarolas, die einander anstachelten. Als er seinen Drink leerte, hörte er, wie seine Zähne gegen das Glas schlugen. Er widerstand der Versuchung, sich ein zweites einzuschenken, und versuchte sich vorzustellen, wie es zu der Benzinbombe hatte kommen können. Die Provos waren anfällig für solchen Unsinn. In Belfast hatten sie sogar versucht, die Linen Hall Library niederzubrennen. Und bevor er es merkte, hatte er sich einen weiteren Whiskey eingeschenkt. Aus Versehen. Entschuldigung. Seit wann schloss ein Kampf für die irische Freiheit das Verbrennen von Büchern ein? Das Zerstören von Gebäuden? Die IRA war das Gegenteil von Baukünstlern. Zerstörer. *Zeigen Sie mir ein Gebäude, und ich werde es in einen Parkplatz verwandeln.* Zersplitterndes Fensterglas, gefolgt von einem Zischen, wenn der Inhalt der Flasche gezündet wurde. *Wie viele Häuser pro Gallone schaffst du inzwischen?* Er malte es sich als Kino aus. Die Einäscherung einer ganzen Stadt aus maß-stabgetreuen Modellen. Was für Brennmaterial, was für ein Zünder. Planschränke. Transparentpapierrollen, Reißschienen, Zeichendreiecke, Winkelmesser und Schablonen. Modellautos, Bäume klein wie Interdentalbürsten. Nicht nur gäbe es ein echtes Feuer, sondern das Feuer würde sich in den Zellophanfenstern spiegeln. Winzige Bäumchen würden zischend verschwinden und nur geschwärzte Drähte zurücklassen. In Flammen stehen, so wie die Bombay Street in Flammen gestanden hatte. Von einem Ende zum andern. Katholiken, ausgeräuchert von einem loyalistischen Mob. Schmelzende Figuren, Männer wie Frauen. Wie die Schokolade auf den Keksen in der Victoria-Keksdose, um die sie sich zur Kaffeezeit immer alle versammelten. Die Dose wölbt sich, dann platzt sie auf und schleudert die Kekse überallhin. Das trockene Balsaholz fängt sofort Feuer, und Straßen und Kirchen und Schulen und Studentenwohnheime knistern und brausen, denn jetzt sind die Vorhänge zu herabhängenden Flammen geworden, und die Jalousien verbiegen sich von ganz allein. Architekturmodelle. Die Burt Chapel mit ihrem Kupferdach ein Inferno – lodernde Flammen, apfelgrün. Die Etiketten schmoren an, und schließlich entzünden sie sich. Spitztürme wanken, Glockentürme stürzen ein. Die Hitze dringt in die Schubladen, die Griffe werden glühend heiß, die Reißbrettzeichnungen rollen sich ein und werden braun, werden zu Millefeuilles. Schichten, Lagen um Lagen Arbeit. Stunden um Stunden, Tag für Tag. Die Architekten, sowohl Skandinavier wie Leute aus Belfast – ihre Inspirationen und Ideen, ihre Grundrisse und Handskizzen, alles zu Asche zerfallen. Schränke voller Seiten mit Material, Notizen, Mengenberechnungen, Abmessungen. Von den Flammen zunichtegemacht. Im Namen eines Kampfes, im Namen der Religion. Die Schaffung von Nichtmehr-Vorhandensein. Figuren sind nicht wichtig. Die schmelzen dahin. Wie die Verursacher des Brandes. Als Stella davon hörte, hatte sie nur gesagt: «Gott sei Dank ist niemand ums Leben gekommen.» Am nächsten Morgen hatte Gerry sich einen Weg durch die Verwüstung gebahnt und nach Dingen gesucht, die er bergen könnte. Das geschwärzte Holz glich Alligatorenhaut, die Lampenschirme waren auf den Schreibtischen drapiert wie Uhren von Dalí, die Jalousien – diejenigen, die die Schmelzung überstanden hatten – verzogen und verzerrt. Nur einige Kekse auf seiner Schuhspitze sahen aus, als könnte man sie noch verzehren. Ein schöpferischer Ort, in Schutt und Asche gelegt. Und der Gestank. Nichts kommt dem Gestank vergeudeter Arbeit gleich. Es dauerte Wochen, bis er aus seinen Kleidern gewichen war. Und selbst dann war er sich nicht sicher, ob er wirklich verschwunden war oder nicht.

«Gerry, bist du noch dabei – das Museum?»

Gerry zog die Kopfhörer ab. Er war eingenickt. Stella kam gerade aus dem Badezimmer. Sie strich die Tagesdecke glatt, so wie man ein Eselsohr in einer Buchseite glätten würde. Und zog die Vorhänge auf.

«Ja», sagte er. «Ja, natürlich. Warum nicht?»

Das Rijksmuseum lag so weit entfernt, dass sie mit der Straßenbahn fuhren.

«Wie spricht man das aus?», fragte Gerry.

«Wie in *Casablanca*. Ricks Café – Ricks Museum.»

An einem Ticketautomaten an der Haltestelle löste Stella einen Satz *strippenkaarten* – genug, dass es für zwei Tage reichte.

«Vielleicht entwerten wir sie gar nicht, sondern halten sie nur bereit, für den Fall, dass ein Kontrolleur zusteigt. Er wird schon sehen, dass wir Ausländer sind.»

Gerry lief hin und her, um sich warm zu halten, und blickte hinab auf die Schienen und hinauf zu den Oberleitungen.

«Erinnere mich daran, einen *Guardian* mit dem Kreuzworträtsel zu kaufen», sagte Stella.

«Wird dich das nicht zu viel kosten?»

«Ja. Aber das ist mein geistiges Fitnessstudio.»

Mit einem rumpelnden Gummigeräusch fuhr eine blaugraue Straßenbahn vor. Sie war überfüllt, und die Leute blickten auf, als sie einstiegen. Sie mussten stehen. Mit übertriebener Gestik hielt Stella Ausschau nach einem Gerät, an dem sie ihre Fahrkarten abstempeln lassen konnten. Als sie keines sah, zuckte sie mit den Schultern. Er erwiderte ihr Schulterzucken.

«Wie furchtbar ungelegen», sagte er.

«Nun schau dir das an», sagte Stella. Sie nickte zum Stirnfenster der Straßenbahn hin. Zwei Radfahrer – ein Junge und ein Mädchen – sausten im Zickzack vor der Bahn dahin.

«Wie zwei Delphine vor einem Schiff», sagte sie. «Eben noch haben sie Händchen gehalten.»

«Wir sind eben romantisch veranlagt, Euer Ehren.»

«Es *ist* romantisch», sagte Stella. Gerry hielt sich fest, um gegen das Anrucken und Abbremsen der Straßenbahn gewappnet zu sein. Er hätte den Whiskey nicht trinken sollen.

Sie nahmen den Aufzug zum obersten Stockwerk des Rijksmuseums. Gerrys Technik bestand darin, sich durch die Galerien so vorzuarbeiten, dass er sich stets links hielt, bis jeder Saal abgeschritten war. Anfangs schlenderten sie zusammen. Manchmal aber tat Gerry ganze Wände voller Bilder mit einem Blick ab, und Stella, die hinter ihm ging, fragte ihn nach dem Grund.

«Selbstzufriedene Bürger», sagte er. «Niederländische Stillleben – Gemälde von Gemüseknollen wie Gesichtern …»

Viele Leute hatten Kopfhörer aufgesetzt und trugen Audioguides, doch Gerry hastete an ihnen vorbei und um sie herum.

Dann wieder war er viel langsamer. Bei einem Bild, das sein Interesse weckte, verweilte er, beugte sich vor und betrachtete es genauer bis hin zu den einzelnen Pinselstrichen, während Stella dabeistand und ihr Gewicht von einem Fuß auf den anderen verlagerte. Hin und wieder fuhr seine Hand in seine Tasche und förderte sein Brillenfutteral zutage, dann setzte er seine Brille auf und studierte das Schildchen neben dem Gemälde. Einmal neigte er sich dicht zu ihr. «Wenn ich in letzter Zeit mein Brillenfutteral öffne», sagte er, «bin ich jedes Mal angenehm überrascht, meine Brille zu finden.»

Mitunter wollte er noch einmal zurück, um ihr irgendein Detail zu zeigen.

«Die Zeit haben wir nicht», sagte sie dann.

«In unserem Urlaub?»

«Oder vielleicht nicht die Lust.»

Es gelang ihm, sie davon zu überzeugen, sich noch einmal *Die jüdische Braut* anzusehen.

Eine Menschenmenge drängte sich um das Bild. Es war riesig, groß wie eine Reklametafel, eine Fülle von Braun-, Gold- und Rottönen. Zwei Figuren, ein Mann und eine Frau, kurz vor oder vielleicht kurz nach etwas sehr Intimem, im Begriff, sich aneinanderzuschmiegen. Hände. Überall Hände. Ein Gemälde über Berührung. Stella gesellte sich zu der Menge und schlängelte sich nach vorn. Gerry beobachtete, wie sie sich auf die Unterlippe biss, als sie auf das Bild starrte. Sie merkte, dass Gerry sie beobachtete. Er entschuldigte sich und bahnte sich einen Weg zu ihr.

«Und?»

«In ihm ist eine große Zärtlichkeit», sagte sie. «Man kann sehen, dass er sie liebt und schätzt.»

«Schau dir seine Hand an», sagte Gerry. «Und den Ärmel. Wie ein großes Croissant. Und wie er die Farbe aufgetragen hat.»

«Und die Gesichter», sagte sie. «Aber *sie* ist sich nicht ganz so sicher. Schüchtern, ja. Sicher, nein. Was für kostbare Gewänder.» Sie deutete auf die Hand des Bräutigams um die Schulter der Frau und auf seine andere Hand, die auf ihrer Brust ruhte. Darauf, wie die Braut die Hand des Bräutigams berührte.

«Sie gestattet ihm, seine Hand dorthin zu legen», flüsterte sie. «Und ihre andere Hand schützt ihren Bauch.»

«Ja.» Gerry nickte.

«Die Hände wirken irgendwie zu groß.»

«Unsinn.»

«Das ist der Gegenstand des Gemäldes – die Erlaubnis der Frau, und die ist in den Händen konzentriert», sagte sie. «Er kann mit ihnen tun, was er will, ich meine Rembrandt.»

Als sie das nächste Mal einen freien Sitzplatz auf einem der in der Saalmitte aufgestellten Sofas erspähte, ging sie rasch darauf zu, um ihn in Beschlag zu nehmen, und schob sich in eine Lücke zwischen zwei Fremden. Das Sofa war mit Knopfleder gepolstert, fest, aber bequem. Ihre Füße schmerzten.

Sie gab Gerry ein Zeichen, dass sie sich ausruhen müsse. Er bedeutete ihr, dass er sie abholen werde, und sie nickte. Sie lehnte den Kopf zurück, schloss die Augen und lauschte auf die knarrenden Holzdielen um sie her.

Stella war aufgefallen, dass die Frau in *Die jüdische Braut* Perlen trug. Und Ohrringe. Vielleicht wirkte sie deshalb so intim, so selbstbewusst. Ihre eigenen Ohrläppchen hatte Stella sich nicht vor ihrem sechzigsten Geburtstag stechen lassen. Sie hatte sich lange geziert, dann aber gedacht, dass das Selbstvertrauen, welches das neue Aussehen ihr gäbe, den Schmerz wettmachen würde. Sie würde – endlich – eine Frau werden, die ihre eigenen Entscheidungen traf, eine Frau mit Macht über sich selbst. Sie spürte, wie sie wegdriftete. An einem solchen Ort bei einem Nickerchen ertappt zu werden! Zumal nach einem Mittagsschläfchen. Sie schlug die Augen auf. Ihr gegenüber hing das Bildnis einer lesenden alten Frau. Aus der Entfernung ließ Stella ihren Blick über das Gemälde wandern. Sie wusste nicht, von wem es war. Das Gesicht der alten Frau lag im Schatten, und das Buch war groß – so groß, dass es unfest und ungefüge wirkte. Ihre Hand ruhte auf der Seite, damit das Buch nicht zuschlug oder damit sie die Zeile nicht verlor. Ohne es zu merken, schloss Stella wieder die Augen. Lesen war so bedeutsam – so bereichernd.

Als Kind hatten ihre Eltern sie dazu ermuntert, obwohl sie selbst sehr wenig lasen. Sie erinnerte sich, wie sie darauf gewartet hatte, dass die Bücherei aufmachte. Wie sie vor Kälte von einem Fuß auf den anderen getreten war. Eine richtige Bücherei gab es im Dorf nicht. Doch dienstag- und donnerstagabends kam eine Ehrenamtliche, Mrs Brownlee, und schloss von sechs bis acht die Dorfhalle auf. Es war der Ort, an dem die Leute ihre Wahlstimme abgaben, der Ort, an dem sich Männer in Anzügen zu Besprechungen versammelten, der Ort, an dem die Kinder ihre Grundschulabschlussprüfung ablegten. Stella kannte ihn nur als den Ort, wo sie, nach dem Krieg, hingeschickt worden war, um kostenlosen Orangensaft abzuholen. An Winterabenden stellte sie sich im Eingang unter und schützte unter ihrem Mantel einen Stapel Bücher vor dem Regen. Mrs Brownlee war Protestantin, fuhr immer mit ihrem Auto vor und kam mit klimpernden Schlüsseln herbeigeeilt. Das kalte Gebäude war leer und hallte wider, doch sobald Mrs Brownlee das Licht einschaltete, den Wandschrank öffnete und die Pappkartons mit Büchern herauszerrte, änderte sich alles. Es war nicht immer leicht, die Kartons hervorzuziehen – manchmal blieben sie an den vorstehenden Astknoten in den alten Holzdielen hängen, und dann stöhnte Mrs Brownlee, machte ts-ts und bat Stella um Hilfe. Es gab einen Karton für Männer – Wildwestromane von Zane Grey und Cowboygeschichten – und für die Frauen Liebesgeschichten. Und einen Karton für Jungen sowie einen Karton für Mädchen. Stella stöberte gern in beiden. Die *Just William*-Bücher las sie wegen Violet Elizabeth Bott. Sie war es, die sie zum Lachen brachte, nicht William. Und Enid Blyton – die gesamte *Abenteuer*-Serie. Oder die *Fünf Freunde*. Hin und wieder traf eine neue Bücherlieferung ein. An den betreffenden Abenden fiel Stella auf ihre nackten Knie und war sprachlos, wenn sie ein neues Buch nach dem anderen herausnahm. Manchmal schlug sie ein Buch auf und las ein oder zwei Zeilen. Die ersten Worte jeder Geschichte schmeckten frisch. In jedem neuen Buch war auf dem Vorsatzblatt ein weißer Ausleihzettel eingeklebt, und da er noch nicht beschrieben war, verspürte sie einen Schauer, weil sie wusste, dass sie die Erste war, die dieses Buch las. Als würde sie Fußstapfen in frisch gefallenem Schnee hinterlassen. In alten Leihbüchern war der mit braun verfärbtem Tesafilm eingeklebte Ausleihzettel von Datumsstempeln übersät. Das Rückgabedatum stempelten sie einfach überallhin, manchmal sogar verkehrt herum.

Zu Hause war das einzige Buch in ihrem Besitz, das nichts mit Religion zu tun hatte, *Virtue's Simplified Dictionary*. Es war ein amerikanisches Buch, und niemand konnte sich erklären, wie es ins Haus gelangt war. Es war dick und wies am Vorderschnitt kleine Griffstellen auf – sechsundzwanzig Stück, jede davon mit einem Buchstaben des Alphabets versehen. Vom vielen Gebrauch war das Buch ganz schmuddelig geworden. Es war mit Illustrationen ausgestattet, seien es Zeichnungen, seien es Farbtafeln, eine davon mit den Flaggen der Welt, eine andere mit den Blumen Nordamerikas. Es war ein Buch, auf das man sich verlassen konnte, ein Buch, von dem sie erst später begriff, dass sie es geliebt hatte. Die Leute redeten davon, dass sie in Schwierigkeiten steckten und auf der Suche nach Antworten die Bibel aufschlugen, Stella aber spielte dasselbe Spiel mit dem Wörterbuch. Sie schloss die Augen, schob den Daumen willkürlich in das kleine Grifflochregister und wählte auf der betreffenden Seite irgendein Wort. Es gab Wörter, deren Erklärung sie nicht verstand, weil ihr die erklärenden Wörter unbekannt waren. Also musste sie auch diese nachlesen. Sie zurückverfolgen und den Querverweisen nachgehen. Als Halbwüchsiger war ihr das mit dem Wort «Spermatozoon» passiert – Gott weiß, wo sie das aufgeschnappt hatte. Sie folgte der Spur, bis sie, mehr oder weniger, enträtselt hatte, wie Leben zustandekam – auch wenn sich das Wörterbuch über die praktischen Aspekte der Frage ausschwieg. Und sie strampelte in einem Pfuhl, der dem Priester im Beichtstuhl zufolge, aus schlechten Gedanken bestehen mochte. Eine Gelegenheit zur

Sünde, hervorgerufen von *Virtue's Simplified Dictionary*? Als sie «Gelegenheit» nachschlug, stellte sich heraus, dass es sich um einen «günstigen Augenblick» handelte oder um «geeignete Umstände, um etwas Geplantes auszuführen». Das klang nicht eben zutreffend.

In gewisser Hinsicht war es bedauerlich, dass es sich um ein amerikanisches Wörterbuch handelte, denn einige Wörter richteten sich nach der amerikanischen Schreibweise. In ihren Hausaufgaben fand sich hin und wieder ein Wort, das mit roter Tinte durchgestrichen war, und daneben stand in Master Ryans schwungvoller, aber leserlicher Handschrift die korrekte Schreibweise.

Als Stella die Augen wieder aufschlug, sah sie Gerry durch die Galerie auf sich zukommen.

«Ist es Zeit für einen Kaffee?», fragte sie. «Haben wir genug getan, um ihn uns zu verdienen?»

Gerry nickte. Er versuchte, seine Brille wegzustecken.

«Das verdammte Futteral ist zu klein. Meine Beine ragen sozusagen über die Bettkante hinaus.»

Nachdem sie den Museumsladen aufgesucht hatten, tranken sie guten Kaffee aus Tassen von vernünftiger Größe – keine dieser dampferhitzten, die so schwer waren, dass man sie nicht anheben konnte, und so heiß, dass man nicht wagte, sie an die Lippen zu führen. Stella nahm holländische Pfannkuchen, er *biscotti*.

«Als ich das letzte Mal hier war», sagte sie, «fand gerade eine Ausstellung mit religiösen Reliquien statt – *Eine Treppe zum Himmel* nannte sie sich. Herrliches Zeug aus Gold und Silber. Aber ich habe Leute gesehen – meist alte Leute –, die von echter Ehrfurcht ergriffen waren, nicht etwa vor den Kunstwerken, sondern vor dem, was sie enthielten. Knochensplitter, Kleiderfetzen, Haarlocken. Man konnte es in ihren Augen sehen – die Möglichkeit einer Heilung. Ihr ganz eigenes Wunder.»

«Heilloser Aberglaube», sagte Gerry. «Ich bin mir sicher, dass es genügend Splitter vom wahren Kreuz gab, um eine zweite Forth Rail Bridge zu bauen.»

Sie starrte ihn an und wollte nicht fortfahren. Stattdessen stöberte sie in ihrer Handtasche und holte eine Kunstpostkarte hervor, die sie im Museumsladen erstanden hatte. *Lesende alte Frau*. Nicht das Bildnis, das sie gesehen hatte, sondern ein anderes. Als sie sich nach der Kunstpostkarte erkundigte, hatte die Verkäuferin nur mit den Achseln gezuckt und gemeint, sie sei ausverkauft. Es gebe viele lesende alte Frauen, sagte sie.

«Ist das nicht ein wunderbarer Sachverhalt?», fragte Stella.

Die Verkäuferin hatte ihr eine andere, noch bessere Karte angeboten. Eine alte Frau, in eine dunkle Kutte gehüllt, die auf ein Buch hinabblickt. Das Bild war so schön – die Konzentration in den Augen, die Leuchtkraft des alten Gesichts, die von der Buchseite gespiegelt wurde, das innere Licht von der Lektüre dessen, was auf der Seite gedruckt stand.

Sie schraubte die Kappe ihres Füllfederhalters ab und schrieb auf die Rückseite eine Nachricht, dann reichte sie die Karte Gerry, damit er seine Unterschrift daruntersetzte. Er fügte hinzu: «Alles Liebe, Opa», schraubte die Kappe wieder auf den Füllfederhalter und gab ihn ihr zurück.

«Mir tun die Füße weh», sagte Stella.

«Sag bloß, du willst kneifen. Das Beste kommt doch noch.»
«Was?»

«Die Vermeers. Es gibt drei davon.»

«O nein.» Stella ließ den Kopf auf die Brust sinken. «Eine ganze Familie?»

«Nein – drei *Gemälde*.»

«Gott sei Dank. Ich dachte schon, jeder hätte einen eigenen Saal.»

«Ich möchte wissen, wie Vermeers Sesamkörner aus der Nähe aussehen.»

«Es würde helfen, wenn du beim Mittagessen weniger trinken würdest.»

«Das hat keinen Einfluss auf mich», sagte Gerry.

«Genau das ist die Gefahr. Du hast eine Toleranz entwickelt.»

«Hättest du es lieber, wenn ich intolerant wäre?»

«Glaubst du etwa, du wärst nicht auch das?»

Gerry lächelte und tunkte seine *biscotti* ein. Er beugte sich vor, um das aufgeweichte Ende abzubeißen.

«Dieser Ort, zu dem du heute Morgen gegangen bist, durch die Passage – was hat es damit auf sich? Weshalb möchtest du mit dieser Frau sprechen?»

Stella sah ihn an. Sie schlürfte ihren Kaffee.

«Ich bin müde. Ich bin des Lebens müde, so wie wir es führen.»

«Was meinst du damit?»

«Es gibt wichtige Fragen, die einer Antwort bedürfen. Wie können wir am besten unser Leben leben? Wie können wir ein gutes Leben leben?»

Gerry zog langsam die Schultern hoch.

«Und dort gibt es jemanden, der die Antwort weiß?»

«Nein. Das sind Fragen, die jeder für sich beantworten muss.»

«Was du nicht willst, das man dir tu?»

«Es gibt ein Wort, das man heutzutage gar nicht mehr hört, ein Wort aus meiner Kindheit – *gottesfürchtig* –, ich möchte ein *gottesfürchtigeres* Leben führen.»

«Und wie willst du das anstellen?»

«Ich glaube nicht, dass du es verstehen würdest. Wenn du nicht gläubig bist. Es hat mit Nächstenliebe zu tun, mit Beten. Ich tu mich nur um.»

«Und wenn du findest, wonach du suchst?»

«Es wird gut sein.» Sie zuckte mit den Achseln. «Aber ich weiß, dass es zu anderen – schwierigeren – Fragen führen wird.»

«Und wo stehe ich dann? Wo wir?»

«An verschiedenen Orten.»

Als sie wieder im Hotelzimmer waren, warf Gerry sich aufs Bett. Stella ließ den *Guardian* auf die Anrichte fallen, und die Zeitung glitt zu Boden, aber sie hatte keine Lust, sich zu bücken und sie aufzuheben. Sie ließ sich in den Sessel fallen, die Beine vor sich ausgestreckt und den Kopf zurückgelegt. Beide stießen sie leise Stöhnlaute hervor.

«Wir sind über uns hinausgegangen», sagte sie.

«Haben mindestens eine Meile zurückgelegt.»

«Einen Kilometer vielleicht. Mit fünf multiplizieren und durch acht dividieren.»

Lange herrschte Schweigen. Gerry, der noch immer flach ausgestreckt dalag, löste seine Schnürsenkel und streifte seine Schuhe ab. Polternd fielen sie zu Boden.

«Schau dir nur an, was diese Socken bei mir angerichtet haben.»

Für die Reise hatte ihm Stella neben dem schwarzen Schlafanzug eine Packung mit drei Paar Socken gekauft, die zu seiner Schuhgröße passten. Allerdings hatte sie nicht auf den Gummizug geachtet. Normalerweise beharrte er auf Socken ohne Gummizug.

«Ich versuche, mich auf ein Wort zu besinnen», sagte er

und kniff das Gesicht zusammen. «Ödematös.» Er betastete die blasse Haut unterhalb seines Hosenbeins. «Das liegt an diesen verdammten Socken. Die Flüssigkeit in den Beinen nimmt zu. Und sie schwellen an – nach einem harten Kunsttag. Meine Socken hinterlassen Guinness-Ringe auf den Beinen.» Er massierte die roten Streifen. «Willst du mal fühlen?»

«Darauf kann ich im Augenblick verzichten. Später vielleicht.»

Er starrte sie an und sagte: «Später sind sie vielleicht verschwunden.»

«Dann werde ich enttäuscht sein.»

«Die haben Eieruhren aus meinen Beinen gemacht. Sieh dir nur an, wie sie mich gezwackt haben.»

Sie blickte hinüber zum Bett und sah, was er meinte.

«Schieb's nicht auf die Socken – das liegt an dir. Deine Haut ist ganz schwammig geworden – du armer Kerl…» Sie gab ein glucksendes Geräusch von sich. «Wo wollen wir heute Abend hingehen?»

«Und sie jucken.»

«Nicht kratzen. Das macht die Sache nur noch schlimmer.»

«Hmmmm?» Er hatte die Augen geschlossen und beharkte seine Fußknöchel mit den Fingerkuppen. Dabei stöhnte er leise vor Wonne. «Das Einzige, was sich noch besser anfühlt, ist… Du weißt, eigentlich solltest du nicht, aber wenn du nachgibst… Ahhh, wenn du nachgibst.»

Gerry hob beide Hände von der Zone der Versuchung und ballte sie zu Fäusten. Eine Weile verharrte er so, dann sagte er: «Dieses eine Lokal hörte sich gut an – wo es hieß, es sei gut für robuste Eintopfgerichte. Hinuntergespült mit ein oder zwei Flaschen robustem Wein.»

«Hör auf – du kratzt dich noch blutig.»

«Ich benutze meine Fingernägel doch gar nicht.»

Er hielt die Hände in die Höhe, als wüsste er nicht, was er mit ihnen anfangen sollte. Dann streckte er sie aus und berührte Stella. Wie der Ehemann in *Die jüdische Braut*.

Sie liebten sich. Danach begann es zu dunkeln, und Stella knipste die Nachttischlampe an. Das Zimmer war warm. Gerry legte den Arm um sie.

«Hör zu», sagte sie, «noch mal zur Elastizität der Haut. Schau dir den Abdruck an, den deine Armbanduhr hinterlässt.»

«Es dauert fast eine Woche, bis er verschwindet – sieht aus wie ein Mondkrater.»

Gerry griff nach seiner Seite des Bettes und begann seine Armbanduhr anzulegen, wobei er sie genau in den Abdruck auf seinem Handgelenk bettete.

«Jetzt hast du den Beweis für meinen Sub-Horologium-Hirsutismus gesehen.»

«Warum ziehst du eigentlich deine Uhr ab?»

«Gewohnheit», sagte er. «Um dir nicht wehzutun. Womöglich ein Kratzer ... Aus demselben Grund, weswegen Fußballer keinen Schmuck tragen dürfen.»

«Ich wusste gar nicht, dass du dich so sorgst.»

«Ich möchte, dass du sagen kannst, *dass er des Himmels Winde nicht zu rau ihr Antlitz ließ berühren.*»

«Weißt du, was ich liebe?» Sie starrte an die Zimmerdecke. «Dass ich nicht daran denken muss, was es zum Abendessen gibt.»

«Mich dünkt, Ihr schmeichelt mir zu sehr, Milady.» Sie lächelten beide.

«Weißt du, was ich an Reisen mag?», fragte Gerry.

«Was?»

«Man braucht sich an keinen Namen zu erinnern.»

112

«Solange du dich noch an meinen erinnerst.»

Langes Schweigen.

«Ich versuche mein Bestes.»

Stella gab ihm einen Klaps auf die bloße Schulter.

Er verschränkte die Hände hinter dem Kopf und stützte sich höher aufs Kissen.

«Ich mag Typen, die dir ihren Namen nennen. Im Gespräch. Sie machen sich zu Figuren in ihren eigenen Geschichten. ‹Und da sagt er zu mir – sagt er –: Ronnie, sei doch nicht so ein Dummkopf – nimm's, solange die Gelegenheit günstig ist.› Und ich sage: ‹Ronnie, ich weiß, wovon du redest.› Als hätte ich seinen Namen schon die ganze Zeit gewusst.»

«Raffiniert», sagte Stella.

«Was wird passieren, wenn … das aufhört?»

«Was?»

«Das.»

«Dann wird's das nicht mehr geben.» Sie lächelte.

«Darauf freue ich mich ganz und gar nicht», sagte er. «Was ist dann noch der Sinn des Ganzen?»

«Was war der Sinn des Ganzen, *bevor* Sex dazukam?»

«An so eine Zeit kann ich mich nicht erinnern.»

«Als du acht oder neun warst? Hast du das Leben da nicht großartig gefunden?»

«Ich glaube, ich hab mich schon damals sexy gefühlt. Frauen, die sich am Strand entkleiden, sich im Badetuch drehen und winden – irisch-katholischer Bauchtanz.»

«Das ist reine Neugier – kein Sex. Für einen Jungen ohne Schwestern.»

«Sag, was du willst. Ich war daran interessiert. Von jetzt an wird das höchste der Gefühle ein Niesen sein.»

«Moment mal», sagte Stella, «wenn eine Zaubermacht auf dich zukäme und würde sagen, du könntest dein Leben noch einmal von vorn beginnen – nur dass du diesmal Eunuch wärst. Würdest du dich dafür entscheiden?»

«Mit einigem Widerwillen.»

«Also ist Sex nicht das A und O? Es gibt auch noch andere Dinge?»

Stella ging ins Badezimmer.

«So, wie ich mich im Augenblick fühle, könnte ich heute Abend im Hotel bleiben. Mein Kreuzworträtsel lösen.» Sie hob die Stimme, damit sie gehört werden konnte. «Aber ein robustes Eintopfgericht hat auch seinen Reiz. Gefolgt von Zitronen-Käsesahnetorte. Haben Sie eine Meinung dazu?»

Sie trocknete sich die Hände ab und kam heraus. Auf dem Bett hatte Gerry zu schnarchen begonnen.

«Deine Rückfallposition – Gerry – besteht jedes Mal darin, dich zurückfallen zu lassen.»

Gerry erwachte. Es war dunkel, obwohl die Vorhänge aufgezogen waren. Das einzige Licht war eine tangerinefarbene Diagonale auf dem Bett von der Natriumdampflampe draußen. Stella, die ihren Bademantel anhatte, saß im Sessel und schlief tief und fest. Der Roman, in dem sie gelesen hatte, war zur Seite gerutscht, und sie saß zusammengerollt wie eine Garnele da. Gerry schwang sich aus dem Bett und setzte seine Füße auf den Boden. Leise tappte er zur Anrichte, griff in den Plastikbeutel, fand den Hals der Whiskeyflasche und hob diese an die orange Lichtquelle. Ersatz zu beschaffen war von höchster Dringlichkeit. Er hatte es übertrieben. Zwar war noch genug vorhanden, dass es für die Nacht reichte, aber er musste für den nächsten Morgen planen. Wenn er die Sache doch nur gründlich durchdacht hätte. Als Stella am Morgen allein zum Beginenhof unterwegs gewesen war, hätte er ein Geschäft finden, eine Halbflasche Whiskey welcher Sorte auch immer – sogar Scotch – kaufen und sie ins Hotel schmuggeln können. In die große Flasche damit und die Halbflasche im Abfalleimer entsorgt, bevor man Prost sagen konnte! Eine saubere Sache. Zwischen den beiden Fahrstühlen stand ein Abfalleimer aus Edelstahl. Aber nein – er hatte nicht richtig nachgedacht. Nicht vorausgeplant. Storyboarding-Fähigkeit – null. Er war zu sehr mit der Frage beschäftigt gewesen, wo Stella sich herumtrieb und mit wem sie durchbrennen würde.

Ohne die Flasche aus dem Beutel zu nehmen, entfernte er den Schraubverschluss und goss einen ordentlichen Schluck in eines der beiden sauberen Gläser auf dem Tablett. So lautlos wie möglich schraubte er die Kappe wieder auf und schlich sich auf Zehenspitzen ins Badezimmer. Er schloss die Tür und schaltete das Licht ein. Während er das Glas direkt vom Hahn mit Wasser füllte, blickte er auf und sah sich nackt im Spiegel. Kein hübscher Anblick. Du Schlitzohr. Auf der Oberfläche des Getränks bildete das Wasser einen dünnen, silbrig weißen Film. Um dieses Phänomen zu verhindern, hätte das Wasser ruhen müssen. Zeit haben müssen, sich zu setzen. Damit sich die Bläschen verloren. Er trank das Glas Whiskey zur Hälfte aus, dann zog er sich den Frotteebademantel des Hotels über. Der Stoff fühlte sich weich an auf seiner Haut. Er versuchte, nicht in den Spiegel zu schauen. Eine Dusche wäre eine gute Sache. Er trug sein Getränk zum Nachttisch und stellte es, um das Klacken zu vermeiden, das Stella aus dem Schlaf geschreckt hätte, auf ein zusammengefaltetes Papiertaschentuch. Gleichzeitig knipste er seine Nachttischlampe an. Überall Kleidungsstücke. Er ignorierte sie und setzte sich. Falls sie aufwachte, könnte er es einen Wiederbelebungstrank nennen. Etwas, um seinen erlahmenden Lebensgeistern Auftrieb zu geben. Nur ein winziges Schlückchen. Weil wir im Urlaub sind. Aber sie war immer noch wie betäubt, nur ihr Kopf zuckte hoch und sank dann langsam wieder herab. Der Whiskey entspannte ihn. Er leerte das Glas bis zur Neige. Zu dieser Tageszeit reichte das. Er erhob sich aus dem Sessel, ging ins Badezimmer, spülte das Glas aus und trocknete es mit einem Papiertaschentuch. Dann putzte er sich mit minziger Sensodyne-Pasta die Zähne. Das gesäuberte Glas stellte er verkehrt herum auf das Papierdeckchen, wo das Stubenmädchen es platziert hatte, als sie das Zimmer richtete.

Sie schrak hoch und starrte ihn an, als sei er ein Fremder.

«So?», sagte sie. In übertriebener Weise riss sie die Augen auf, dann rieb sie sich mit beiden Händen das Gesicht. «Heute Nacht werde ich nicht schlafen können. Zu viele Nickerchen an einem Tag. Muss wohl die Luftveränderung sein.»

«Was sagt das Storyboard?»

«Für heute Abend?»

«Ja.»

«Wie spät ist es?»

«Ich finde, es ist Zeit für ein robustes Eintopfgericht», sagte Gerry, «aber zuerst eine Dusche.»

«Gib mir eine Minute.»

Stella stand auf und ging ins Badezimmer.

Als die Toilettenspülung ging, rief Gerry laut: «Ich glaube, ich werde mir einen kleinen Seelentröster genehmigen – ein Hauch von Luxus.»

Sie öffnete die Tür und kam, sich die Hände abtrocknend, heraus.

«Was hast du gesagt? Wegen der Spülung konnte ich dich nicht hören.»

«Ich gönne mir einen Drink.» Er hob ihr das Glas entgegen, als wolle er einen Toast ausbringen. «Damit ich mich wie Frank Sinatra fühle.»

Er tanzte an ihr vorbei ins Badezimmer und verdünnte den Whiskey direkt aus dem Kaltwasserhahn. Wieder die silbrig-milchige Oberfläche. Er kam heraus, setzte sich in den Sessel und nippte an seinem Drink.

«Der erste des Tages», sagte er. Stella räumte das Zimmer auf und hob die Kleider und Schuhe und Zeitungen und Illustrierten auf, die auf dem Fußboden herumlagen.

«Bis auf den Wein zum Mittagessen.»

«Wein zählt nicht. So wie Gin Tonic. Das sind doch alles ‹weiche› Getränke.»

«Schaltest du die Nachrichten ein?», sagte Stella. «Möglichst auf Englisch.»

Sie warf ihm die Fernbedienung zu. Er fand den Nachrichtenkanal der BBC.

«Ich hasse es, wie sie diesem Tickerband erlegen sind, das über den Bildschirm läuft. Diesen Kriechtiteln.» Stella machte es sich auf dem Bett bequem.

Er warf die Fernbedienung zurück. «Wieder so eine Sache, die sie schamlos den Amerikanern nachgemacht haben. Die Stummtaste ist die zweite von oben.»

Er ging mit seinem Drink ins Badezimmer.

«*Fly me to the moon*», sagte er über die Schulter hinweg.

«Fang bloß nicht an zu singen.»

Er schloss die Tür und setzte sich auf die Klobrille. Sie war ein paar Zentimeter niedriger als zu Hause, was zur Folge hatte, dass er auf den letzten paar Millimetern seiner Abwärtsbewegung in Panik geriet. Außer Kontrolle. Seine Knie waren gekrümmter. Er dem Fußboden näher. Er trank seinen Whiskey aus, drehte sich halb um und stellte das leere Glas auf den Spülkasten. Als er fertig war, erhob er sich und zog, dann riss er den Duschvorhang auf. Das Wasser schoss aus dem Hahn, erst kaltes, dann mischte er heißes hinzu. Als die perfekte Temperatur erreicht war, drückte er auf den Umstellknopf, und das Wasser zischte aus dem Brausenkopf.

Er zog den Bademantel aus und hängte ihn an den Türhaken. Sich an den Metallgriffen festhaltend, stieg er vorsichtig in die Wanne. Lange stand er da und ließ die Wasserstrahlen auf seinen Kopf eintrommeln. Dann schäumte er sich mit Shampoo aus dem ausgewechselten Miniaturfläschchen des Hotels die Haare ein. Zeug, das er verabscheute, so stark parfümiert war es. Das Parfüm-Gegenstück zu Mantovanis Streicherkaskaden. Völlig unwirksam gegen Schuppen. Er öffnete das ausgewechselte Miniaturfläschchen Conditioner und stellte es griffbereit auf den Rand der Badewanne. Partner. Salz- und Pfefferstreuer. Öl und Essig. Shampoo und Conditioner. Gerry und Stella. Eben wollte er sich umdrehen und sich bücken, um das Fläschchen Conditioner aufzuheben ... aber da war nichts. Es begann, *weil* da nichts war. Ein Wischen durch die Luft. Wenn da etwas hätte sein müssen. Ein Halt. Nichts als nackte Luft. *Flying to the moon.* Nähert sich ein starker Magnet einem anderen mit gleichnamigem Pol, weisen sie sich gegenseitig ab, gleiten sie aneinander ab. Kein Kontakt. Kein Halt. Reibungsfreie Bahnen beruhen auf diesem Prinzip. Sie und der Fahrweg stoßen einander ab. Wie seine Ferse und die Emaille-Oberfläche. Wie seine Frau und er, die aneinander abgleiten. VERFLUCHTER SCHEISSKERL. Keine Berührung, sosehr er auch wollte. Hinab. Überhaupt keine Berührung – nicht im entferntesten. HEILIGE SCHEISSE. Ich gehe zu Boden. Wie viele vorstehende Körperteile, Knochenenden, Knorpelgelenke werden brechen, beschädigt werden, an dem harten Emaille abprallen? Wie lautete noch einmal der Vers über Jupiter und Mars? So viele Pfunde, die in Rekordzeit hinabstürzten. In einem Wimpernschlag. So lebhaft vor Augen wie ein Autounfall. Wie der Verlust der Jungfräulichkeit. Kontakt hergestellt. Ein

Geräusch wie von einem Gong. Das war's. Eine Gongdusche. So etwas hatte er doch schon einmal erlebt. Knochenkontakt. Als ihm die Erkenntnis kam, begann er zu brüllen. Ob bereits auf dem Weg nach unten oder erst als er auf dem Emaille aufschlug, wusste er nicht genau. Aber da lag er nun, richtig herum, das Wasser aus der Brause zischte auf seine Füße, sein Kiefer pochte, seine Knie und Schenkel röteten sich. Sein Schwanz stand schräg auf zehn nach zwei.

«STELLA!», brüllte er über das Geräusch der Dusche hinweg.

Aus der Ferne: «Was ist?»

«Ich bin gefallen.» Sie stieß die Tür auf und kam ins Bad gerannt. Bei seinem Anblick schrie sie auf und musste gleichzeitig lachen. Er lag da wie betäubt, und sein Herz klopfte. Hämmerte.

«Hast du dir wehgetan?»

Er streckte die Hand aus und prüfte jede Gliedmaße. Tastete nach seinem Steißbein. Es schien unverletzt. Das Wasser glitschte die Haare auf seinen Beinen zu senkrechten Strichen. Stella stellte die Dusche ab, und plötzlich war es leichter, sie zu hören.

«Das ist nicht zum Lachen. Ich könnte mausetot sein.»

«Bist du aber nicht», sagte sie. «Gibt's dich noch?»

Er zog sich in eine sitzende Position, bewegte sich, empfand keinen Schmerz. Nichts gebrochen.

«Es gibt mich noch.» Sie lachte. «Aber das ist bestimmt nicht dir zu verdanken. Ich werde das Hotel verklagen. Wo ist die Gummimatte? Jede Badewanne sollte eine Gummimatte haben. Für ältere Herrschaften.»

«Aber du leugnest doch immer, dass du zu denen zählst.» Sie nahm ein gefaltetes weißes Badetuch vom Halter und schlug es für ihn auseinander. Durch das trockene Frottee fasste er ihre Hand, und sie half ihm auf die Beine. Er klammerte sich an die Edelstahlgriffe und hievte sich stöhnend über den Badewannenrand.

«Sachte. Sei vorsichtig», sagte Stella. Er trat auf die Badematte. Sie hüllte ihn in das Tuch. «Du zitterst ja.» Sie führte ihn ins Schlafzimmer. «Hier, leg dich hin.»

«Könnte einem den Urlaub verderben, so etwas», sagte Gerry.

«Alles in Ordnung? Keine Schmerzen?»

«Glück gehabt – keine Bruchschäden – reines Glück.»

«Vielleicht sollten wir im Hotel bleiben.»

«Es geht schon. Nichts, was ein robustes Eintopfgericht nicht beheben könnte. Mit einer robusten Flasche Wein.» Er fing an, sich die Haare zu trocknen.

«Tut mir leid, ich wollte nicht lachen. Es waren nur die Nerven.»

Gerry schlang das Badetuch wie einen Rock um die Taille und ließ sich langsam aufs Bett sinken. Er lehnte sich aufs Kopfkissen zurück.

«Ein einschneidendes Ereignis.»

«Was?»

«Wenn du in der Dusche zum ersten Mal stürzt.»

«Werd bloß nicht weinerlich, Gerry.»

«Der nächste Kopfsprung ist ins Grab.»

Die Fahrstuhltür glitt zu, und da sie allein waren, küssten sie sich. Ein flüchtiger Kuss. Auf den Mund. Gerry trug einen Regenmantel und seinen marineblauen Schal – sie eine senffarbene Jacke mit Kunstpelzkragen. Er runzelte die Stirn und machte sich vor dem Spiegel ein wenig zurecht.

«Meine Haare stehen ab.» Mit den Fingern versuchte er sie glatt zu streichen. «In meiner Panik hab ich ihn vergessen.»

«Wen vergessen?»

«Den Conditioner.»

«Die Paparazzi werden's merken. Morgen steht's in allen Zeitungen.»

«Und mein wundes Kinn.»

«Das können wir in der Leidensstunde besprechen.»

Es war dunkel, und als er die Hoteltreppe hinunterging, war er etwas wackelig auf den Beinen. Er stützte sich aufs Geländer, und sofort fühlte es sich klebrig an.

«Ahhhhh, Scheiße.» Das Geländer war schwarz gestrichen worden. Er löste seine Hand und betrachtete sie. Geschwärzte Finger und ein großer schwarzer Placken auf dem Handteller. Wie bei der Abnahme von Fingerabdrücken durch die Polizei – Wirbel, Schleifen und Bögen. Er hielt seine Hand Stella hin. Erst da sah er den mit Kreide auf die Stufen geschriebenen Warnhinweis. PAS GEVERFD. Vermutlich «frisch gestrichen». Das Plastikabsperrband hing unnütz zu Boden. Die diensthabende Rezeptionistin wirkte für einen Moment verwirrt, als er ihr seine geschwärzte Hand hinhielt, als wollte er einen Eid leisten. Oder war es die High-five-Geste?

«Abbeizmittel? Oder Margarine?» Woher in aller Welt sollte sie wissen, was Margarine war? Und falls sie es doch wusste, würde sie auch nur die leiseste Ahnung haben, dass man damit Lackfarbe entfernen konnte? Sie telefonierte mit dem Wartungspersonal, während er sich in der Toilette gegenüber der Rezeption die Hände wusch. Sie wieder und wieder einseifte und mit Papierhandtüchern abwischte und dabei an den Flecken schnüffelte, um zu sehen, ob sie weniger wurden. Aber es hatte keinen Zweck. Die Farbe war noch immer da und fühlte sich klebrig an.

Stella war durch die Drehtür aus der Kälte hereingekommen. Sie stellte sich auf die andere Seite der Lobby, als habe das Problem mit ihr nichts zu schaffen. Inzwischen lehnte Gerry wartend an der marmornen Theke.

Es dauerte fast fünf Minuten, ehe der Wartungstechniker mit einem Lappen und einer Plastikflasche Testbenzin eintraf. Außen war die Flasche mit verschiedenenfarbigen Lacken bespritzt und bekleckst. Gerry betrachtete sie – er konnte den Geruch schon von Weitem riechen. Die Vorstellung, in ein Restaurant zu gehen und nach diesem Zeug zu stinken, reizte ihn gar nicht. Er wollte den Mann nicht kränken, also nahm er die Flasche an sich und ging in die Toilette. Er besah sich im Spiegel und schraubte den Verschluss auf. Wenn er das Zeug benutzte, würde der Geruch den ganzen Abend an seinen Händen haften bleiben – so wie der Geruch von Räucherfisch haften bleibt. Noch schlimmer. Danke bestens. Er schraubte den Verschluss wieder auf die Flasche und wusch sich die Hände – versuchte, sie von dem Geruch zu befreien, der allein schon von der Handhabung der Flasche zurückblieb. Er umfasste die Flasche mit einem Papiertaschentuch und gab sie dem Mann zurück. Als er sich zu Stella gesellte und sie auf die Straße hinausgingen, entschuldigte er sich dafür, dass er sie nicht bei der Hand nahm.

«Ich klebe immer noch», sagte er.

«Das tust du doch immer.»

Sie hakte sich bei ihm unter, und sie schlenderten davon, dicht aneinandergeschmiegt, um sich warm zu halten. Die Bürgersteige sahen aus, als würden sie gleich gefrieren – Flächen grauen Geglitzers –, die Geschäfte verströmten Wärme, und vor jedem Eingang bildete sich ein kleiner örtlich begrenzter Nebel.

«Das ist nicht mein Tag», sagte Gerry. «Ein schwarzer Fleck. Die Hände stinken nach Lackverdünner, überall graue Haare, verschrammtes Kinn, leichtes Hinken.»

«Och, Gott steh dir bei.»

Bevor sie das Lokal mit den robusten Eintopfgerichten betraten, bemerkte Gerry nebenan einen Supermarkt. Im Restaurant nahm man ihre Mäntel entgegen und führte sie zu einem warmen Tisch, ein gutes Stück von der eisigen Zugluft an der Tür entfernt. Der Kellner brachte die Speisekarten und stellte ihnen einen Korb mit Brot und kleinen eingewickelten Butterportiönchen hin. Gerry hob eines der viereckigen Portiönchen auf und zeigte auf sein Herz. Wedelte leicht mit der anderen Hand.

«Margarine?», fragte der Kellner. Gerry nickte.

«Du bist doch sonst nicht so pingelig», sagte Stella.

«Warte nur.»

Der Kellner brachte einige Einzelportionen einer ihnen unbekannten Margarinemarke. Die Verpackung war mit grünen Hügeln, gelben Feldern und einem blauen Himmel bedruckt.

«Genau das Richtige», sagte Gerry und hob eine davon auf. Stella blickte ihn an. Er erklärte ihr, was er vorhatte, entschuldigte sich und machte sich auf die Suche nach der Toilette. Er fand sie in einem Korridor hinter dem Empfang. Aber er ging nicht sofort hinein – er ging nach nebenan in den kleinen Supermarkt und erstand eine Halbflasche Whiskey, eine entsetzliche Marke, der er noch nie zuvor begegnet war. Tyrone Superior, vermutlich in Bulgarien oder sonst wo hergestellt. Er hätte jeden Whiskey genommen – Dunphy's oder Crested Ten oder Redbreast, sogar Scotch –, solange er in einer flachen Halbflasche kam, die in seine Tasche passte. Es gab keine Warteschlange und keine Sprachprobleme. Erst als Gerry dem hinteren Fach seiner Brieftasche eine Banknote zu einem hohen Nennwert entnahm, hob sich schwach eine Augenbraue. Der ganze Vorgang war so einfach, dass er zögerte – mit seiner geschwärzten flachen Hand eine Stopp-Geste machte, zurückging und sich eine zweite Halbflasche grapschte. Lieber auf Nummer sicher gehen. Die junge Frau an der Kasse musterte ihn misstrauisch, und um sie zu beruhigen, lächelte er. Betrachtete sie sein wundes Kinn? Seinen seltsam bemalten Handteller? War dieser Mann in ein betrunkenes Handgemenge geraten? Weshalb wanderte er ohne Mantel und mit einer Brieftasche voll großer Scheine durch die eiskalten Straßen? Sollte sie die Polizei rufen? Sie scannte auch seinen zweiten Einkauf ein und händigte ihm das Wechselgeld der Gesamttransaktion aus. Die erste Flasche ließ er in die rechte Tasche seines Jacketts gleiten, die zweite in die linke. Er war ein durch und durch ausgewogenes Individuum. Er tätschelte die Patten seiner Taschen. Als er das Jackett kaufte, hatte er sie unmodern gefunden, doch Stella hatte ihm versichert, dass Patten wieder in Mode kommen würden. Jetzt war er über sie froh. Er schob die Schultern zurück und ging wieder nach nebenan zur Restauranttoilette.

Es war ein recht gehobenes Lokal, auch wenn es sich robuster Eintopfgerichte rühmte. Wie in der Garderobe eines

Schauspielers war der Toilettenspiegel von strahlend weißen Glühbirnen umrahmt und nahm über einer Reihe eleganter Handwaschbecken die ganze Breite der Wand ein. Gerry hielt inne, um sich zu mustern. Befühlte seine abstehenden Haare. Auf seinem Kinn zeichnete sich ein Fleck ab, und er berührte ihn, um herauszufinden, ob er schmerzempfindlich war. Er war's.

Gerry hob den Blick, um noch einmal sein ganzes Gesicht zu betrachten. Er war von sich selbst enttäuscht. Gleich zwei zu kaufen. Er sah sein Spiegelbild mit den Achseln zucken. *Was geschehn ist, kann man nicht ungeschehn machen,* schien die Geste zu besagen.

Aus der Hosentasche holte er die Portionspackung Margarine hervor. Sie ließ sich nur mühsam öffnen. Er musste die Lasche hochbiegen und die Plastikhaut zurückschälen, um an den Inhalt heranzukommen. Als es ihm endlich gelang, war der kleine gelbe Klacks angenehm geformt wie ein vierblättriges Kleeblatt. Mit dem Zeigefinger hob er ihn heraus und trug ihn auf der verschmierten Hand auf. Er machte Waschbewegungen, sah zu, wie seine Hände sich im Licht glitzernd drehten – wie eine Art mehrfach ungesättigter Pontius Pilatus. Die verbliebenen Spuren des schwarzen Glanzes schienen wegzuschmelzen. Mit dem Ellbogen drückte er auf den Heißwasserhahn und spülte sich die Hände ab. Wirbelnd verschwand die graugelbe Pampe im Abflussloch. Dann seifte er sich die Hände ein und begann wieder von vorn. Er war stolz auf sich. Die betroffene Hand war inzwischen blitzsauber. Und roch lediglich nach Seife. Und er hatte gleich zwei Freunde des Reisenden – Gefährten, könnte man sagen, mit ihrem beruhigenden Gewicht – in seinen Taschen verstaut. Das alles binnen vier Minuten.

Auf dem Rückweg in den Speisesaal sah Gerry durch die Glastür Stella. Sie hatte die Ellbogen auf den Tisch gestützt und blickte nach unten, fast als wäre sie niedergeschlagen. Und das kam ihm so ungewöhnlich vor, dass er innehielt, bevor er die Tür aufdrückte. Was war dieses Alleinsein? Ihrem natürlichen Zustand entsprach es, Beziehungen zu knüpfen. Auf einer Party betrat sie den Raum und hielt auf die erstbeste Person zu, die ihr über den Weg lief. Auf derselben Party bewegte Gerry sich umher, plauderte mit verschiedenen Grüppchen, machte hier und da einen Scherz und lauschte, so gut er konnte, ohne die Hand hinter die Ohrmuschel legen zu müssen. Eine Stunde später oder so blickte er sich um, und Stella war noch immer ins Gespräch vertieft, mit derselben Person, mit der sie begonnen hatte. Sie fand alle Menschen gleichermaßen interessant und schien unfähig, irgendjemanden zurückzuweisen. Gerry beschuldigte sie, ein «Magnet für Trantüten» zu sein.

«Das liegt daran, dass ich zuhöre», sagte sie.

«Es endet immer mit einer außerplanmäßigen Leidensstunde.»

«Wie auch nicht, wenn ich von Hypochondern wie dir umgeben bin?», fragte sie. Jetzt war sie hier in einem Restaurant in Amsterdam, saß allein da und starrte, als wäre sie den Tränen nahe, vor sich auf das Gedeck. Vielleicht wusste sie Bescheid.

Jetzt, da er zurück war, gaben sie ihre Bestellung auf, und als der Kellner gegangen war, versuchte Gerry ihr zu erzählen, wie erfolgreich er mit der Margarine gewesen war. Er zeigte ihr seine saubere Hand. Es war ihr vollkommen gleichgültig. Auch wie wenig Zeit es in Anspruch genommen hatte, beeindruckte sie nicht. Es herrschte Schweigen zwischen ihnen.

«Gerry – ich möchte etwas bereden.»

«Schieß los. Hast du den Wein geordert?»

«Ja. Der Tempranillo sieht gut aus.»

Als der Kellner den Wein brachte, verzichtete Gerry auf das Ritual des Kostens. Der Kellner füllte beide Gläser und ließ die Flasche auf dem Tisch stehen.

«*Dank je*», sagte Stella.

«*Good man*», sagte Gerry. Der Kellner lächelte und zog sich zurück. «Als ich in der Badewanne gestürzt bin, kam mir aus irgendeinem Grund nur das Wort ‹Gongdusche› in den Sinn.»

«Was?»

«Hatte was mit dem Geräusch zu tun, das ich gemacht habe, als ich auf dem Emaille aufschlug. Warst du nicht zusammen mit mir bei der Gongdusche?»

«Nicht dass ich wüsste.»

Gerry hob sein Glas und hielt es in die Höhe. Stella stieß mit ihm an.

«Das war in Leamington Spa. Ein Volksfest auf einer Wiese – an einem Sonntagmorgen.»

«Vermutlich bin ich zur Messe gegangen.»

«So eine Art alternativer Frieden. The Warwickshire Badger Group. Indische Kopfmassage, Tattoos. Und Gongduschen. Ich habe dir bestimmt davon erzählt.»

Stella schüttelte den Kopf. Nein.

«Es sei denn, ich hab's vergessen», sagte sie.

«Es gab da einen bärtigen Hippie und seine Frau, die vor ihrem Zelt knieten und die Leute hereinwinkten. Und es gab diesen großen Messinggong – wie in den Filmen mit dem halb nackten Typen. Twentieth Century Fox? Gaumont?»

«Rank», sagte sie.

«Richtig, Rank – eindeutig J. Arthur. Und sie locken eine Kundin an und lassen sie auf einem Stuhl vor dem Gong Platz nehmen, und der Hippie bringt ihn zum Vibrieren, indem er wie besessen auf ihn einschlägt.» Gerry demonstrierte es mit beiden Händen. «Der Gong brüllt wie ein Düsenflugzeug. So geht das eine Ewigkeit lang. Dann wird es leiser – der Typ hatte wohl keine Kraft mehr in den Armen –, und die Frau kommt wieder heraus, von Schallwellen überspült. Und zahlt Geld dafür.» Gerry imitierte einen amerikanischen Akzent. *«Ich konnte buchstäblich fühlen, wie die Negativität aus meinem Körper wich, sagte Martha.»*

«Zur Reinigung von Schmuck wird Ultraschall verwendet. Der löst noch die kleinsten Schmutzpartikel», sagte Stella. «Ringe kommen blitzsauber heraus.»

«Genau wie die Frau. Ich glaube, sie musste ein Vaterunser, drei Ave-Marias und ein Ehre sei beten – um das Ritual zu vervollständigen.»

Stella schien verärgert und blickte weg. Gerry hob die Flasche und füllte sein Glas nach. Stella wischte sich mit der Serviette den Mund ab und beugte sich vor.

«Ich möchte über den Ort reden, den wir heute Morgen besichtigt haben.» Sie blickte auf ihre Hände. «Wir werden nicht jünger. Ich weiß nichts Rechtes mit mir anzufangen – bin ohne Ziel. Es gibt keine Rolle für mich. Der einzige Enkel ist in Kanada, und es hört sich nicht so an, als würden noch welche nachkommen.»

«Ach, man weiß nie …»

«Darum geht es nicht – lass mich ausreden.» Sie unterbrach sich und drehte das vor ihr liegende Messer um, sodass es nach innen wies. «Ich möchte etwas Besseres. In der Zeit, die mir noch bleibt.»

«Es fehlt dir doch nichts, oder?»

«Nicht dass ich wüsste.»

«Eine Sekunde lang dachte ich, dass du die ganze Reise nur deshalb geplant hast, um mir die schlechte Nachricht beizubringen.»

«Nein.» Sie lächelte über seine Besorgnis und fuhr fort. «Als ich – vor all den Jahren – das letzte Mal in Amsterdam war, hörte ich von diesem Ort ...»

«Welchem?»

«Wo wir heute Morgen waren – dem Begijnhof –, wie immer man das ausspricht. *Bechainof.* Es hieß, dass es ein guter Ort für Frauen ist, die ein religiöses Leben führen wollen. Und ich wollte mit ihnen darüber reden. Fragte mich, ob es andere, ähnliche Orte gibt. Näher bei uns zu Hause.»

«Oh, oh!»

«Hörst du mir zu?», fragte sie. «Das ist wichtig.»

«Natürlich.»

«Kein Kloster. Sondern eine religiöse Gemeinschaft. Keine strenge Abgeschiedenheit. Frauen können eine eigene Wohnung haben und brauchen kein Armutsgelübde oder dergleichen abzulegen. So wurde es mir gesagt.»

«Wovon redest du da? Ich weiß nicht, was hier vorgeht.»

«Für Montag habe ich einen Termin bei der Geistlichen Leiterin – oder wie immer die genannt wird ...»

Ein junger asiatischer Blumenverkäufer betrat das Restaurant und bewegte sich zwischen den Tischen umher. Er kam zu Gerry und breitete seine Waren auf dem Unterarm aus. Kleine, in Zellophan gehüllte rote Rosen. Gerry schüttelte den Kopf. Stella sah auf und lächelte.

«Nein danke.» Der Junge erwiderte ihr Lächeln und setzte seinen Rundgang zwischen den Tischen fort.

«Alte, allein essende Männer fragt er nicht», sagte Gerry.

«Wem sollten sie sie auch schenken?», fragte Stella. «Falls sie eine kaufen.»

Während sie sprach, mied sie seinen Blick, und das sah ihr nicht ähnlich.

«Ich trete auf der Stelle», fuhr sie fort. «Die Familie ist aufgezogen – die Arbeit ist getan. Das kann doch nicht alles gewesen sein, oder? Es bleiben nur noch zehn oder zwanzig Jahre. Wir haben den Stoff unseres Leben falsch zugeschnitten. Er passt nicht. Ich zumindest – bei dir weiß ich es nicht.»

Gerry hob die Schultern. Dann kam ihm der Gedanke, dass sie es ironisch meinte. Eine Weile sagte sie nichts mehr.

«Ich bin verwirrt», sagte er. Er forderte sie heraus, ihm direkt in die Augen zu sehen. «Was willst du damit sagen?»

«Wir glauben an andere Dinge.» Noch immer starrte sie auf das Tischtuch.

«Das haben wir doch schon immer gewusst.»

«Aber jetzt stehen die Dinge anders. Ich habe das Gefühl, nur zu driften. Ich möchte etwas tun mit der Zeit, die mir noch bleibt. Etwas anderes, als dir beim Trinken zuzuschauen.»

«Komme ich denn in deinem Storyboard vor?»

«Eigentlich nicht.»

Stella war unverkennbar eingeschlafen. Ihr Buch war zu dicht an ihrem Gesicht. Gerry stand auf und legte es auf den Nachttisch – und auf dem Rückweg griff er in die rechte Tasche seines Jacketts, das er in den Kleiderschrank gehängt hatte. Er holte die Halbflasche hervor, ging ins Badezimmer und schloss die Tür. Wovon hatte sie geredet? Er hustete, um das Knacken des Schraubverschlusses zu übertönen, und schenkte sich ein. Sein Spiegelbild verriet ihm, dass der Striemen dunkler geworden war. Als er mit seinem Drink wieder im Schlafzimmer war, setzte er sich hin.

Die Atemzüge von ihrem Kopfkissen blieben langsam und gedehnt. Normalerweise redete sie nicht so offen. Er blickte in sein Glas und sah, dass es leer war. Das war schnell gegangen. Er füllte es erneut und goss Wasser nach.

Im Aufzug wäre er beinahe ertappt worden. Als der Lift im

dritten Stock ruckartig angehalten hatte, war aus Gerrys Taschen ein Geräusch gedrungen – ein Mittelding zwischen Kollern und Glucksen. Allerdings abgedämpft von seinem Regenmantel. Und er hatte sich gefragt, ob sie es wohl gehört hatte. Falls ja, wäre ihm keine gute Ausrede eingefallen. Was war das für ein Geräusch, Gerry?

Achselzucken. Woher soll ich das wissen?

Jetzt, da er entspannt im Hotelzimmer saß, fielen ihm Ausreden ein. Er hätte die Bremsflüssigkeit dafür verantwortlich machen können. Sie hatte keine Ahnung, wie irgendetwas Mechanisches funktionierte. Die Abflussrohre über ihnen? Er hätte Borborygmi dafür verantwortlich machen können – gemeinhin als Magenknurren bekannt. Der Singular lautete Borborygmus, doch der Plural war durchaus angemessen. Aus gleich zwei Quellen. Aber Stella hatte sich nicht dazu geäußert, hatte nichts weiter gesagt als: «Ich freue mich auf mein Bett.» Meinte sie das im Ernst – dass er in ihrem Storyboard nicht vorkam? Wie konnte das sein? Was würde er tun? Er nahm einen weiteren Schluck und wollte das Glas gerade wieder auf den Tisch stellen, als er sich anders besann. Er griff nach dem unbeschriebenen Notizblock neben dem Telefon und benutzte ihn als Stoßdämpfer. Stille, als er das Glas absetzte. Aber er wusste, wenn er es das nächste Mal in die Hand nahm, würde es einen feuchten Ring auf dem Telefonblock geben. Eine glänzende Null.

Die Geräusche vom Bett veränderten sich. Jetzt fiel sie eindeutig in Tiefschlaf. Heute Abend im Restaurant war sie anders gewesen. Distanziert. Fremd. Er wusste nicht, ob es seine Schuld war oder nicht. Er sah sie wie von weitem. Wie jemanden, den er gar nicht richtig kannte.

Das einzige Mal, dass er in letzter Zeit etwas Ähnliches empfunden hatte, war zu Weihnachten gewesen – als er sie zur

Mitternachtsmesse begleitet hatte. Der Gedanke, dass sie um ein Uhr morgens allein durch die dunklen Straßen ging, hatte ihm nicht behagt. Normalerweise stand sie am Weihnachtstag in aller Frühe auf und ging dann allein zur Kirche.

Den Drill der Messe kannte er noch aus seiner Kindheit. Aber er wusste auch, dass die Dinge sich verändert hatten. Als er sich neben ihr auf der Kirchenbank niedergelassen hatte, war ihm wohl, dass er nicht involviert war. Die Kirche war – wie Tausende viktorianischer Kirchen landauf, landab – neugotisch, von irgendeinem Klon Pugins erbaut. Spitzbögen, die zu beiden Seiten des Hauptschiffs prangten – der Altar wie eine Hochzeitstorte mit Zuckerguss. Als Kind hatte er immer nach vorn zum Altar schauen müssen. Seine Mutter schalt ihn, wenn er woanders hinsah. So starrte er konzentriert auf jeden, der gerade vor ihm saß. Auf die Hinterköpfe der Erwachsenen. Auf den Hutabdruck im Haar eines Mannes, auf das Muster und die Farben eines Frauenkopftuchs.

Er schenkte sich einen weiteren Whiskey ein.

«Nur ein Gläschen. Einen Absacker», flüsterte er. «Nur ein Tröpfchen.» Viel Wasser. Um den Whiskey unschädlich zu machen. Wozu diese Erinnerungen? Er versuchte, irgendwohin zu gelangen, hatte jedoch das Reiseziel vergessen. Wieso war er bei Weihnachten angelangt? Es hatte etwas damit zu tun, dass er Stella in einem anderen Licht sah. Dass er sie so wahrnahm, als kenne er sie nicht gut. Dann fiel es ihm wieder ein. Die Mikrofonstimme des Priesters, der sagte: «Gebt einander ein Zeichen des Friedens.»

Nachdem er Stella geküsst und den fremden Menschen um sich herum die Hand geschüttelt hatte, hatte Stella gewispert: «Schwester Francis und ich sind heute Nacht Kommunionhelferinnen.»

Sie hatte ihn verlassen und war das Seitenschiff entlanggegangen. Am Hauptaltar gesellte sich eine Nonne zu ihr, und der Priester reichte beiden die Kommunion. Danach waren die anderen Gläubigen an der Reihe. Durch die sich bewegende Menge hindurch sah Gerry hin und wieder, wie Stella am Altar aus einem goldenen Kelch Hostien austeilte. Schwester Francis neben ihr tat desgleichen. Stella stand leicht erhöht und musste sich ein wenig vorbeugen, um denen, die auf sie zukamen, die Hostie zu reichen. Jedes Mal, wenn ihre Schultern sich rundeten, kam sie Gerry alt vor. Er nahm sie als jemanden wahr, den er gar nicht kannte.

Als die Kommunion beendet war, kehrte Stella an ihren Sitzplatz zurück, kniete nieder und barg das Gesicht in den Händen. Dann hörte er ein Geräusch – ein stockendes Einatmen. Sie quälte sich mit irgendetwas. Das alles war erst zwei Wochen her. Vermutlich damit, dass sie ausgerechnet zu dieser Zeit des Jahres von ihrem Sohn und ihrem Enkel getrennt war. Doch falls dem so war, wollte er sich nicht aufdrängen. Sie nahm eine Hand vom Gesicht, zog ein Taschentuch hervor und schnäuzte sich. Hinderte ihr Augenleiden sie daran, zu weinen? War sie über echte Tränen hinaus?

«Alles in Ordnung?» Aber sie wandte sich von ihm ab, als habe er kein Recht, sie leiden zu sehen.

Der Tyrone Superior war alles andere als das. Aber er erfüllte seinen Zweck.

Auf dem Heimweg von der Mitternachtsmesse waren sie forsch ausgeschritten, um sich zu wärmen. Als sie zum Hügel kamen, hakte sie sich bei ihm ein. Sie drückte sich ein wenig an ihn. «Wozu die Eile?», fragte sie. «Auf uns warten weder Kind noch Kegel.»

Gerry verlangsamte seine Schritte.

«Ich will nur aus der Kälte raus. Brauche was zum Aufheizen», sagte er. «Fühlst du dich besser?» Sie gab ein schmallippiges Lächeln zur Antwort. «Erzähl noch mal – von dem Augenleiden.»

«An Tränen mangelt's weiß Gott nicht. Nur sind sie von so schlechter Qualität. Dem Arzt zufolge.»

«Tränen von schlechter Qualität …?», fragte er.

Gerry wartete, um den Grund ihres Weinens zu erfahren, doch sie sagte nichts.

Sie mussten auf vereiste Stellen auf dem Boden achtgeben, und es hing Nebel in der Luft. Die Laternen sandten Lichtkegel aus. Ihr Atem schwebte vor ihren Gesichtern.

«Ich wusste nicht, dass du …» Gerry hielt inne, um sich das Wort in Erinnerung zu rufen. «… Kommunionspenderin bist.»

«Schon seit zwei Jahren. Die Bezeichnung, nach der du suchst, lautet Kommunionhelferin.»

Es trat Schweigen ein. Gerry zuckte mit den Schultern.

«Du willst, dass ich dich über solche Dinge auf dem Laufenden halte?», fragte Stella.

«Ich wusste es nur nicht.»

«Sie haben mich gefragt, und ich habe Ja gesagt. Ich wollte auf jede mögliche Weise helfen.»

«Es ist eine Art Ehre, nehme ich an.» Gerry drückte mit dem Ellbogen ihre Hand. «Ich bin stolz auf dich, obwohl ich kein Wort davon glaube.»

«Sag nichts mehr, Gerry. Es ist Weihnachten, und ich fühle mich gut.»

Die Straßen waren von geparkten Autos gesäumt, deren Dächer und Windschutzscheiben der Frost bereift hatte. Einige Leute hatten Zeitungen unter die Scheibenwischer geklemmt. In ihrer eigenen Straße fanden sie Gefallen daran, mitten auf der Fahrbahn zu gehen, wo Autoreifen den Raureif verdunkelt hatten.

«Eigentlich eine merkwürdige Sache – Raureif», sagte Gerry. «Fällt wie Regen herab – wie das Gegenteil von Schatten – weiß, nicht schwarz.»

«Ich will nicht streiten.»

Das Innere des Hauses war voller Wärme und Weihnachtsgerüche. Der Plumpudding im Wasserbad gegart, die Sauce aus Innereien zubereitet, die Diele vom süßen Duft einer Topfhyazinthe erfüllt.

«Ein Drink gefällig?», fragte Gerry.

Sie stellte in Frischhaltefolie gewickelte Schinkensandwiches hin, die sie am Nachmittag gemacht hatte. Gerry schenkte ihr einen Sherry und sich selbst einen Islay Malt ein. Stella hob ihr Glas, und sie stießen an.

«Fröhliche Weihnachten.»

«Der kam heute», sagte sie und reichte ihm einen Umschlag. «Nicht dein eigentliches Geschenk. Das bekommst du erst morgen früh. Das hier ist für uns beide.» Er fuhr mit dem Daumen unter die Klappe. «Die Flugtickets für Amsterdam», sagte sie, noch bevor er sie aus dem Umschlag nehmen konnte.

«Du hättest sie online buchen können», sagte er. «Und dabei ein paar Pfund gespart.»

«Ich wollte sichergehen – darum habe ich das Reisebüro beauftragt.»

«Und sie in die Weihnachtspost gelegt?»

Stella lächelte und zuckte die Achseln.

«Moment mal», sagte er. Er kam mit einem winzigen unbeschrifteten Päckchen zurück, das vor lauter Tesafilm glänzte.

«Dein richtiges Geschenk bekommst du morgen.» Er küsste sie.

«Das hast du eben erst eingewickelt», sagte sie lachend. Unter dem losen Papier war ein kleines schwarzes gewölbtes Kästchen. Sie öffnete es.

«Ohrringe», sagte er. Sie küsste ihn.

«Danke.»

«Du hast gesagt, die Idee eines Ewigkeitsringes gefällt dir nicht, da hab ich gedacht, vielleicht magst du diese. Ewigkeits-ohrringe.» Sie hob einen Ohrring von dem Wattebausch und betrachtete ihn eingehend. «Du warst so froh, dass du dir die Ohrläppchen hast stechen lassen …» Sie nahm die Ohrringe ab, die sie zur Messe getragen hatte, und steckte sich die neuen an.

Und jetzt waren sie hier in der Mitte der Reise, in Amsterdam, in einem Hotelzimmer, er mit einem leeren Glas vor sich auf dem Tisch. Wie hatte sie sich ausgedrückt? «Ich würde gern in der Horizontalen liegen.» Er rappelte sich hoch. Zwar war die Halbflasche noch nicht ganz zur Neige gegangen, aber doch schon ziemlich leer. Er öffnete die Hauptflasche aus dem Duty-free, die noch immer in ihrem Plastikbeutel stand, und goss den Rest der Halbflasche hinein. Die leere Flasche wan-derte in seine linke Hosentasche. Wo er schon einmal dabei war, sollte er gleich beide Halbflaschen umfüllen. Sein Jackett hing schief auf dem Kleiderbügel, solange er die andere Halb-flasche nicht entfernte. Er verrichtete die Aufgabe bei ge-schlossener Tür im Badezimmer.

Er würde einen Spaziergang machen müssen. Im Hotel. Die zweite leere Flasche ließ er in seine rechte Hosentasche gleiten. Er prüfte Stellas Position im Bett – sie hatte sich kei-nen Zentimeter gerührt. Mit größter Behutsamkeit suchte er die zweite Schlüsselkarte heraus, damit er, falls er die Tür aus Versehen zufallen ließ, wieder ins Zimmer gelangen konnte. Außerdem wäre das Zimmer in seiner Abwesenheit in Dunkelheit getaucht, und Stella würde zu Tode erschrecken. Darum war er stolz auf sich, dass er die zweite Plastikkarte verwendete. Sehr erwachsen von ihm. Die Tür ließ er einen Spaltbreit offen, um jedes Klicken und Klacken zu vermeiden, das Stella bei seinem Wiedereintreten wecken würde. Erst als er bereits auf halbem Weg den Gang hinunter war, merkte er, dass er nur Strümpfe anhatte und dass sein Hemdzipfel heraushing. Er schaffte es bis zu den Aufzügen, ohne allzu sehr an den Wänden anzustoßen. Der Abfalleimer hatte einen silbernen Deckel und an der Seite auf halber Höhe ein rundes Loch. Er ließ eine Halbflasche hineinfallen. Es schepperte laut und metallisch.

«Tschuldigung.»

Er dachte an einen Akt der Reue. Einen ernstlichen Besserungsvorsatz. Nie wieder. So beugte er das Knie – das alte vielbeklagte *mauvais genou* – kniete nieder, damit er den Arm in den Eimer stecken konnte – und schob die zweite leere Flasche hinein, bis sie den Boden erreicht hatte – leise. Als er sich wieder aufrichtete, taumelte er ein wenig nach vorn, dann machte er kehrt und ging denselben Weg zurück – zumindest glaubte er, ihn zurückzugehen. Bei einer T-Kreuzung von Korridoren gab es Schilder, die zu den Zimmernummern wiesen. Welche war ihre? Er konsultierte seine Plastikkarte. Es stand keine Nummer darauf. Die Nummer stand auf dem weißen Umschlag, in dem die Plastikkarte gesteckt hatte, und den hatte er im Zimmer gelassen. Er war sich sicher, dass sein Zimmer linker Hand lag. Aber der Korridor war endlos derselbe, und mit Ausnahme der Zimmernummer sah jede magnolienfarbene Tür gleich aus. Hinter den meisten war es still, es war ja schon spät – nur dann und wann die Töne eines Fernsehers und dazwischen, wie er so dahinschwankte, das tappende Geräusch seiner bestrumpften Füße auf dem Teppichboden. Der Korridor war ein relativer Neuankömmling in der Architekturszene. Gegen Ende des neunzehnten Jahrhunderts. Vorher waren die Menschen immer von Zimmer zu Zimmer gelaufen. Wie peinlich wäre das heutzutage? Er begann, Orientierungspunkte auszuwählen – die Eiswürfelmaschine in einer Nische. Vor einigen Türen Tabletts mit halb beendeten Mahlzeiten, Gläsern, Flaschen, zerknüllten weißen Servietten. Eines mit einer halb verzehrten, von graugrünen Artischocken belegten Pizza. Er war überzeugt, dass er schon zum zweiten Mal daran vorbeikam. Konnte er sich doch an den Gedanken erinnern, dass er hungrig genug gewesen war, ihn aufessen zu wollen. Niemand hätte es erfahren. Doch der Erwachsene in ihm hatte ihn Abstand davon nehmen lassen. Ein ernstlicher Besserungsvorsatz. Das war doch nur eine hochtrabende katholische Art zu sagen: «Ich werd's nie wieder tun.» Er als Halbwüchsiger im Dunkeln auf den Knien. Der Priester, der auf der anderen Seite des Sprechgitters atmete. Eine Art Sehtest, Hochwürden? Niemand hatte je gesagt, dass er erblinden werde. Und das Komische – damals – war gewesen, dass er tatsächlich entschlossen war, es nie wieder zu tun. Und für einen Moment war er mit den Engeln vereint und fühlte sich rein. Fühlte sich erhoben. So könnte es auch mit dem Alkohol gehen. Falls er Hilfe erhielt. Oder falls er sich wirklich *bemühte*. Äpfel aß. Oder half das nur dabei, das Rauchen aufzugeben? Die Idee der Sünde war verschwunden. Das nächste Äquivalent war, anderen Menschen wehzutun. Stella war andere Menschen. Aber ein in besoffenem Zustand gefasster Vorsatz, das Trinken aufzugeben, erfolgte zu einem völlig falschen Zeitpunkt. Keine Tür stand ihm auch nur einen Spaltbreit offen. Er machte kehrt und ging denselben Weg wieder zurück, vorbei an der Pizza mit den Artischocken, vorbei an der Eiswürfelmaschine. Er fing an zu lachen – auch eine Methode, seine Frau zu verlassen. Mitten in der Nacht, in einem Hotel in

138

Amsterdam. Man würde ihn beim Frühstück finden, wie er noch immer umhertappte, die Socken durchgelaufen, die Füße blutig von der Teppichreibung. Aber vielleicht würde man ihn ja gar nicht finden. Vielleicht würde er nie wieder gesehen werden. In einer Ecke hinter der Eiswürfelmaschine würde er sterben und eintrocknen und zerfallen. Als Staubpartikel enden. Aufgesaugt von einem Staubsauger, der von einem dieser hübschen Mädchen in fliederfarbenen Hauskleidern aus Thailand oder Puerto Rico bedient wurde. Klang fast wie eine Perversion. An der T-Kreuzung versuchte er, sich zu orientieren. Probier's mal mit der anderen Richtung. Plan B. Er wandte sich nach rechts. Warm – es wurde wärmer. An der Wand erkannte er den Druck einer griechischen Tempelruine wieder. Heiß. Komisch, dass er Gebäude niemals vergaß. In seinem Amoklauf durch die Korridore kam er sich vor wie eine Gestalt aus der griechischen Mythologie. Theseus oder Minos, der König von Kreta. Vielleicht war er Dädalus, der Architekt und Erbauer von Irrgärten und Labyrinthen. Dafür wäre er geeignet. Wenn er das Labyrinth erbaut hatte, würde er doch wohl den Weg wissen. Als er, rein zufällig, zur magnolienfarbenen Tür der Zimmernummer 396 kam, war sie leicht angelehnt. Sehr, sehr heiß. Ein schwacher Lichtstreifen am Türpfosten. Er drückte gegen die Tür, und sie ging auf. Der vertraute Koffer und sein Mantel auf dem Sessel. Im Bett der vertraute Kopf auf dem Kissen. Odysseus, endlich heimgekehrt. Nach zehn ereignisreichen Jahren. *Legt hier bei Euch sein müdes Haupt zur Ruh'.* Vielleicht noch ein Schlaftrunk. Um zu feiern, dass er die leeren Flaschen weggeräumt hatte. Er schenkte sich einen Drink ein.

Kaum lag er im Bett und war eingeschlafen, so schien es, wurde er wieder wach. Ein Krampf. In der Dunkelheit schleudert er das Bettzeug beiseite und schwingt sich aus dem Bett. Sein Mund verzerrt sich zu einem lautlosen Schrei. Sein rechter Fuß und sein rechter Unterschenkel wollen sich bewegen, können es aber nicht. Es fühlt sich an, als ob sich eine soeben gefangene Makrele hierhin und dorthin windet. Und als ob er versucht, sie zu begütigen. Pass auf, was du tust, es ist zwar nicht lebensbedrohlich, fühlt sich aber so an. Ich werde auf dir gehen, du Miststück. Ich werde dich beugen und strecken. Auf und ab schreiten, ohne die hundemüde Frau zu wecken. Das hier ist nicht die Spielverlängerung in Wembley, als seine Mitspieler versuchten, seinen Fuß zu lockern, während er auf dem Rücken lag und weiterbrüllte. Das hier hat nichts Glamouröses. Nein, das hier ist ein pechschwarzes Hotelzimmer in Amsterdam, um drei oder vier Uhr morgens. Selbst ein Autsch wäre verpönt – ausgeschlossen. Niemand sagte je im Leben *autsch*. *Verfluchte Scheiße* – aber niemals *autsch*. *Autsch* ist für Comics und Storyboards. Wenn du's bis zur Toilette schaffst, wird alles gut. Erleichterung ist nur noch wenige Schritte entfernt. Für die Blase und fürs Bein. Die auch im Dunkeln längst vertraute Route führt ihn ins Badezimmer. Zieh an der Lichtstrippe. Aber der Fuß lässt sich nicht aufsetzen – bleibt steif wie ein Hockeyschläger. Mit aller Macht versucht er, die Krümmung zu beseitigen, indem er den Fuß flach auf den Boden presst. Der Schmerz ist ein Stahlseil. Er drückt das Knie durch – das alte *genou*. Hüpft ein, zwei Mal auf seinem gesunden Fuß. Die Wade des beeinträchtigten Beines ist hart und weiß wie Elfenbein. Er klopft auf sie ein, beißt die Zähne zusammen, wiehert, so leise er kann, drückt den Fuß hoffnungsvoll auf den Boden. Seine Zehen spreizen sich. Verdammte Scheiße. Streck dich, du Miststück. Locker, locker. Flach auf dem Boden. Neunzig Grad. Schließlich gelingt es ihm. Der Druck eines einziges Schrittes. Der gesunde Fuß, der ihn vor-

anbringt. Ein zweiter flacher Schritt, und er ist an der Kloschüssel. Auf jeder Seite ein Fuß, wie bei einem Stehklo. Die
Erleichterung stellt sich ein. Dank sei dem Herrn und seiner
heiligen Mutter. Als der Schmerz endlich abgeklungen ist,
graut ihm davor, dass er sich zurückmelden könnte. Leise Anzeichen melden sich bereits, als er ins Bett klettert. Die größte
Angst befällt ihn, als er jene Beinposition einnimmt, die die
Attacke zuallererst ausgelöst hat. Vorsicht. Dreh dich auf die
andere Seite. Für den Fall, dass Hitze dabei hilft, den Krampf
unter Kontrolle zu bringen, entreißt er Stella die Wärmflasche,
die zwischen ihren Schenkeln liegt.

Als sie hineingingen, um zu frühstücken, nannte Stella einer Frau hinter der Theke ihre Zimmernummer, die sie auswendig wusste, und beide wurden sie von einem Kellner an einen frisch gedeckten Tisch geführt.

«Soll ich dir zeigen, wo's langgeht?», fragte Gerry.

«Nein – nicht nötig. Wieso?»

«Du hast doch hier noch nicht gegessen. Gestern um diese Zeit hast du dich aus dem Staub gemacht.»

«Ich glaube, in meinem Alter komme ich mit dem Konzept des Frühstücksbuffets allein zurecht.» Sie ging zum Tisch mit den Getreideflocken. «Und mich aus dem Staub zu machen liegt nicht in meiner Natur.»

Gerry folgte ihr.

«Ballaststoffe», sagte er mehrmals. Man konnte zwischen Vollmilch und fettarmer Milch wählen, und er spürte einen Anflug von Selbstgefälligkeit, weil er anhand der gedruckten Etiketten herausgefunden hatte, was was war. *Volle melk – half-volle melk.* Etwas namens *magere melk* rief Unbehagen bei ihm hervor, und er verzichtete darauf. War das etwa Muttermilch? Das konnte ja wohl nicht sein. Aber schließlich waren sie in Amsterdam.

Sie kehrten an den Tisch zurück, jeder mit einer Schale Getreideflocken. Gerry hatte seine bis zum Rand gefüllt, Stella nur so viel genommen, dass gerade mal der Grund der Schale bedeckt war. Als sie ihm am Tisch gegenübersaß, wirkte sie besorgt.

«Wie fühlst du dich?»

«Okay.»

«Du hast ja einen richtigen Schlag abbekommen.»

Sie streckte die Hand aus und war im Begriff, den Striemen an seinem Kinn zu berühren, doch er zuckte zurück. Er überlegte, inwieweit sein Sturz in der Dusche sich den Drinks verdankte, die er vorher zu sich genommen hatte. Geholfen hatten sie bestimmt nicht. Und wieso hatte er dabei an Frank Sinatra gedacht? Wäre einem sybaritischen Sinatra danach zumute gewesen, hätte der vielleicht in der Badewanne einen Drink zu sich genommen. Aber einen Drink in der Dusche? Stella beobachtete, wie er beharrlich die letzten Reste seiner Getreideflocken auflöffelte.

«Letzte Nacht habe ich einen schrecklichen Krampf bekommen», sagte er. «Du hast fest geschlafen.»

«Schade, dass ich den verpasst habe.» Beide lächelten. «Bist du ausgegangen?»

«Nicht, dass ich wüsste.» Gerry versuchte, Antworten zu geben, die alle Möglichkeiten abdeckten. Er hatte eine undeutliche Erinnerung an Korridore. An silberne Abfalleimer.

«Ich bin aufgewacht, und du warst nirgends zu sehen.»

Der Keller räumte ihre Schälchen ab und brachte Tee.

«Ich versuche mich daran zu erinnern, was letzte Nacht gesagt wurde», sagte Gerry.

«In betrunkenem Zustand?»

«Nein – beim Abendessen.» Stella schenkte ihnen Tee ein.

«Ich möchte, dass du's mir ausbuchstabierst», sagte Gerry. «Noch einmal.»

«Was?»

«Die Zukunft – wie du sie siehst.»

Sie schüttelte den Kopf, wie um zu sagen, das ist weder der richtige Zeitpunkt noch der richtige Ort, und stützte die Ellbogen auf den Tisch.

«Heute gehen wir zum Anne-Frank-Haus.»

«Himmel. Schulausflüge», sagte Gerry. «Weißt du noch, wie ich dir von der Wespe im Bus nach Buchenwald erzählt habe?»

«Ja.»

«Das Schlimmste waren die Schüler. Kinder, die überall mit Schreibheften und Klemmbrettern herumrannten – Kästchen ankreuzten –, die richtigen Antworten geben mussten. Sie waren ja leise – ihre Lehrer hatten sie vorgewarnt. Wie in einer Bücherei. Als wäre das Ganze eine ganz normale Übung. Räume voller Menschenhaar. Schuhstapel bis zur Decke. Eine Kiste mit Ringen. Kannst du dir vorstellen, wie lange es dauern würde, eine Kiste dieser Größe mit goldenen Eheringen zu füllen?»

Stella schlug vor, vom Hotel aus drei Kanäle zu überqueren. Ohne einen Blick auf den Stadtplan zu werfen, erklärte Gerry sich einverstanden. Das Wetter war besser. Die Sonne schien, zwar zu schwach, um der Luft die Kälte zu nehmen, aber doch stark genug, um sie beide ein wenig aufzuheitern. Sie stand niedrig am Himmel und warf lange Schatten.

«Es wäre schön, wenn wir wenigstens *einen* guten Tag hätten», sagte Stella.

Es war laut. Lkw und Personenwagen polterten die Kanalufer entlang. Radfahrer klingelten, um sie vor ihrem Nahen zu warnen, und wenn die Fahrradglocke fehlte, riefen sie etwas. Stella fand es beängstigend und ganz und gar nicht freundlich.

Als sie vor dem Anne-Frank-Haus ankamen, trat Gerry zurück und betrachtete den renovierten Eingangsbereich. Er hatte eine völlig neue, moderne Fassade und verriet überhaupt nicht, dass sich dahinter ein Unterschlupf verbarg. Sogar um diese Jahreszeit hatte sich eine Schlange gebildet. Schülergruppen, die im Voraus gebucht hatten, gingen an ihnen vorbei durch die Tür.

Als sie schließlich ins Foyer gelangten, gab es vergrößerte Schwarz-Weiß-Fotos zu sehen. Anne vor dem Krieg auf ihrem Schulhof. Anne lächelnd mit Freundinnen auf der Straße. Anne schreibend an einem Schreibtisch.

«Woher wussten sie, dass diese Tragödie sie ereilen würde?», fragte Gerry.

«Gibt es Fotos von dir als Kind?», fragte Stella. Gerry nickte. «Bitte, da hast du die Antwort.»

«Aber nicht schreibend an einem Schreibtisch.»

«Sie müssen ziemlich wohlhabend gewesen sein. Als wir in dem Alter waren», sagte Stella, «besaßen nur Leute mit Geld Kameras.»

Es war angenehm, der Kälte entkommen zu sein. Die Schülergruppen waren woanders im Gebäude unterwegs. Es herrschte eigentümliche Stille – eine Ehrerbietung wie in der Kirche. Die Leute lösten ihre Eintrittskarten im Flüsterton. Als sie an die Reihe kamen, nahm Stella ihre Geldbörse heraus und wickelte den Vorgang ab. Sie weigerte sich, einen Aufschlag für die schwarzen Audioguides zu zahlen.

Sie gingen zur Garderobe und überlegten, ob sie ihre Mäntel aufhängen sollten, entschieden sich jedoch dagegen. Der Besuch würde nicht lange dauern. Gerade setzte sich ein alter Mann ein kleines Käppchen auf den Kopf. Er hatte einen fahlen Teint und durchdringende dunkle Augen. Seine Rasur war unachtsam gewesen, und an den Mundwinkeln sprossen graue Härchen. Ohne die Hilfe eines Spiegels befestigte er das Käppchen mit einer Haarklemme auf seinem Kopf. Vermutlich rasierte er sich auch auf diese Art. Gerry flüsterte: «Er sieht aus wie ein Cellist.»

Stella flüsterte zurück: «Eine Kippa – gut für Kreuzworträtsel. In der Synagoge oder zum Gebet.»

Sie wurden zu einer Tür geleitet, und als sie hindurchgingen, fanden sie sich im eigentlichen Haus wieder, fernab der neuen Fassade. Aber es war schwierig, sich zu orientieren. Es gab einen drehbaren Bücherschrank mit Ringbüchern und Aktenordnern, der sich zu einem geheimen Durchgang öffnete. Nachdem sie diesen passiert hatten, sahen sie sich einer steilen Treppe gegenüber. Vorsichtig stiegen sie hinauf, Stella zuerst, und gelangten in einen Raum. Einige der Fenster waren mit halbtransparentem gemustertem Glassinpapier bedeckt. Durch ein anderes, durchsichtiges Fenster konnte man auf den Kanal blicken.

Wieder war Gerry sich der Stille bewusst und der knarrenden Geräusche, wenn sie die Fußböden belasteten. Sie sprachen nicht miteinander. Höchstens wiesen sie mit einem Kopfnicken auf etwas hin oder reagierten, indem sie eine Augenbraue hochzogen. Bisweilen, wenn sie dicht genug nebeneinanderstanden, ein Stupser. Die Bürde der Trauer wuchs mit jedem Raum, durch den sie gingen. Wenn es irgendetwas gab, das die Stimmung aufhellte, hatte es zugleich die Wirkung, das Ende der Geschichte zu verdüstern. Die Toilettenschüssel, deren Innenseite kunstvoll mit Holländisch-Blau gemustert war. In einem Schlafzimmer Schauspielerfotos aus jener Zeit – Deanna Durbin und Ray Milland –, Namen, die Gerry aus dem Mund seiner Eltern gehört hatte. Vor einer harmlos aussehenden Tapete mit ockergelben und weißen Blütenblättern blieb er stehen. Stella kam herbei, um zu sehen, was ihn so fesselte. Er brauchte ihr die Bleistiftstriche, mit denen die Größe der heranwachsenden Kinder festgehalten worden war, nicht eigens zu zeigen. Sie sah sie sofort und biss sich auf die Lippe. Genau das Gleiche hatte sie mit ihrem eigenen Kind exerziert, weswegen ihr die horizontalen Markierungen so vertraut waren. «Die Schuhe, die Schuhe musst du ausziehen. Sonst mogelst du. Jetzt die Fersen so dicht wie möglich zusammen an die Wand pressen.» – «Zählt auch die Stärke der Socken, Mum?» – «Nein, sei nicht albern, halt still.» Dann der Ruf nach einem Buch – irgendeinem gebundenen Buch –, um den Scheitel des Kindes zu begradigen und den Strich zu ziehen. Der Vergleich mit der letzten Markierung. «Siehst du, wie sehr du in drei Monaten aufgeschossen bist?» Jedes Mal verwendete sie dasselbe Verb – «aufschießen». Sie fragte sich, wie wohl das Wort lautete, das bei Anna und ihrer Schwester Margot verwendet worden war – das holländische Äquivalent für «aufschießen».

Sie bewegten sich von Raum zu Raum, studierten die Zitate – schwarze Lettern auf weißen Wänden –, lasen die Übersetzungen, ließen die Fotos auf sich wirken. Einmal wurden sie voneinander getrennt. Gerry blieb immer wieder zurück, für jedes Ausstellungsstück brauchte er länger.

Stella, allein in einem neuen Raum, las: «*Mittwoch, 5. April 1944. Mit Schreiben werde ich alles los. Mein Kummer verschwindet, mein Mut lebt wieder auf.*» Dann wandte sie sich einem Foto zu, das vor dem Krieg, an Annes zehntem Geburtstag, aufgenommen worden war – eine Reihe Mädchen, die einander die Arme um die Schultern schlangen und in der hellen Sonne die Augen zusammenkniffen. Oh, die Kleider. Die Knöpfe und Schulterriemen, die Säume, die weißen Söckchen, die Schuhe und Sandalen. Und die Haare. Obwohl ihr diese Mädchen zehn Jahre voraus waren, erkannte Stella alles wieder. Damals änderten sich Moden und Marotten nicht so schnell. Und sie fühlte sich zurückversetzt in die Zeit, als sie selbst heranwuchs in ihrem Dorf im Norden Irlands. In ihrem Haus hatten sie nicht viele Kleider. Stil war das, was man am Leibe trug. Oder eher das, was jemand anderes am Leibe getragen hatte. Ausrangierte, abgelegte Kleidungsstücke. Ihre

Brüder waren besser dran, dank einer freigebigen protestantischen Familie, die in der Nachbarschaft wohnte – alles Jungs. Für die Mädchen gab es nur ganz wenige gekaufte Röcke. Sie mussten sich mit «Umgemodeltem» begnügen – mit Tweed- und Sommerkleidern, die von Tanten weitergegeben und von Mrs Johnston zurechtgenäht und passend gemacht worden waren. Dann stand Stella auf dem kleinen Holzschemel, und Mrs Johnston, den Mund mit Stecknadeln bespickt, rutschte auf den Knien um sie herum, steckte den Saum ab und setzte in der Taille Abnäher. «Ach, ich weiß noch, als meine Taille so schmal war.» Wenn sie Stecknadeln im Mund hatte, klangen Mrs Johnstons Worte verzerrt. Dann sprach sie aus den Mundwinkeln. «An meinem Hochzeitstag hatte ich Taillenweite 45. Kannst du dir das vorstellen?» Und mit Zeigefingern und Daumen formte sie einen Reifen von der Größe, die sie sich einbildete, gehabt zu haben. «Aber du bist deiner Mammy wie aus dem Gesicht geschnitten. Du bist genauso, wie sie war, als ich sie vor zwanzig Jahren kennenlernte. Was für ein schönes Mädchen! Die Hälfte der Männer im Land war hinter ihr her.» Überall lagen Stecknadeln herum, und während die eine Schwester ausgestattet wurde, spielten die anderen mit dem Hufeisenmagneten. Stella war fasziniert davon, wie die Stecknadeln und Büroklammern an ihm haften blieben und gleich einer Art Pflanze von ihm herabhingen. Mrs Johnston benutzte den Magneten, um fehlende Stecknadeln aufzulesen, damit sich, wie sie sagte, niemand wehtat, wenn er barfüßig herumrannte.

Dann trafen Pakete aus Kanada ein. Stella erinnerte sich an einen Dirndlrock – Unmengen Stoff, der sich blähte, wenn sie herumwirbelte. Und Gürtel aus winzigen bunten Perlen mit Mustern der Ureinwohner – Zickzacklinien, Totems, Dreiecken – von so lebhaften Farben, dass niemand es wagte, sie außer Haus zu tragen. Und Unterröcke – jede Menge Tüll, um Stoff und Schnitt des Kleides besser zur Geltung zu bringen. Gänzlich unbekannte Süßigkeiten wie Life Savers, ringförmige Fruchtbonbons. Unbegreifliche Geschmacksrichtungen wie Sassaparille.

Gerry holte sie ein, und sie zeigte ihm Annes Geburtstagsfoto, erzählte ihm von Mrs Johnston, ihren Schneiderarbeiten und ihrem Magneten.

«Davon hast du mir ja noch nie erzählt.»

Im letzten Raum blieben sie lange vor einer Glasvitrine stehen und blickten hinunter. Eine Handschrift in einer anderen Sprache war ein Rätsel – aber es genügte, die sorgfältig geformten Buchstaben zu sehen, die sich auf den vergilbten Seiten ineinanderschlangen. Der Eindruck ähnelte dem des handgeschriebenen Eintrags der Amerikanerin, auf den sie in dem Buch in der Kirche gestoßen waren.

Etwas anderes erregte Stellas Aufmerksamkeit, und sie begab sich in eine Ecke des Zimmers. Dort befand sich ein schmaler Kaminsims, auf ihm eine Reihe Gegenstände, deren Sinn sie zuerst nicht recht verstand. Meist gewöhnliche Steine. Aber es lag auch eine Glasmurmel mit einer gelben Spirale in der Mitte da, eine wertvoll aussehende Krawattennadel, etliche Euro-Kupfermünzen, eine billige Haarspange mit Glitzer – von der Art, wie ein Kind sie tragen würde, genauer gesagt, von der Art, wie der Mann im Erdgeschoss sie benutzt hatte, um seine Kippa am Kopf zu befestigen. Fragend zog sie die Augenbrauen in die Höhe. Gerry hob langsam die Schultern.

«Keine Ahnung.»

«Erinnerst du dich noch an *Schindlers Liste*?», fragte Stella. «Gegen Ende? Da haben sie Kiesel auf die Grabsteine gelegt. Als eine Art Andenken.» Gerry erinnerte sich eher an die Filmmusik mit dem Violinsolo als an das Gesehene. Er nickte und ging als Erster aus dem Raum.

«Kaffee?», fragte er über die Schulter hinweg. Doch als er sich umsah, war seine Frau nicht da.

Jetzt hatte sie das Zimmer ganz für sich und starrte noch immer auf die kleine Reihe von Gegenständen. Diese wirkten informell – als hätten sie noch nicht lange dort gelegen, als hätte irgendein Schulkind damit begonnen und andere in der Gruppe wären seinem Beispiel gefolgt. Es war eine Bekundung. Eine Ehrbezeugung für und Identifikation mit denen, die gelitten hatten. Sie wollte einen Beitrag leisten. Für die Kriegsopfer. Für die Toten und die Verwundeten. Münzen erinnerten zu sehr an ein Trinkgeld für einen freundlichen Kellner. Hier ging es um Anne Frank und ihre Religion, auch wenn ihr Judentum offenbar nicht allzu schwer gewogen hatte. Doch ihr späterer Tod in einem Konzentrationslager war die Folge davon. Außerdem war Anne von Sehnsüchten erfüllt gewesen, die Stella nachempfinden konnte. Das mit ihrem Tod verbundene Leid – darüber war kein einziges Wort geschrieben worden – musste unausdenkbar gewesen sein. Stellas linke Hand bewegte sich zu ihrem Ohrläppchen, und nachdem sie kurz daran genestelt hatte, fielen Ohrring und Stift in ihre hohle rechte Hand. Dort funkelte er – der Ewigkeitsring – ein winziger goldener Kreis, in dem sich das Zimmer und seine Fenster spiegelten. Als zehnjähriges Kind hatte der Begriff der Ewigkeit ihr Angst gemacht. Wenn sie im Bett lag, unfähig, in Gedanken an das Ende der Zeit zu kommen. Der vergebliche Versuch, bis zu einer Million zu zählen. Der Katechismus war voll davon. Das immerwährende Leben. In alle Ewigkeit. Sie befestigte den Stift wieder am Ohrring und legte beides ans Ende der Reihe von Andenken auf den Kaminsims. Der Ring schwankte ein wenig hin und her, dann kam er zum Stillstand. Sie blickte sich um und sah, dass das Zimmer leer war. Sie neigte den Kopf und sprach ein Gebet. Es schien eine Leichtigkeit, jemandem wohlzuwollen, Dankbarkeit zu zeigen und ein tragisch kurzes Leben zu würdigen. Es war nicht so sehr ein Gebet als vielmehr ein Ausdruck der Solidarität. Du und ich, Anne. Unsere unterschiedlichen Konfessionen, unser gemeinsames Menschsein. Die Art, wie wir litten. Zwillingsseelen an den entgegensetzten Enden des Lebens – du ein Mädchen, ich eine alte Frau. Ein junges Opfer und eine alte Überlebende. Ich bringe dir diese Gabe. Ein Gebet war heraufbeschworene Intensität, festgehalten im Hirn und im Herzen. Etwas Gutes, etwas Spirituelles. Artikuliert, gesprochen im Stillen, herbeigewünscht, bis es schmerzte. Der Moment ging vorüber, und sie zog sich vom Kaminsims zurück zur Tür.

Gerry stand im Eingangsbereich und blickte sich um. Auf einer Seite waren die Stufen der absteigenden Treppe, die von den Füßen der Familie Frank und anderer Menschen vor ihnen durchgetreten worden waren – nicht von den Touristen. Die Vertiefungen waren versiegelt worden und mit Plexiglas geschützt. Für die Touristen gab es eine neu erbaute Treppe.

«Jetzt bin ich so weit», sagte Stella. Er streckte die Hand aus und berührte durch ihren Mantel ihren Arm. Sie schien in einer anderen Welt zu sein.

«Alles in Ordnung?»

Sie nickte.

Im Café des Anne-Frank-Hauses saß Stella an einem leeren Tisch mit Blick auf den Kanal. Ihr war zu heiß, und jetzt wünschte sie, sie hätte ihren Mantel in der Garderobe gelassen. Sie knotete ihren Schal auf und ließ ihn lose herabhängen. Gerry stand vor ihr.

«Soll ich den Kaffee holen?»

Sie nickte und kämmte sich mit den Fingern durchs Haar.

«Bist du sicher, das alles in Ordnung ist?»

«Ja.»

Das Schnattern der Enten auf dem Kanal, vermischt mit dem Kreischen spielender Kinder in der Ferne. Gar nicht so verschieden von dem, was die Familie Frank gehört hätte.

An der Theke bestellte Gerry zwei Kaffee und ein Stück Apfelkuchen mit Zimt. Während er wartete, behielt er Stella im Blick. Sie hatte die Ellbogen auf den Tisch gestützt und barg den Kopf in den Händen. Vielleicht war es eine schlechte Idee gewesen, an diesen Ort zu kommen. Der konnte einen ganz schön mitnehmen.

Als er mit dem Tablett erschien, träufelte sie gerade ihre Augentropfen ein – den Kopf zurückgebeugt, die Ellbogen hochgereckt, zielte sie mit dem weißen Tropffläschchen in einer Hand, während sie mit den Fingern der anderen ein Lid hochzog, damit die Flüssigkeit ins Auge gelangte, statt vergeudet zu werden. Er stellte ihre Tasse vor sie hin und seine eigene daneben. Auf ihren Wangen war Wasser. Er hatte daran gedacht, zwei Gabeln mitzubringen und ein Messer, um den Apfelkuchen zu halbieren. Mit einem Papiertaschentuch wischte sie sich über die Augen. Er setzte sich neben sie und schob das Tablett auf den Nachbartisch. Sie hob ihre Tasse und blies auf den Kaffee, setzte sie aber wieder ab.

«Nein, es geht mir wieder gut», sagte sie. «Dieses Buch habe ich in der Schule mit so vielen Klassen durchgenommen.»

«Es trifft dich immer noch hart?»

Sie nickte. «Ich habe die Andenken gesehen. Auf dem Kaminsims. Und ich war … so erschüttert von dem, was wir eben gesehen haben. Das Haus, die Fotos von Anne, die Erinnerungen und all das … und ich dachte, warum lasse nicht auch ich etwas zurück.» Gerry wartete. «Da habe ich einen Ohrring zurückgelassen.»

«Auf dem Kaminsims?»

«Ja.»

Gerry musterte sie eindringlich, erst das eine Ohr, dann das andere.

«Die goldenen Ewigkeitsohrringe?»

«Ja.»

«Die ich dir zu Weihnachten gekauft habe?»

«Ich fürchte, ja.»

«Und was ist daran so verkehrt?»

«Ich hätt's nicht tun sollen.» Sie ballte die Fäuste.

«Warum nicht?»

«Ich habe kein Recht dazu. Es ist Arroganz, wenn man bedenkt, was diese Familie durchgemacht hat. Ich bin keine Jüdin. Ich war in nichts verwickelt, was ihrem Leid vergleichbar wäre.»

«Ach komm, Stella.»

«Nein, wirklich. Ich bin kein zahlendes Mitglied im Schmerzensklub, wie du es nennst.»

«Wenn *du* keins bist, wer dann?»

«Ich hab's nur getan, um mich gut zu fühlen. Komme einfach da hereingeschwirrt und sage: ‹Ich verstehe euren Schmerz.› Ich höre sie schon sagen – wie kann sie es wagen?»

«Nein, das würden sie nicht. Du hast doch nur eine Geste gemacht, deine Bewunderung ausgedrückt. Nimm die Dinge nicht so ernst, Stella.»

«Wenn man den Holocaust nicht ernst nehmen kann...» Sie lächelte Gerry an. «Sie können mein kleines Andenken behalten. Es ist kein großes Opfer. Heutzutage kann ein einzelner Ohrring sehr modisch sein.»

Stella schnitt das Stück Kuchen in zwei Teile. Das Messer

war stumpf, und der Druck quetschte etwas von dem Apfel zwischen den Teigschichten auf den Teller.

«Du schneidest, ich darf aussuchen.»

«Fair ist fair.»

«Anne Frank wäre erstaunt, wenn sie wüsste, dass man nur wenige Schritte von dem Versteck entfernt, in dem sie so hungrig war, guten Kaffee und Kuchen bekommt.»

Gerry gab leise Laute des Genusses von sich, während er aß. Eine Zeit lang sprachen sie nicht. Ihre Gabeln klirrten auf auf den Tellern.

«Es ist mir immer noch peinlich.»

«Was?»

«Meine Geste.» Sie erhob sich und zwängte sich hinter dem Tisch hervor. Gerry sah zu ihr auf und verdrehte ein wenig die Augen.

«Was hast du vor?»

«Warte.»

«Ich habe meinen Kaffee noch nicht ausgetrunken», sagte er. Er beobachtete, wie sie auf dem Weg, den sie gekommen war, aus dem Café eilte.

Sie stand auf der Schwelle zu dem Zimmer. Es war leer. Sie ging zum Kaminsims. Inzwischen hingen ihr Mantel und ihr Schal lose an ihr herab. Die kleine Ansammlung von Krimskrams glänzte im Licht der Deckenbeleuchtung. Jetzt fühlte sie sich an ein Kinderspiel erinnert. Wie konnte sie es wagen, sich daran zu beteiligen – sie, eine krasse Außenseiterin, eine Person von anderswo? Sie wollte nicht, dass sie sagten – wie kann sie es wagen? Solidarität, von wegen. Wer war sie überhaupt, eine solche Geste für notwendig zu halten? Nur weil Nordirland seinen dreißigjährigen Krieg gehabt hatte, seinen Anteil am Leid? Nur weil sie selbst in dieses Leid verwickelt gewesen war? Sie hob ihren Ohrring vom Kaminsims und ließ ihn in ihre Tasche gleiten. Als sie sich umdrehte, stand direkt hinter ihr der alte Mann mit der Kippa und blickte sie an. Starrte über seine randlose Brille hinweg auf sie. Genau in sie hinein, dann hinunter auf ihre Tasche. Den Mund leicht geöffnet, schüttelte er den Kopf. Erneut bemerkte sie, wie nachlässig er sich rasiert hatte. Und als sie wieder durch den Raum ging, hörte sie ihn deutlich nach Luft schnappen. Er versuchte zu sprechen, aber Stella konnte nicht verstehen, was er ihr mitteilen wollte. Erst da fiel ihr wieder ein, dass sie sich in einem fremden Land aufhielt und ohnehin nicht verstehen würde, was gesagt wurde. Doch sein Gesicht und seine stechenden Augen sagten alles, als er die Hand ausstreckte, um sich am Deckel der Glasvitrine neben ihm festzuhalten. Und plötzlich begriff Stella. *Sie* wusste, dass sie ihren eigenen Ohrring an sich genommen hatte, der alte Mann jedoch war der Überzeugung, dass sie stahl. Etwas Wertvolles, ob von der Familie Frank oder vom Museum oder von jemandem, der es im Museum zurückgelassen hatte – diese Frau stahl. Grabräuberei.

Und da es keine Abhilfe gab, ging sie weiter. Gerry war noch im Café und stand auf, als sie hereinkam. Er leerte seine Tasse, knotete seinen Schal und hielt ihr seinen Arm hin, damit sie sich unterhakte. Sie stürzte an ihm vorbei und hastete die Treppe hinunter. Er folgte ihr und rief ihren Namen, doch sie beachtete ihn nicht. Auf den Stufen war sie schneller als er – er hörte ihre Füße durch die Helle des Eingangs ins Sonnenlicht der Straße trappeln.

«Stella – was ist los?»

Mit großen Schritten lief sie den Kanal entlang, Gerry im Schlepptau.

«Mach doch langsam. Mein Knie tut weh.»

Sie kam zu einer Bank und setzte sich. Als Gerry neben ihr Platz nahm, war sie ganz aufgelöst.

«Da drin war ein alter Mann – der mit der Kappe, mit der jüdischen Kappe. Er hat geglaubt, dass ich stehle.» Sie war den Tränen nahe.

«Was?»

«Meinen eigenen Ohrring», sagte sie. «Er war sehr alt – sah aus, als könnte er selbst in den Lagern gewesen sein. Wir haben ihn in der Garderobe gesehen. Als er seine Kippa aufsetzte.» Gerry streichelte über ihren Handrücken. «Der hat mich vielleicht angestarrt. So habe ich mich in meinem ganzen Leben noch nicht gefühlt. Jesus, hab Erbarmen, ich bin so beschämt.»

«Es war ein Missverständnis. Er hat was in den falschen Hals bekommen. Die Gegenstände auf dem Kaminsims – das ist nichts Offizielles. Jemand hat irgendwann damit angefangen ...»

«Aber ich hatte nicht das Recht, etwas hinzuzufügen.»

Einige Enten waren neugierig und schwammen in der Erwartung, gefüttert zu werden, auf die Gestalten auf der Bank zu.

«Die hattest du mir gekauft. Zwar haben sie mir gut gefallen, aber nicht gut genug. Das hätte mich fast davon abgehalten, einen dazulassen – die Tatsache, dass ich mich nicht in sie verliebt hatte. Es hätte etwas sein müssen, das mir wirklich kostbar ist.»

Gerry betrachtete den einen, der noch an ihrem Ohrläppchen hing.

«Mir gefallen sie», sagte er. «Ich meine, mir *gefällt* er.» Er streckte den Arm aus, um abermals ihre Hand zu berühren. Stella öffnete die Finger, und da war der andere Ohrring und hatte sich fast in ihre Haut gegraben. Sie hatte ihn so fest umkrampft, dass sich in den Linien ihres Handtellers eine Delle abzeichnete.

«So geschämt habe ich mich in meinem ganzen Leben nicht.» Sie stieß einen schaudernden Seufzer aus und erhob sich. «Entweihung. Lass uns von hier verschwinden. So weit weg wie möglich. Ich könnte diesem Mann nicht noch einmal in die Augen sehen – und selbst wenn, ich könnte es nicht erklären.»

Sie ließ Gerry allein vor den Enten sitzen. Er sprang auf die Füße und folgte ihr, holte sie jedoch erst auf der Hauptstraße ein.

Sie liefen nebeneinanderher.

«Wohin jetzt?»

«Ich will nicht drinnen sein», sagte Stella.

«Lass uns einfach spazieren gehen. Den Weg zum Hotel kennst du?»

«Ich habe einen Stadtplan.»

«Den Weg kennen und einen Stadtplan haben ist nicht dasselbe.»

Sie überquerten eine Zugbrücke über einen Kanal. Zu beiden Seiten des Bauwerks wimmelte es von Vorhängeschlössern.

«Sieht so aus, als hätten sie was mit Fahrrädern zu tun», sagte Stella. Sie bückte sich, um sie näher in Augenschein zu nehmen. Die Schlösser versperrten nichts. Man hatte sie einfach nur an einer Metalltrosse oder einem Stück Maschendraht zuschnappen lassen. Auf einigen der Messingschlösser standen mit Filzstift Namen geschrieben: «Don + Gwen», «Micky & Minnie», «Leo u. Leonora». Auf einem war eine Botschaft notiert: «Graham und Vickey. Ich liebe dich mehr als Coco Pops.»

«Muss eine Art Liebesfest sein», sagte Gerry.

«Für immer miteinander verklammert.»

«Hast du so was schon mal gesehen?»

«Ich habe davon gehört.»

«Das werden die jungen Leute gewesen sein.»

«Die trendigen.»

«Genau wie die, die die Sache mit den Andenken auf dem Kaminsims angefangen haben.»

«Und ich wollte mich ihnen anschließen. Geschieht mir recht.»

«Wenn's um Liebeserklärungen geht», sagte Gerry, «ist ein Vorhängeschloss ein geringer Preis. Verglichen mit einem Tattoo.»

Stella stützte die Ellbogen auf das Geländer und blickte auf das schwarze Wasser hinab.

«Ich kann dir gar nicht sagen, wie peinlich der ganze Vorfall war.» Sie stieß einen langen Seufzer aus. Gerry zuckte mit den Achseln und legte einen Arm um sie. «Jedes Mal, wenn ich diese Ohrringe sehe, werde ich daran denken und erschaudern.» Sie öffnete die Hand und zwang sich, den Ohrring zu betrachten. «In alle Ewigkeit. Waren sie sehr teuer?»

«Ein kümmerlicher Betrag.»

Sie lächelte, und er lachte.

«Hättest du was dagegen, wenn ich sie loswerde?»

«Sie gehören dir. Mach damit, was du willst.»

Sie schloss fest den Mund und neigte die Handfläche, bis das kleine schimmernde Ding in den Kanal fiel. Beide sahen zu, wie der Ohrring durchs Wasser schaukelte und außer Sichtweite sank, hinab auf den schlammigen Grund. Noch bevor er ganz verschwunden war, begann sie den Stift des anderen Ohrrings, der noch in ihrem Ohrläppchen steckte, abzuschrauben. Sie befestigte den Stift wieder am Ring, und mit derselben Kippbewegung der Hand warf sie beides in den Kanal. Wieder dieselbe Bewegung durchs Wasser – ein leichter Zickzackkurs, gefolgt von Dunkelheit. Sie wandte sich zum Gehen.

«Jetzt habe ich ein schlechtes Gewissen», sagte sie.

«Du kannst einfach nicht gewinnen.»

«Ich hätte sie nach unserer Rückkehr versetzen und den Erlös einer Wohltätigkeitsorganisation spenden können.»

«He.» Gerry drehte sie zu sich um und drückte sie an sich. Umarmte sie. Einer Weile lang lehnte sie ihre Stirn an seine Schulter. Dann gingen sie langsam weiter. Gerry sagte: «Ich liebe dich mehr als Coco Pops.»

Sie kamen zu einem kleinen Park und gingen hinein. An einem solchen Wintertag waren nur sehr wenige Menschen da. Hin und wieder jemand, der seinen Hund ausführte. Eine junge Mutter und ihr Kind. Sie setzten sich auf eine Bank im Schutz einer Buchsbaumhecke, zusammengekauert gegen die Kälte. Auf der anderen Seite des Weges befand sich ein Kinderspielplatz.

«Es kann nur Januar sein», sagte Stella. «Schneeglöckchen und Krokusse.» Im Park arbeiteten zwei Männer in Overalls. Einer grub lustlos die Erde um. Mit einem Fuß auf der Auftrittkante stieß er den Spaten ins Erdreich und zerbrach und zerkleinerte die gewendeten Schollen. Der andere Mann beschnitt mit einer Gartenschere Rosensträucher. Eine Folge leiser Knipsgeräusche.

«Hätte ich gewusst, dass es so kalt sein würde, hätte ich eine Wolldecke mitgenommen», sagte Stella. «Oder meine Wärmflasche.»

Die junge Mutter und ihr kleines Mädchen gingen zu den Schaukeln. Von hinten zog die Mutter die Schaukel bis in

Brusthöhe und ließ dann los. Sie sang dem Kind die Geräusche vor, die es ihrer Ansicht nach von sich geben sollte, und das Kind ahmte die Geräusche nach. Nach einer Weile beruhigte sich das Kind, und das einzige Geräusch war das Quietschen der Schaukel in ihrer Pendelbewegung.

«Die haben's leicht heute», sagte Gerry. «Schau dir den Bodenbelag an, praktisch ein Teppich. Mit Fallschutz, falls die Kleinen stürzen – auch eine Art, alte Reifen wiederzuverwerten.» Er hörte auf, sich gegen die Kälte zusammenzukauern, und streckte die Beine vor sich. Es herrschte Schweigen zwischen ihnen, bis Stella sagte: «*Trotzdem halte ich an ihnen fest, trotz allem, weil ich noch immer an das innere Gute im Menschen glaube.*»

«Stimmt.»

«Glaubst du das wirklich?» Stella lächelte.

«Ja. Ein Zitat von Anne Frank», sagte Gerry.

«Selbst bei so etwas wie der Anlage eines Spielplatzes. Wissenschaftler denken: ‹Dass sich die Kleinen nur nicht wehtun.›»

«Deine Nase tropft.»

Stella kramte nach einem Taschentuch und wischte sich die Nase.

«Das macht die eisige Luft», sagte sie.

Ein Schwarm Tauben wanderte zwischen den Schaukelstangen umher. Dann, wie auf ein Händeklatschen, flogen sie auf – schwirrten in einem großen Bogen davon. Das massenhafte Flügelschlagen schien das Kind zu erschrecken. Es schrie auf vor Angst, und seine Mutter hob es von der Schaukel. Sie kamen vorbei, und Stella beugte sich vor und lächelte auf die Kleine hinab, die aus der Nähe drei oder vier Jahre alt zu sein schien. Mutter und Kind setzten sich auf eine Bank etwas weiter weg. Die Mutter holte einen Plastikball hervor und gab ihn dem Mädchen, dann flocht sie die Finger ineinander und streckte die

Hände vor dem Körper aus, um einen Basketballkorb zu bilden. Das Kind warf den Ball und erzielte jedes Mal einen Treffer, weil die Mutter sich minutiös anpasste, sich hin und her wiegte, den Ball in den von ihren Armen geformten Kreis lenkte.

«Die Mutter macht ihr was vor», sagte Gerry.

«Die Mutter macht es ihr vor», sagte Stella. «Ermutigt die Kleine, sich nicht wie eine Versagerin zu fühlen. Ein feiner Unterschied.»

«Das ist wie der Typ, der mit Pfeilen schoss und erst hinterher um sie herum die Zielscheibe zeichnete. Dort, wo sie stecken geblieben waren. Auf diese Weise landete er jedes Mal einen Volltreffer. Fühlst du dich nahe?»

«Dem Ende?»

Er lachte.

«Nein, fühlst du dich mir nahe?»

«Wir sitzen nebeneinander.»

Gerry lächelte.

«Mach schon. Antworte», sagte er.

«Sagen wir mal so», antwortete Stella. «Wenn mich jemand fragt, wie lange wir schon verheiratet sind, sage ich nur: ‹Es zieht sich in die Länge.›» Beide lächelten. Wieder trat Stille ein, hin und wieder unterbrochen von den Geräuschen der Gartenschere und des Spatens, der in die mürbe Erde stieß.

«In jeder Beziehung», sagte Stella, «gibt es eine Blume und einen Gärtner. Einen, der sich zur Schau stellt, und einen, der die Arbeit tut.»

«Hübsch.»

«Welcher von beiden, glaubst du, bist du?»

«Ich habe keinen Zweifel, dass ich – der eine oder der andere bin. Vielleicht beide. Mein ganzes Leben lang habe ich die Cornflakes auf den Tisch gestellt. Sugar Coco Pops.» Er senkte die Stimme, sodass sich ihre Klangfarbe veränderte.

«Weil meine Arbeit aber Kreativität beinhaltet, neige ich dazu, mich ein wenig zur Schau zu stellen. Flamboyant auszusehen, wie du es nennst.»

«Ich rede vom Alltagstrott.»

«Zum Beispiel?»

«Nicht enden wollendes Zeug», sagte Stella. «Wohingegen du Männerarbeit verrichtest. Etwas baust, das noch in Hunderten von Jahren steht. Ich koche, spüle ab, hänge die Wäsche auf, bezahle Gasrechnungen, Stromrechnungen, und dann muss alles wieder von vorn getan werden. Wie Virginia Woolf sagt: *Von alledem bleibt nichts.*»

«Wo wären wir ohne meine Minestrone?», fragte Gerry.

«Trotzdem muss ich sämtliche Geräte abwaschen, die du benutzt. Wer bügelt?»

«Du. Viel zu viel davon, wenn du mich fragst», sagte Gerry. «Wer hat je davon gehört, dass man Unterwäsche bügelt? Oder Schlafanzüge?»

«Wer saugt?»

Gerry nickte langsam und gab sich geschlagen.

«Warum bin immer ich es», fragte er, «der den Klammeraffen nachfüllen muss?»

Diesmal lächelte Stelle nicht einmal. Sie blieb eine Weile stumm, dann sagte sie: «Was glaubst du, wie würde der Gärtner eine Beziehung beenden?»

Stella saß mit verschränkten Armen und hochgezogenen Schultern da. Gerry überredete sie, eine entspannte Sitzhaltung einzunehmen, so wie er selbst.

«Alles in Ordnung?», fragte er.

«Das ist nicht gut. Ich zittere richtig. Nach allem, was heute geschehen ist.»

«Vielleicht ist es dein Blutzucker.»

Stella raschelte in ihrer Tasche und holte ihre Werther's

Original hervor. Es waren nur noch zwei übrig. Sie bot Gerry eins davon an und nahm selbst das letzte.

«Beruhige mich», sagte sie und schob das Bonbon in ihrem Mund geräuschvoll hin und hier.

«Vielleicht sollten wir etwas zu Mittag essen.»

«Nein, das bringe ich nicht fertig.»

Sie standen auf. Stella machte einen Umweg, um das Bonbonpapier in einem Abfallbehälter zu entsorgen. Wieder auf der Straße, gelangten sie an eine Stelle, wo sich Blumen stapelten. Auf dem Bürgersteig lagen ganze Bouquets in Zellophanhüllen – einige geschwärzt, andere verwelkt, ein oder zwei frisch und farbenfroh. Es gab Karten und Andenken. Auch auf der benachbarten, von Metallbarrieren geschützten Verkehrsinsel häuften sich Blumensträuße.

«Mit Blumen gehen sie hier genauso um wie mit Fahrrädern», sagte Gerry. «Lassen sie einfach herumliegen. Denk dir nur, wie viele Gärtner es braucht, um solche Mengen zu züchten.»

Stella beugte sich vor und versuchte zu entziffern, was auf den Karten geschrieben stand. Bei einigen war die Tinte verblasst, bei anderen im Regen verlaufen. Wieder und wieder tauchte der Name van Gogh auf. Stella sagte: «Mit dem Maler kann das nichts zu tun haben.»

«Das muss der Typ sein, der vor ein paar Jahren ermordet wurde.»

«Der Filmregisseur», sagte Stella. «Er wurde erstochen oder erschossen.»

«Beides, glaube ich.»

«Das war eine religiöse Sache, nicht wahr?»

Gerry beobachtete sie. Sie stand da, die Hände vor der Brust gefaltet, den Kopf geneigt.

«Das ist nicht gut», sagte sie. «Ich zittere richtig.»

Er nahm sie am Arm, und sie gingen die Straße entlang. Sie kamen zu einem Taxistand, und Gerry öffnete die hintere Tür eines Wagens und bugsierte Stella hinein.

«Nur zurück zum Hotel», sagte sie. «Ich muss mich kurz hinlegen.»

Gerry nannte dem Fahrer das Hotel. Er wandte sich zu Stella.

«Du bist etwas blass geworden.»

Er nahm ihre Hand, und ihre Haut war eiskalt. Als sie die Hotelhalle betraten, hatte sie sich ein wenig aufgewärmt. Er hielt noch immer ihre Hand.

«Wirst du ein Schläfchen machen?»

Sie nickte, gab aber keinen Ton von sich.

«Ich denke, dann werde ich einen kleinen Gang unternehmen. Hast du einen Schlüssel?» Wieder nickte sie. Er begleitete sie zum Lift und rief diesen herbei. Er schien eine Ewigkeit zu brauchen. Sie stand da und betrachtete den gedrückten Knopf, der rot aufleuchtete, ihre Arme hingen schlaff an ihr herab. Die Tür glitt auf, und er beförderte sie in den leeren Fahrstuhlkorb.

«Ich werde nicht lange bleiben», sagte er. Er küsste sie leicht auf die Wange und verließ den Aufzug wieder.

«Bleib so lange, wie du willst», sagte sie.

Im Fahrstuhlspiegel begegnete Stella sich selbst. Wie bleich sie war. Wie erschöpft. Sie zuckte zurück, besah sich ihre Füße, schloss die Augen, bis der Aufzug auf ihrer Etage anhielt. Er ruckelte ein wenig, und die Tür glitt auf.

Im Zimmer trat sie aus ihren Schuhen und legte sich aufs Bett. Sie gab sich gar nicht erst damit ab, unters Bettzeug zu kriechen, sondern hüllte sich in die schwere Tagesdecke. Der üppige Stoff, sein Gewicht und seine Wärme entrangen ihr einen lauten Seufzer. Aber sie konnte nicht schlafen. Noch immer schwirrte ihr der Kopf. Zwar hatte sie die Augen geschlossen, doch nach wie vor wirbelten ihr Bilder durch den Sinn. Sie hatten etwas Unvermeidliches. Der Versuch, das Wunder von dem zu unterscheiden, was möglich war. Der Versuch, die Bahn des Projektils zu beschreiben. Die Schwalbe – zur einen Tür herein, zur anderen hinaus. Es war an dem Tag, als sie zum ersten Mal das Hunterian Museum besucht hatte. Sie hatten noch nicht allzu lange in Glasgow gelebt. Mit Michael, der noch nicht eingeschult worden war, hatte sie einen Spaziergang zur Universität gemacht – die der Öffentlichkeit zugänglich war. Es regnete, und sie stellten sich in einer Art Kreuzgang unter – einem Säulenwald unter einem reich verzierten viktorianischen Gebäude. Sie warteten, doch es sah so aus, als würde der Regen den ganzen Tag anhalten. Dann sah sie ein Schild, das den Weg nach oben zu einem Museum wies. Im Aufzug führte sie Michaels Finger an den richtigen Knopf. Als die Tür zu den Museumssälen aufging, rannte Michael voraus.

Eine Reihe quadratischer Edelstahlvitrinen in der Eingangshalle enthielt verschiedene Ausstellungsstücke. Eine Vitrine in der Mitte jedoch wurde ganz von einem riesigen Buch beherrscht, welches eine Bildtafel zeigte, die Stella innehalten ließ. Sie wusste nicht, ob sie zum Selbstschutz wegschauen und den Blick auf den Boden richten, ob sie mit Entsetzen oder Verlegenheit reagieren sollte. Die Bildtafel, fast lebensgroß, war die einer Frau, die gerade entbunden wurde – nein, sie wurde nicht entbunden. Sie war im neunten Monat und war aufgeschnitten worden, um das Kind zu präsentieren, das in ihren Schoß gepfercht war – kurz vor dem Akt, sich kopfüber in die Welt zu graben. Wie Macduff. *Vor der Zeit geschnitten aus dem Mutterleib.* Was sie am meisten erstaunte, war nicht, wie gut der Künstler die graue Glitschigkeit oder die Gewaltsamkeit der Bauchdeckenöffnung getroffen hatte, sondern vielmehr die Ausgefülltheit des Uterus. Im Glas konnte Stella ihr Spiegelbild sehen, konnte sehen, dass sie, in ihrem blassen Regenmantel, wie festgewurzelt dastand. Babys im Mutterleib waren wie sich ausdehnender Schaum. Sie wuchsen und passten sich dem zur Verfügung stehenden Hohlraum an. Der freie Raum war ausgefüllt, so wie eine russische Puppe ausgefüllt ist. Mit einer anderen. Voll von sich selbst. Kein Zentimeter Platz. Nicht genügend Platz, dass man mit einer Klinge oder *mit einer Nadel bloß* hineinkäme, geschweige denn mit sonst etwas. Und sie begriff, dass die Fleischlappen, die zurückgezogen worden waren, um den Inhalt des Mutterleibs freizulegen, in Form eines Kreuzes weggeschnitten worden sein mussten. Vier dreieckige Lappen, die zurückgeklappt worden waren. Ein geöffnetes Behältnis. Die große Schere nicht erforderlich. Erst gab es Nacktheit und dann dies. Sogar ihres Fleisches entkleidet. Die Beine der armen Frau auseinanderklaffend, ihr Bauch und ihr Unterleib entblößt. Was Stella nicht verzeihen konnte, war die Herabsetzung der Beine zu bloßen Lammkeulen mit einem Knochen darin. Das war genau das, was die Bombenleger in Belfast anrichteten. Sie versuchte den Blick von den abgesägten Schenkeln wieder auf den Schoß selbst zu lenken, prall gefüllt mit Kind. Zwischen dem linken Knie und dem Zeigefinger des Embryos tat sich ein Spalt auf. Ein winziger Korridor. Oder ein Wunder. An dem Exponat war ein Schildchen angebracht, und sie bückte sich, um es zu lesen. *Eine Zeichnung aus William Hunters «Die Anatomie des schwangeren menschlichen Uterus, dargestellt anhand von Illustrationen» (1774).* Das Wort «schwanger» besagte nicht viel. «Voll bis zum Rand», hätte ihre Mutter gesagt. Die Vitrine in ihrem Edelstahlrahmen war voll bis zum Rand mit dem ausgestellten Buch. In Kreuzworträtseln wurde mitunter nach «gravid» gefragt. Für die Sektion und die Zeichnung mussten die

Modelle tot gewesen sein. Die arme Frau und ihr Kind waren erst abgebalgt, dann abgebildet worden. Um der Erkenntnis willen. Der Künstler wurde erwähnt, der Sammler und Anatom wurde erwähnt, doch über die Frau stand da nichts. Sie war ohne die Würde eines Namens. Und ihr ungeborenes Kind hatte natürlich nicht genügend Zeit gehabt, um benannt zu werden. Sie war keine Gefängnisinsassin gewesen und keine Gehängte, nur ein ganz gewöhnlicher Mensch, eine Frau, die kurz vor dem freudigen Ereignis gestorben war. Im achtzehnten Jahrhundert mussten derartige Todesfälle alltäglich gewesen sein. Aber niemand konnte Stella weismachen, dass die Menschen im achtzehnten Jahrhundert nicht dasselbe oder ebenso viel empfanden wie die Menschen von heute. So trauerte sie um sie, als sie vor ihrem Bild stand, und sprach für jeden von ihnen ein Gebet.

Noch einmal beugte sie sich vor, um das Schildchen zu lesen, als sie Michael zurückkommen hörte. Der Junge erschien, und sie stellte sich zwischen ihn und die Zeichnung. Damit er diese nicht zu Gesicht bekam, ging sie auf ihn zu und lenkte ihn wieder zu der Stelle mit den Dinosauriern und den ausgestopften Tieren mit Glasaugen. Die Fragen, die er stellte! In der Zeit, die sie gebraucht hatte, um die Zeichnung zu betrachten, war sie selbst zu dieser Frau geworden. Das war sie, war sie gewesen. Gespreizt und versehrt. Wie konnte sie sich ihrem eigenen Sohn auf diese Weise zeigen?

Andere Schritte nahten. Ein Wärter in hellblauem Hemd.

«Tut mir leid», sagte er. «Das Museum ist montags geschlossen.»

«Hat uns niemand gesagt.»

Sie nahm ihr Kind bei der Hand, und froh, ausgeschlossen zu werden, kehrte sie der Illustration in dem grässlichen grauen Buch den Rücken.

Auf der Straße straffte Gerry den Knoten seines Schals und stellte den Mantelkragen hoch. Das könnte eine Gelegenheit sein – vielleicht die Flasche nachzufüllen. Wenn Stella still wurde, ließ man sie am besten allein. Wieder sah er den Eisblock. Mittlerweile lag er in der flachen Mulde des trockenen Bürgersteigs. Bei diesen Temperaturen schmolz nichts. Er versuchte sich auf die Richtung zu besinnen, die sie eingeschlagen hatten, um das Lokal mit den robusten Eintopfgerichten zu finden. Die Skyline hatte die Schärfe einer Radierung, jedes Gesims und jeder Giebel genau umgrenzt und anders – Schnecken, Fialen und Girlanden präzise umrissen. Wie Scherenschnitte. Die unbelaubten Äste der Bäume zeichneten sich schwarz gegen den Abendhimmel ab. Es war kein Sonnenuntergang, nur das Ende eines kalten, klaren Tages – der sich von Blau zu Gelb und zu Rot verwandelte.

In einer Straße wurden die Bäume gekappt. Zuerst konnte er nur den Lärm hören – Glissandi, die sich von einem schroffen Ton zu schrillem Kreischen steigerten. Er blickte auf und sah zwei behelmte Männer mit Kettensägen, die, an einem Seil schwingend, das an ihrem Gürtel befestigt war, in den Bäumen herumkletterten. Das andere Ende der Straße hatten sie bereits bewerkstelligt, sodass die Äste wie Fäuste gegen den Himmel ragten. Im Supermarkt neben dem Lokal mit den robusten Eintopfgerichten kaufte er eine weitere Flasche Tyrone Superior. In diesem Augenblick, nach einem solchen Tag, konnte er einen Drink vertragen. Um keine Entscheidungen treffen zu müssen, ging er zum Irish Pub.

Er saß gegenüber der Tür, vor sich auf dem Tisch ein Pint Guinness und einen Whiskey. Er hatte zugesehen, wie der Dubliner Barmann sein schwarzes Pint zapfte und dann stehen ließ, damit es sich setzte – damit die Vorhänge aus Schaum herabstürzen und einen weißen Priesterkragen bilden konnten, bevor er nachfüllte. Ein frisch gezapftes, aber noch nicht angerührtes Pint Guinness hatte eine kuppelartige Schaumkrone, die ihn an die gerundete Außenwand der Burt Chapel erinnerte. Der Jameson erforderte keinen weiteren Eingriff, abgesehen von einem Tropfen Wasser. Der Dubliner Barmann unterhielt sich leise mit einem Gast. Irgendwo spielte ein Tonband mit irischer Musik, allerdings nicht in einer Lautstärke, die lästig war.

Gerrys Hände lagen in seinem Schoß, und sein Blick wurde aufs Fenster gelenkt. Das schwächer werdende Tageslicht, das schräg auf die Scheibe fiel, rief eine glitzernde Grisaillewirkung hervor. Wie Mattglas verwandelte eine durch den nahezu horizontalen Lichteinfall sichtbare Staubschicht das Fenster in Waterford Crystal. Für die Irish Pubs in Amsterdam waren keine Kosten gescheut worden. Einbeziehung und Ausschluss von Licht. Die doppelte Funktion von Fenstern – Licht einzulassen und Ausblick zu gewähren. Er hörte wieder die Stimmen seiner Lehrer. Am deutlichsten Dr. Rice.

Als er Ende der Fünfzigerjahre von der Schule abgegangen war, hatte Gerry keine Ahnung gehabt, was er werden wollte. Er hatte mehrheitlich naturwissenschaftliche Fächer gewählt. Er sprach mit einem Berufsberater – damals eine Seltenheit –, der, als ihr Treffen zu Ende ging, aus dem Chaos seines Schreibtischs ein Stück Papier hervorkramte. Ein Sommerjob in einem Architekturbüro. Gerry willigte ein, es damit zu versuchen. Als der Sommer zu Ende war, bot die Firma ihm eine Lehrstelle an. Er lernte am Arbeitsplatz – studierte abends am

Belfast Tech – zeigte Talent in allem. Dann wurde er von einer katholischen Firma abgeworben, die sich gutstand mit dem Klerus und zahlreiche Schulen und Kirchen entwarf. Zu der Zeit konnte man nicht über die Schwelle einer katholischen Kirche treten, ohne dazu überredet zu werden, für den Schulbaufonds zu spenden. Daher gab es eine Menge Aufträge. Anfangs verbrachte Gerry viel Zeit damit, Grafiken zu kolorieren – Mauerwerk war rot, Beton grün, Stahl blau. Eine Art architektonisches Storyboard. Und mit Botengängen. So wurde er mit der Kaffeekasse losgeschickt, um Kekse und Maxwell House einzukaufen. Außerdem hieß es nach dem Vaticanum II volle Kraft voraus für die Liturgiereform – was zur Folge hatte, dass die Gebäude, in denen der Glaube sich abspielte, umgebaut werden mussten – Schnickschnack und «Prospekte» à la Pugin wurden abgebaut, die Priester mussten sich dem Volk zuwenden und die Kommuniongitter entfernt werden. Dann hatte er das Glück, von Liam McCormick eingestellt zu werden, der zu der Zeit gerade an der Burt Chapel arbeitete. Einige Leute – selbst damals schon – redeten von McCormick als Irlands bedeutendstem Architekten. Die Kirche war dem Grianán of Aileach nachempfunden, einem steinernen Ringfort aus der Eisenzeit weiter oben auf dem Hügel.

Gerry hatte Stella gerade kennengelernt – es musste Ende der Sechziger gewesen sein –, und nicht lange nach der Fahrt nach Ballycastle nahm er sie mit nach Donegal, um ihr zu zeigen, woran er gerade arbeitete. Sie waren zu dem Fort aus der Eisenzeit hinaufgefahren, um die Ähnlichkeit mit der Kirche nachzuprüfen, die sie am Fuße des Hügels erbauten – ein Formenreim auf das Fort, nur durch wenige Hunderte von Metern getrennt, aber durch Tausende von Jahren.

Stella jedoch war mehr an der Aussicht interessiert. Einige Bäume mehr und ein, zwei Straßen weniger, sagte sie, und vor zweitausend Jahren hättest du genau das Gleiche gesehen. Mit einer langsamen Drehung des Kopfes konnte man die Grafschaften Donegal, Derry und Tyrone erblicken, mittendrin Lough Swilly und Lough Foyle. Es machte sie froh, Keltin zu sein. An einem solchen Ort, in solcher Höhe, ist nur selten Stille zu spüren, weil stets ein Wind geht, der deinen Ohren nur vortäuscht, es gebe kein Geräusch. Vielleicht das Blöken eines Schafes, aber kein Schaf zu sehen. Sie hob die Hand in die Luft, um herauszufinden, aus welcher Richtung der Wind kam. Stella. Ein Stern mit wehendem Haar. Der alles andere in den Schatten stellte. Ihre Hand in der Luft.

Wovon hatte sie an diesem Nachmittag gesprochen – Blume und Gärtner? Wie würde der Gärtner eine Beziehung beenden? Was für eine Frage war das denn? Und dieses Gerede über eine religiöse Gemeinschaft. Sie musste es ernst meinen, hatte sie doch mit irgendjemandem einen Termin vereinbart.

Er schlürfte sein Guinness. Geschmack, Textur, Temperatur. Perfekt. Der Whiskey konnte warten, bis er das schwarze Zeug halb ausgetrunken hatte. Gewöhnlich brauchte es drei Schluck pro Glas, und jeder hinterließ Dehnungsstreifen. Die zweite Hälfte dauerte um einiges länger, nun da der Durst gelöscht war. Er zögerte, das nächste Pint zu bestellen, bis es sich nicht länger aufschieben ließ. Dann leerte er beide Gläser, stand auf und ging zur Theke.

«Dasselbe noch einmal.»

Er nahm seinen Platz wieder ein, vor sich zwei volle Trinkgefäße. Es bereitete ihm große Befriedigung, sie nicht anzurühren. Es reichte zu wissen, dass Nachschub vorhanden war. Ihr Dozent am Belfast Tech – der alte Dr. Rice – hatte gesagt, bei der Architektur gehe es darum, dem Klienten Dienstleistungen wie Gas, Wasser, Strom so elegant und kostengünstig wie möglich zur Verfügung zu stellen. Nicht mehr, nicht weniger. Oh – es half, wenn man freihändig eine gerade Linie zeichnen konnte und ein Auge dafür hatte, dass etwas nicht einstürzte. Sie hatten die Aufgabe, Leben zu retten – Gebäude zu entwerfen, in denen die Leute nicht umkamen. Das mochte der Petersdom in Rom sein oder eine öffentliche Toilette in Portadown – es galten dieselben Regeln. Außer, dass es in Portadown keine Regeln gab. Er war ein großartiger Lehrer und fand, wie er selbst sagte, Vergnügen daran, den Studenten genügend Selbstvertrauen einzuflößen, um kreativ zu sein, ihnen gleichzeitig jedoch genügend Wissen zu vermitteln, um an sich selbst zu zweifeln.

Der Alkohol setzte etwas in ihm frei. Schon allein der Pub mit seinen Geräuschen und Gerüchen, die die Gewissheit widerspiegelten, dass Drinks erhältlich waren, entspannte ihn. Alkohol machte alles leichter, machte es leichter, Gefühle zu haben, Worte zu finden. Einige Leute, die er kannte, verwandelte der Alkohol in Ungeheuer. Sie wurden zu bösartigen, gehässigen und, was am schlimmsten war, gewalttätigen Kreaturen. Aber doch nicht er. Wenn er ein oder zwei Gläser intus hatte, liebte er die Menschen, wollte sie umhalsen, nicht verhauen.

Er fragte sich, ob er zu viel trank. Sein Gedächtnis ließ nach – er konnte sich nicht mehr daran erinnern, wie ein Abend geendet hatte, konnte sich nicht mehr an die Leute und ihre Namen erinnern. Oder an Gesichter. Zu Hause scherzte er, er werde nie wieder ausgehen. In der Wohnung fühlte er sich sicher. Normalerweise hatte jeder, der zu ihm zu Besuch kam, vorher einen Termin vereinbart, und sein Name wurde im Terminkalender notiert. An dem betreffenden Tag, zur festgesetzten Zeit klingelte es, er konsultierte den Kalender, sah, dass dort Jack geschrieben stand, öffnete die Tür und sagte: «Wie geht's, Jack?» Wenn sich herausstellte, dass es jemand namens Billy war, der den Strom ablesen wollte – Pech gehabt. Falls aber auch der Stromableser Jack hieß, überlegte Gerry den ganzen Tag, wie es dazu kommen konnte, dass ihn dieser Mann mit Vornamen anredete.

Stella war das genaue Gegenteil. Sie konnte sich nicht nur an die Namen der Leute erinnern, sie konnte sich an alles erinnern, was mit ihnen zu tun hatte.

In der Schule hatte er Geometrie geliebt. Etwas daran faszinierte ihn – die Ausgewogenheit, die Klarheit, das strebepfeilerähnliche Zeichen für den rechten Winkel, die Stabilität des gleichschenkligen Dreiecks. Wörter wie «kongruent». Er liebte nicht nur das Wort, sondern auch das dahinterstehende Konzept. Deckungsgleich zu sein, in allen Punkten übereinzustimmen. Es gab eine Zeit, da Stella und er kongruent waren.

Das schönste Geschenk, das man ihm in diesem Alter gemacht hatte, war ein Bayko-Baukasten – ein Spielzeug, mit dem man Häuser mit weißen Wänden, roten Dächern, grünen Erkerfenstern bauen konnte. Wenn das Haus stand, war es das perfekte Enid-Blyton-Haus, Heim der Fünf Freunde. Mit einer Doppelgarage für Onkel Quentins Autos.

In der realen Welt baute er mit seinen Freunden Hütten aus Fallholz, Pappe und alten Wellblechteilen. Wenn sie mit der Arbeit fertig waren, setzten sie sich hinein, lächelten zufrieden und fragten sich, was sie jetzt anfangen sollten.

Es war ein Beruf, der ihm erlaubte, die Welt zu sehen. Gegenden, die sie sonst nicht aufgesucht hätten. Wie etwa Sowjetrussland. Das Land der abblätternden Fassaden. In Warschau überlegte Stella laut, weshalb es so viele Parkanlagen gab. «Fragen Sie die Deutschen», wurde ihr beschieden. Er liebte gestufte Städte, zum Beispiel Lissabon – man konnte sogar einen Personenaufzug von einer Ebene zur anderen nehmen. Ober- und Untergeschoss. Gerry fand, dass Edinburgh den schönsten Anblick bot – überall Säulen und Klassizismus und behauene Steine. Zu den aufregendsten Dingen, die er dort gesehen hatte, gehörte ein Straßenkünstler – ein Jongleur, der über sich selbst hinauswuchs. Vor der schottischen Nationalgalerie auf The Mound presste ein junger Bursche seine Füße gegen zwei kannelierte Säulen, dann hangelte er sich am Gebäude hinauf – sechs oder neun Meter über den Köpfen der Menge, wo er mit brennenden Fackeln jonglierte. Und während er das tat, begriffen alle, dass er auf keinen Fall wieder nach unten gelangen würde. Er saß dort oben fest. Für immer. Wenn er den Druck von den Füßen nahm – oder auch nur von einem Fuß –, würde er ungebremst fallen. Natürlich machte er sich einen Jux daraus – sein Dilemma war das Kernstück seiner Darbietung –, doch schließlich rutschte er unter Applaus nach außen, ein ruckartiger Abstieg wie bei einem Spielzeugspecht, der an einer senkrechten Stange hinabgleitet. Er ließ es leicht aussehen.

Gerry bestellte ein weiteres Herrengedeck. Der Barmann war aufmerksam – diesmal bedurfte es nur eines Nickens, und wenig später standen die Getränke vor ihm. Etwas, das ihm tatsächlich den Atem verschlagen hatte, war Norman Fosters Glasdach über dem Innenhof des Britischen Museums – welche Kühnheit, welche Brillanz! Innerhalb des Gebäudes von einer Peripherie der Dunkelheit in das berückende Licht in der Mitte – den größten überdachten Platz Europas – hinauszutreten war ein grandioses Erlebnis. Wenn Architektur mit irgendetwas zu tun hatte, dann damit, Licht zu verbreiten.

Angesichts derartiger Brillanz empfand Gerry, nachdem er sie bewundert hatte, als Nächstes Neid. Er wusste, dass er selbst nur in der Zweiten Liga spielte. Vielleicht, an einem schlechten Tag, in der Dritten Liga. Etwas geschaffen zu haben, das Menschen mit Ehrfurcht erfüllte. Die Wallfahrtskirche in Ronchamp. Licht, das sich durch Schächte in den dicken Mauern ins Innere ergoss und als Farblachen auf dem Fußboden endete. Sonnenfallen über Altären. Das Gebäude selbst erstaunlich klein, ein Mittelding zwischen einem umgedrehten Boot und einem Konzertflügel. Aber wunderschön – sogar bis hin zu der kleinen Jakobsmuschel, die in die Betonmauer eingelassen war, um Pilger willkommen zu heißen.

Gerry war als Universitätsdozent geendet. Einer, der zu viel trank. War sein Scheitern, es bis ganz nach oben zu schaffen, seiner Trinkerei zuzuschreiben? Oder diente seine Trinkerei dazu, sich über seinen mangelnden Erfolg hinwegzutrösten? Er leerte die Gläser und wuchtete sich hoch – wankte wie ein schwankender Wolkenkratzer –, aber immerhin wusste er, dass er wankte. Er kannte seine Toleranz.

Als er wieder im Hotelzimmer war, schlief Stella noch. Er beugte sich im Bett über sie und küsste sie auf die Schläfe. Sie erwachte und sagte: «Ich spüre die Kälte, die von dir ausgeht.»

Sie beschlossen, wieder in dem Restaurant am Amstelkanaal zu essen.

«Es hat den zusätzlichen Vorteil, dass wir wissen, wo es liegt», sagte Stella.

Nachdem ihre Bestellung aufgenommen worden war und Gerry den Wein ausgeschenkt hatte, sagte er: «Und, hast du dich etwas beruhigt, was den heutigen Tag betrifft?»

«Nein. So etwas braucht lange, bis es verwunden ist. In zehn Jahren – wenn ich dann noch lebe – werde ich in der Kassenschlange vor Beschämung laut aufstöhnen.»

Er streckte seine Hand aus, bedeckte ihre und schüttelte sie sanft.

«Ich rede nicht vom Anne-Frank-Haus. Sondern von danach.»

Stella schüttelte den Kopf.

«Man lernt damit zu leben», sagte sie. «Zeig mal dein Kinn her.»

Gerry wandte ihr sein Profil zu.

«Es wird gelber, weniger auberginefarben.»

Sie aßen schweigend.

«Warum ziehen wir heute Abend nicht los», sagte Stella, «und schauen uns das Rotlichtviertel an?»

«Mit meiner Frau?»

«Ja.»

Als sie Arm in Arm davongingen, fiel ein feiner kalter Regen. Stella sah zum Nachthimmel auf und hakte sich fester bei ihm unter. In einem äußerst schmalen Durchgang herrschte reges Kommen und Gehen, und sie fragten sich, wo er wohl hinführte. Er war nur etwas mehr als schulterbreit, und sie mussten hintereinanderlaufen. Gerry ging voran.

Sie gelangten zu einem Platz mit Koberfenstern, hinter denen Frauen posierten. In dem Versuch, aufzureizen und zu erregen, saßen sie entweder mit gespreizten Beinen da oder stolzierten umher und priesen so ihre Vorzüge an. Gerry blieb stehen und starrte hin. Er löste den Arm seiner Frau aus seinem.

«Das könnte als Perversion aufgefasst werden. Ein zuschauendes Ehepaar.»

«Die armen Dinger», sagte Stella.

Sie gingen weiter, und die Passage verengte sich wieder. Gerry übernahm die Führung. Er drehte sich um. «Was soll ich tun, wenn irgendein Typ mit 'nem Ständer versucht, sich an mir vorbeizuquetschen?»

Stella gab ihm einen Klaps auf die Schulter. Die schmale Gasse führte zu einer anderen, etwas breiteren. Gerry blieb stehen und beäugte ein Gebäude.

«Es ist ein Pub, Gerry. Als würde ich keinen Pub erkennen.»

«Rembrandt hätte hier ein, zwei Fläschchen geleert», sagte er.

Stella öffnete vorsichtig die Tür. Eine Mauer aus Lärm – ein Getöse, laut genug, dass es sich anhörte wie ein Zug. Sie schoben sich hinein. Es gab weder Stühle noch Tische. Das Lokal war brechend voll, und die Leute tranken ihr Schankbier im Stehen. Aber es war ein Pub wie kein anderer, den sie je gesehen hatten. Niedrige Tresen, Regalwände, eher eine Apotheke als ein Wirtshaus. Gerry zog eine Augenbraue hoch und fragte Stella pantomimisch, ob sie Lust auf ein Bier habe. Sie verzog das Gesicht. Hinter der Theke standen ein Mann und eine Frau in einer Art Volkstracht. Ein Gast vor Gerry bestellte, und die Schankkellnerin servierte ihm ein Bier und einen Schnaps. Sie füllte das Pinnchen, bis es überfloss, und Gerry dachte: «Wie schlampig.» Der Mann bog den Oberkörper vor und schlürfte an dem Glas, ohne es anzufassen. Saugte den Schnaps mit den Lippen auf. Dann hob der Mann das Glas und leerte es, leerte es bis auf den letzten Tropfen – seine Körpersprache fast haargenau wie die Stellas, wenn sie ihre Augentropfen nahm. Als Gerry an der Reihe war, zögerte er. Die Schankkellnerin brauchte nur einen Blick auf ihn zu werfen und begann, aus vollem Hals auf Englisch zu schreien.

«Wollen Sie mal versuchen? Kennen Sie den?» Gerry schüttelte den Kopf. Nein. «Das ist Jenever. Bevor ihr Engländer Gin hattet, hatten wir Jenever.»

«Ich bin kein Engländer.» Er musste brüllen, um sich verständlich zu machen. «Ire.»

«Sehr gut mit einem Bier.» Sie lachte. «Mit einem Guinness noch besser.»

Gerry blickte über die Schulter hinweg zu Stella und formte mit den Lippen eine weitere Einladung. Wieder schüttelte sie den Kopf. Nein, für mich nicht.

«Ja», brüllte er der Schankkellnerin zu. Sie zapfte ein gelbes Bier und setzte es schäumend auf die Theke. Dann holte sie ein grau bereiftes Sherryglas aus dem Gefrierschrank und füllte es mehr als randvoll mit dem klaren Alkohol. Er roch wie Gin. Gerry tat es seinem Vorgänger nach, beugte sich vornüber und schlürfte das Getränk ab. Er empfand ein kindliches Vergnügen – als würde er seine Tischmanieren ablegen, die Schüssel auslecken. Dann hob er das Glas und leerte es auf einen Zug. Schmeckte ein bisschen wie Poteen.

Die Schankkellnerin wedelte mit dem Zeigefinger, dann rief sie: «Sie trinken zuerst das Bier. Dann den Schnaps.»

«Oh, Entschuldigung. Ich versuch's noch einmal richtig.» Sie stellte ihm noch einen Jenever und noch ein Bier hin. Gerry trank eines der beiden Biere und schlürfte den Gin ab, dann trug er das andere Bier und das Gläschen Jenever zu Stella.

«Schmeckt gut.»

«Was?»

Er beugte sich dicht an ihr Ohr.

«Schmeckt gut», brüllte er in ihr Haar. Er wollte der Schankkellnerin ja nur ungern widersprechen, aber er fand, dass das Bier erst *nach* dem Jenever richtig gut schmeckte. Nicht umgekehrt. Für seine Begriffe ließ sich mit dem Bier gut nachspülen. Aber das alles war zu kompliziert, um es Stella mitzuteilen. Sie streckte die Hand aus und bat um einen Schluck von dem Jenever. Gerry trennte sich von dem Glas. Stella schlürfte und schmatzte. Sie war sich nicht sicher. Das konnte er an ihrem Gesicht ablesen. Sie nahm noch einen Schluck.

«Möchtest du einen eigenen?» Gerry wurde mürrisch, als der Pegel in seinem Glas sank.

«Ja.»

«Und ein Bier?»

«Nein.»

Als Gerry zum Tresen ging, blieb Stella wieder allein zurück. Ein echtes Phänomen, der Lärm in diesem Lokal. Pubs versetzten sie immer in Erstaunen mit ihrer Lautstärke. Wenn jeder leiser spräche, wäre alles in Ordnung. Aber aufgepeitscht von Alkohol, erhoben sie die Stimmen. Und das widerfuhr sämtlichen Gästen, sodass jeder brüllen musste, um sich Gehör zu verschaffen. Das Ganze geschah schrittweise und exponentiell. Die Leute wurden heiser und mussten mehr trinken, um ihre Kehlen zu befeuchten, weshalb sie noch lauter brüllten, um ihre Nachbarn zu übertönen. Und sämtliche Trinker revanchierten sich, ohne sich dessen bewusst zu sein. Gerry zuliebe hatte Stella zu viele Abende ihres Lebens damit zugebracht, am Rand einer Gesellschaft von Trinkern zu sitzen. Besonders in Derry mit den Norwegern. Wenn die Norweger betrunken wurden, waren sie nur sehr schwer zu verstehen. Die seltsamsten Dinge fanden sie komisch. Sie krümmten sich vor Lachen wegen einer Bemerkung, über die sie beim Frühstück nicht einmal lächelten.

Worüber redeten diese Leute nur? Was war so wichtig, dass es hinausgeschrien werden musste? Neben ihr stand ein Mann. Er lächelte ihr zu, hielt ihr in einer Art Toast sein Glas hin und trank auf ihr Wohl.

Seinem Aussehen nach war er Amerikaner. Aus seiner Jackentasche ragte die obere Hälfte eines *Guide to Amsterdam*, zumindest also sprach er Englisch. Auf seiner hellen Jacke zeichneten sich dunkle Regenflecke ab. Er trug eine Hornbrille. Sie wusste nicht recht, wie sie sich verhalten sollte. Immerhin war dies in der Nähe des Rotlichtviertels. Vielleicht sogar *im* Rotlichtviertel. Glaubte dieser Mann, dass sie allein war? War er nur freundlich, oder versuchte er, sie abzuschleppen? Er beugte sich vor und sagte etwas zu ihr, doch sie konnte ihn nicht hören. War es eine Frage? Oder eine Begrüßung? Sie nickte langsam mit dem Kopf. Sie war nicht gut im Lügen. Es bereitete ihr Unbehagen. Der Amerikaner versuchte es erneut und beugte sich ein wenig zu nah heran. Aber sie konnte kein einziges Wort verstehen, das er von sich gab. Sie blickte über die Schulter, um zu sehen, wo Gerry war.

Er stand an der Theke und beugte sich vor. Was in aller Welt trieb er da mit dieser Schankkellnerin? Sein Kopf war auf einer Höhe mit … ihren Hüften. Es sah aus, als tue er etwas schrecklich Intimes in aller Öffentlichkeit – haarsträubend. Komm einfach nur zurück zu mir, Gerry, bitte. Der Amerikaner leckte sich die Lippen und rückte die Brille auf seinem Nasenrücken zurecht, als wolle er wieder etwas zu ihr sagen. Gerry kam mit zwei Gläsern. Eines lief über, auf seine Finger, das andere nicht. Das halb geleerte reichte er Stella. Um es entgegenzunehmen, kehrte Stella dem Amerikaner den Rücken zu.

«Rede mit mir. Laut», brüllte sie Gerry ins Ohr.

«Na, wie geht's, mein Schätzchen?», rief er. «Trink dein Getränk. In einem Rutsch.»

«Mir würde übel.» Stella nippte. Wieder und wieder, winzige Nippchen. «Man könnte Geschmack daran finden.» Sie verzog das Gesicht und reichte ihm ihr Glas, damit er es austrank. «Sehr stark.»

Er stürzte es in einem Zug hinunter. Sie fing an, zur Tür hin zu nicken.

«Komm, wir machen uns aus dem Staub», sagte Gerry.

Stella wandte den Kopf, um dem Amerikaner einen Abschiedsgruß zuzunicken, doch der hatte sich bereits anderswohin begeben.

«Zwar liegt es nicht in meiner Natur, mich aus dem Staub zu machen, aber diesmal werd ich's tun.»

Draußen hatte es zu regnen aufgehört. Oder der Durchgang war so schmal, dass der Regen nicht bis nach unten fallen konnte.

«Welche Wonne, diesem Lärm entronnen zu sein», sagte Stella.

«Und du glaubst, dass ich mich vergnüge, wenn ich was trinken gehe.»

«Ich hab nicht ein Wort von dem verstanden, was der Mann gesagt hat.»

«Was für ein Mann?»

«Irgendein Typ. Der mit der Brille.»

Schließlich traten sie aus der Enge hinaus. Zu ihrer Rechten verlief ein Kanal, zu ihrer Linken lag ein ganzer Straßenzug mit Fenstern, hinter denen Frauen in winzigen Räumen auf Freier warteten. Scharen von Menschen durchstreiften die Gegend. Aus einer solchen Entfernung wirkten die Fenster klein und hell wie Fernsehbildschirme. Stella hatte ihre Hand auf Gerrys Ellbogen gelegt und spürte, wie er auf die Fenster zusteuerte. Die Frauen trugen unglaublich hohe Stöckelschuhe und waren halb nackt. Bebändert und beblümt – gelangweilt. So schritten sie auf und ab. Eine las ein Buch. Eine andere saß da wie auf einer Parkbank. Nebenan trank eine Frau aus einem Becher mit Pünktchenmuster. Wegen der grellen künstlichen Beleuchtung waren die Farben nur schwer zu erkennen. Eine hochgewachsene Frau hatte einen Heizstrahler zu Füßen, in dem nur ein Stab glühte. Eine andere hatte Probleme mit der

Belüftung und musste mit einem T-förmigen Abzieher verhindern, dass ihr Fenster beschlug. Wieder übte Gerrys Arm Druck aus, näher zu treten, aber Stella widersetzte sich.

«Die wollen bestimmt nicht, dass *ich* sie angaffe», sagte sie. «Es ist zu früh. Das ist Kakaozeit. Ungefähr so sexy wie die Seite Drei.»

«Sie tun mir leid. Die Armen», sagte Stella. Viele der Frauen wurden mit ultraviolettem Licht angestrahlt, und ihre knappe Unterwäsche hatte eine intensive purpurne Leuchtkraft.

«In Fleischereien wird UV verwendet, um Fliegen zu töten.»

Aus der entgegengesetzten Richtung kam eine Gruppe junger Männer. Wieder so ein Junggesellenabschied. Gerry und Stella hörten sie, bevor sie sie sahen – Gebrüll und Gelächter. Sie klangen wie Deutsche. Sie zeigten mit den Fingern und klopften einander auf die Schultern.

«Voller holländischem Mut», sagte Gerry. «Glaub mir – wenn sie lachen, geht's nicht um Sex.»

«Ach, Sie sollten sich hören – Herr Bordellbesucher.»

«Ich sage nur ungern, was mich antörnt – aber das hier bestimmt nicht. Vielleicht würde ich mich von einem dieser großen Mädels in Wollstrumpfhosen auf Fahrrädern wie Brotkarren verführen lassen. Deren Knie auf und ab schwirren. Die ihre Pheromone auf dem Sattel hinterlassen. Wehendes blondes Haar. Das wäre mein Fall.»

Als sie weitergingen, veränderte sich der Bürgersteig unter ihren Füßen in ein Heringsgrätenmuster. Gerry spürte, wie sie ihn über die Straße drängte, weg von den Fenstern. Die Enten und Schwäne auf dem Kanal wurden sehr laut – ein einziges Schnattern und Flattern –, ein Sichaufrichten und Miteinanderkämpfen auf der Wasseroberfläche. Die Schwäne stellten die Schwingen auf, streckten die langen Hälse und zischten. Andere Leute blieben stehen, um herauszufinden, was es damit auf sich hatte.

«Sieh mal, wer hier wem die Schau stiehlt», sagte Stella. «Wer die Damen an die Wand spielt.»

Als sie die Brücke überquerten, hatten die Vögel sich beruhigt. Wo das Wasser an die Steinmauern grenzte, begann sich Eis zu bilden. In den Ecken hatte es das Aussehen grauer Spinnweben.

Auch die andere Seite des Kanals war noch Teil des Rotlichtviertels. Stella blieb stehen und zerrte Gerry zurück.

«Sieh nur», sagte sie.

Er folgte ihrer Blickrichtung. In einer engen Seitengasse standen zwei Pferde im Laternenschein. Er spürte, wie Stella ihn zu der Gasse manövrierte. Behutsam näherten sie sich.

«Wie wunderbar», sagte Stella. «Was für herrliche Geschöpfe. Ich glaube, der Gin ist mir zu Kopf gestiegen.» Gerry sah, dass sie den Mund spitzte, wie sie es bei einem Baby tun würde. «Das erste und einzige Mal, dass ich je auf einem Pferd saß, glaubte ich, auf einer Anrichte zu sitzen.»

«Wo war das?»

«Bei einem Farmer, den Daddy kannte.»

Eines der Pferde vor ihnen war ein Fuchs, das andere ein Apfelschimmel. Stumm standen sie nebeneinander. Ihr Atem stieg sichtbar aus ihren Nüstern. Hinter dem Fuchs hatte sich Pferdedung, der noch dampfte, zu einer kleinen Pyramide gehäuft.

«Pferdescheiße», sagte Gerry.

«Pferdeäpfel. In unserem Haus waren wir um einiges kultivierter.»

Gerry streckte die Hand aus und hielt Stella von den Tieren fern.

«Vorsicht. Stell dich nicht hinter sie. Sie könnten ausschlagen.»

«Ich weiß, ich weiß. Sie wirken so ruhig, so resigniert.»

«Mysteriös sogar.»

Gerry und Stella starrten zu ihnen auf. Der Apfelschimmel bewegte den Kopf auf und nieder.

«Kannst du erkennen, ob es ein Hengst ist?»

Gerry duckte sich und schaute unten nach.

«Ich kann dir eins sagen», sagte er.

«Was?»

«Es ist keine Kuh. Woher soll ich das wissen?»

Die Pferde waren nicht angebunden, aber voll aufgezäumt und gesattelt. Sättel, Steigbügel, Zügel – andere Geschirrteile, die sie nicht benennen konnte, außer bei einem Kreuzworträtsel. Wörtern, die sie als Pferdezubehör wiedererkannte – «Schweifriemen», «Kehlriemen», «Sattelgurt», «Zaumzeug». Es gab ein Futteral, aus dem eine Art Schlagstock ragte. Am Griff Vertiefungen, um ihn besser halten zu können. Der Fuchs veränderte die Position eines Hinterhufs, sodass das Hufeisen ein klapperndes Geräusch auf dem Kopfsteinpflaster der Gasse machte.

«Zauberhaft», sagte Stella. «Sie haben etwas Heiligmäßiges. Sogar etwas Unnahbares. Sieh dir die Adern an, Gerry. Wie Bäche.»

Der Grauschimmel schüttelte den Kopf und gestattete sich ein kurzes Augenrollen. Stella sah das Weiße in seinen Augen. Das Geschirr machte leise Geräusche.

«Ganz ruhig, mein Junge.»

«Die gehören der Polizei. Ganz ruhig. Das Wort da, der Schriftzug.» Sie wies auf die Decke unter dem Sattel.

«*Pol-it-ie*», las Gerry. «Warum streichelst du ihn nicht?» Der Fuchs hatte eine Blesse auf der Stirn. Stella streckte die

Hand aus, und als der Kopf sich zu ihr senkte, sagte sie: «Bist ein braver Junge», und legte ihre Hand darauf. «Fühl mal, Gerry. Breit wie ein Bügelbrett. Ich dachte, das Fell wäre weich – wie Schafspelz. Fühlt sich eher wie ein Männerkinn an.» Sie fuhr fort, die Blesse zu tätscheln. Das Pferd schien es zu genießen.

«Sie riechen erstaunlich», sagte Gerry. «Anders als alles andere, was wir kennen.»

«Leder und Milch und Pferdeäpfel.»

«Sie dünsten einen Geruch aus, einen scharfen Geruch.»

«Meinst du, die Polizisten sind irgendwo da drin für ein bisschen Du-weißt-schon-was?», fragte Stella.

«Im Dienst wird keine ruhige Nummer geschoben, Ma'am.» Darüber mussten sie lächeln, und beide wandten sich gleichzeitig zum Gehen.

«Wenn ich in Zukunft an das Rotlichtviertel von Amsterdam denke», sagte Stella, «werde ich mich an diese beiden Schönheiten erinnern. Und an ihr stummes Dastehen.»

Es war noch früh am Abend, und Stella schlug vor, ins Hotel zurückgehen. Sich zeitig schlafen zu legen. Im Zimmer liebten sie sich wieder.

«Die Pferde haben mich auf Trab gebracht», sagte sie hinterher.

Sie lagen nebeneinander und blickten zur Zimmerdecke empor.

«Warum habe ich eher Lust darauf, wenn wir verreist sind?», fragte Stella. «Kannst du's erraten?»

«Nein.»

«Weil ich nicht ans Abendessen denken muss. An *das* Abendessen. Jeden Tag. Es ist der Fluch meines Lebens. Erinnerst du dich an *Mister und Missus Sheep*?»

«Nein.»

«Mister Sheep sagt: *Ich habe es satt, tagein, tagaus dasselbe Gras zu essen.*»

«Und?»

«Und Missus Sheep sagt: *Wenigstens brauche ich es nicht zu kochen.*» Sie lächelte. «Wir waren auf dem Weg nach Edinburgh.»

«Ich erinnere mich.»

Sie schwiegen eine Weile.

«Manchmal überlege ich, ob es das letzte Mal war.»

«Überlegst du, oder hoffst du?», fragte Gerry. Stella kuschelte sich zwischen seinen Arm und seine Brust. Er küsste ihren Scheitel, dort wo sich ihre Fontanelle befunden hatte.

«Ich hätte dich gerne schon gekannt, als du noch jünger warst», sagte er. «Du und ich vielleicht auf derselben Grundschule – du in weißen Söckchen. Mit Schleifen im Haar. Ich habe das Gefühl, eine Menge von dir verpasst zu haben.» Mit dem Zeigefinger klopfte sie rhythmisch auf seine Brust und summte dazu ein Hüpflied:

«Fair Rosa was a lovely girl,
A lovely girl, a lovely girl
Fair Rosa was a lovely girl
A long time ago.»

Am Morgen fiel Gerry als Erstes der Wind auf, der am Fenster rüttelte. Das Bett neben ihm war leer. Aus der Dusche kamen Geräusche. Er drehte sich auf den Rücken und legte die Hände hinter den Kopf. Stella kam aus dem Badezimmer. Sie hatte ein weißes Badetuch umgeschlungen und es hoch über der Brust eingeschlagen. Aus einer Spraydose sprühte sie etwas weißen Schaum auf ihre Hand und verteilte ihn in ihren Haaren.

«Was ist das?», fragte Gerry.

«Schaumfestiger.»

«Und was soll der bewirken?»

«Er verleiht meinem – leider – schlaffen Haar Volumen.»

«Ob der auch bei mir etwas bewirkt?», fragte Gerry.

«*Sorgt für Halt und Volumen*, steht auf der Dose. Hast du mich das noch nie tun sehen?»

«Nicht dass ich wüsste.»

«Zu Hause tue ich das im Badezimmer.» Sie schüttelte den Behälter, sprühte noch einen Klacks Schaum auf ihre Hand und knetete ihn in ihre Haare. Dort klebte er in Klümpchen.

«Ist ja wie Eischnee», sagte Gerry.

Sie strählte ihre Haare, indem sie den Kopf zurücklegte und mit kräftigen Strichen darüberfuhr, erst mit einem Kamm, dann mit einer Bürste.

«Wofür donnerst du dich um diese Tageszeit so auf?»

«Messe. Es ist Sonntagmorgen.»

«Willst du, dass ich mitkomme?»

«Eigentlich nicht.» Sie sprühte ein letztes Mal und massierte den Schaum ein.

«Glaubst du, was auf der Dose steht?»

«Ja. Jedenfalls fühlen sich meine Haare besser an.» Sie war fertig mit Bürsten und befeuchtete ihren Zeigefinger, dann glättete sie ihre Augenbrauen.

«Glaubst du, was die Mädels in der Apotheke dir sagen?», fragte er.

«Kommt darauf an.»

«Das ist doch alles Pseudowissenschaft. Diese Mädels in weißen Kitteln, die Lipgloss tragen.»

«Manchmal denke ich, du bist der schlimmste Frauenfeind, dem ich je begegnet bin.»

Lange herrschte Schweigen im Zimmer, das erst von dem Geräusch der Bürste unterbrochen wurde, die sich wieder durch Stellas Haar bewegte.

Während Stella an der Rezeption mit dem Empfangschef sprach, durchstöberte Gerry das Gestell mit Touristenbroschüren. Enige davon nahm er an sich und steckte sie in seine Umhängetasche, um sie später durchzulesen. Stella erzählte dem Empfangschef, im Herzen des Rotlichtviertels gebe es eine katholische Kirche namens Unser Lieber Herr auf dem Dachboden.

«Erinnerst du dich, Gerry, wo wir die Pferde gesehen haben.»

«Und ein paar andere Dinge.»

«Wird dort eine Messe gelesen?»

«Nein. Ich glaube nicht.» Der Empfangschef schüttelte den Kopf. «Heute ist sie ein Museum.»

«Alle Religionen sollten in Museen sein», sagte Gerry.

Der Empfangschef riss ein Blatt mit einem Stadtplan ab und markierte die nächstgelegene katholische Kirche mit einem Kreuz.

«Ein christliches Symbol *und* eine Ortsangabe», sagte Stella.

Der Empfangschef sagte, die Zeiten der Gottesdienste wisse er leider nicht.

«*Dank je*», sagte Stella und lächelte ihn an.

Gerry führte sie zur Drehtür.

«Hatte ganz vergessen, dass du einen Doktor in Holländisch hast», sagte er.

«Es geht darum, sich Mühe zu geben – wie gering auch immer.»

Als sie hinausgingen, erfasste ein Windstoß die Drehtür mit solcher Wucht, dass sie auseinandergerissen wurden. Stella blieb stehen, bis Gerry herauskatapultiert wurde. Gegen den Wind hielt sie den Stadtplan flach.

«Ich glaube, das ist die Kirche, in der wir schon gewesen sind.» Gerry blickte über ihre Schultern.

«Die mit dem Kotzwunder?»

Stella nickte. Bei Tageslicht sah der Eisblock traurig und etwas schmuddeliger aus als am Vortag. Gerry bückte sich, um ihn näher zu betrachten. Er enthielt silberne Luftschlieren wie aufsteigende Blasen.

«Findest du, dass er blau aussieht?»

«Nein.»

«Ich habe eine Theorie. Es ist gefrorene Pisse aus einem Flugzeug.»

«Gerry, sei nicht so …», sagte Stella. «Wenigstens regnet es nicht. Wie können wir so viel Glück haben?»

«Glück?», sagte Gerry. «Ich habe darum gebetet.» Er schaute auf. Die grauen und weißen Wolken rasten dahin. Dazwischen blauer Himmel.

«Wenn dort eine Messe stattfindet, werde ich hingehen», sagte Stella. «Aber wenn nicht … Ich bin nicht so regelgebunden … Ich bin eine Reisende – ich bin freigestellt.»

«Eine Pilgerin.»

Gerry begleitete sie zu der dunklen Passage, die auf den Beginenhof führte. Sie mussten hintereinandergehen. Als sie ins Freie traten, wirkte die Rasenfläche sehr einladend – ein Ort, den sie bereits kannten. Einige Leute gingen durch die Tür der Kirche, die nicht wie eine Kirche aussah.

«Ein gutes Zeichen», sagte Stella. «Die Messe fängt wohl gleich an.» Gerry folgte ihr durch den Eingang, um nachzuschauen. In dem von Flutlicht beleuchteten Inneren der Kirche waren die Kerzen entzündet. Am Altar bewegte sich der Priester in seinem Messgewand hin und her. Stella vereinbarte mit Gerry, sich eine Stunde später draußen zu treffen.

«Den könntest du gebrauchen», sagte sie und drückte ihm den Stadtplan in die Hand. Mit den Fingern winkte sie ihm zum Abschied zu und ging zu einem Sitzplatz. Gerry drehte sich um und verließ die Kirche.

Er ging durch die Passage zurück. Über den Hauptstraßen hatten Kirchenglocken die Stunde zu läuten begonnen. Richtige Glocken mit metallischer Schärfe im Klang. Wie konnte er am besten eine Stunde totschlagen? Die Pubs hatten bestimmt geschlossen. Er kam zu einem geöffneten Musikgeschäft und stöberte eine Weile in den CDs herum. Anhand der Preise von Naxos-CDs berechnete er die Währungsdifferenz. Das Pfund stand so günstig, dass er eine CD kaufte, die er zu Hause nicht besaß – eine, über die er ausgezeichnete Kritiken gelesen hatte. *Seven Last Words from the Cross.* Sieben letzte Worte am Kreuz.

Als er wieder draußen war, ging er so, dass er den Wind im Rücken hatte und seine Schritte beschleunigen konnte. Auf der anderen Straßenseite wurde ein Blumenmarkt abgehalten. Nach hinten grenzte er an einen Kanal, denn zwischen den Ständen konnte Gerry die metallische Farbe des aufgewühlten

Wassers sehen. Er schaute nach links und nach rechts und überquerte die Fahrbahn. Es gab eine riesige Auswahl an Zwiebeln und Knollen, Kisten um Kisten mit Lila- und Brauntönen. Andere Dinge waren zwiebelförmig, krakenähnlich, mit Rhizomen und Wurzeln wie Fangarme – von der Farbe von Erde, Schlamm und Umbra. Auf einem Schild stand:

Don't touch
Non toccare
Ne pas toucher
Nicht anfassen
Niet aankomen

Dinge, die er nicht identifizieren konnte, wirkten wie gebündelte Knöchel, behaarte Fäuste, schlickige Seesterne, weiß sprießende Speere. Sie alle sahen deshalb so grässlich aus, weil ihr Äußeres für ihr Überleben keine Rolle spielte. Diese würden in der Erde stecken. Es gab ein Starterkit namens «Bau dein eigenes Cannabis an». Alles schien auf den Frühling zu harren. Auf jeder Holzkiste mit Wurzelknollen ein buntes Bild der jeweiligen Blumen, wenn sie in voller Blüte standen – scharlachrote, gelbe, creme- und sepiafarbene Kronblätter. Optimismus in Aktion. Hier wurde der Tag vor dem Abend gelobt. Die Trennwände aus Segeltuch um ihn herum bauschten sich und flatterten im Wind. Einige dieser Knollen würde Stella bestimmt gern in ihrem Zaungarten pflanzen. Gerry wählte einen Netzbeutel mit gemischten Blumenzwiebeln. Tulpen und Narzissen. Klein genug, dass er sich tragen ließ, groß genug, dass er als Geschenk durchging. Das niederländische Wort für Tulpe war *tulp*. Er sprach einen Mann an, der eine marineblaue Daunenjacke und darunter einen Kittel trug. Sein Englisch war okay. Jedenfalls gut genug, dass er Gerry zureden konnte, er tue genau das Richtige. Kein Problem, die Blumenzwiebeln mit an Bord zu nehmen. Hier seien sie viel billiger als am Flughafen. Am Flughafen seien alle Gauner.

Gerry bezahlte und stopfte die Zwiebeln neben die CD in seine Umhängetasche. Hier und da verdunkelte sich das Kanalwasser unter dem Wind, wie Wildleder, wenn man mit dem Finger darüberstreicht.

Ein Kaffee würde ihm guttun. Das Restaurant, das er wählte, wurde von der mächtigen Figur eines behelmten Goliath beherrscht, die bis in die Dachsparren ragte. Daneben stand eine Statue Davids mitsamt Schleuder, sein Kopf reichte Goliath nur bis zum Saum des Schlachtgewands. Sein Enkel Toby würde das Lokal lieben. Er würde Goliath unter den Rock schauen. Auf der Speisekarte las Gerry auf Englisch, dass die Holzfiguren aus dem siebzehnten Jahrhundert stammten und ihr Dasein als Automaten in einem Vergnügungspark begonnen hatten. Eine innere Mechanik ließ Goliath mit den Augen rollen und mit dem Kopf wackeln.

Der Kaffee war gut, und der erste Schluck löste den Wunsch nach einer Zigarette in ihm aus. Seine Hand fuhr in seine Hosentasche, ehe er merkte, dass es Jahrzehnte her war, dass er zuletzt geraucht hatte. Das Verlangen kam aus dem Nichts. Er dachte, wie dümmlich, wie betriebsblind der Körper doch sein konnte. Würde das Gleiche passieren, wenn er versuchte, das Trinken aufzugeben? Er ließ die Schultern hängen. Er starrte auf die Tischplatte aus Resopal. Nichtssagend, die blasse Farbe von Haferbrei. Es fiel ihm schwer, den Blick abzuwenden. Aus einer sonntäglichen Straße in Amsterdam hörte er die Sirene eines Rettungswagens.

Ihm fiel das Blaulicht ein, das von den gestrichenen Krankenhauswänden reflektiert worden war. Sein Mund war trocken gewesen – vermutlich von der ganzen Raucherei. Er ging zur Trinkfontäne in der nahe gelegenen Herrentoilette, drückte den Hebel nach unten und trank von dem Wasserbogen. Als er aus der Toilette kam, sah er, dass auf dem Platz, den er verlassen hatte, Mavis, die Pink Lady, saß. Sie winkte ihn zu sich. Wieder entschuldigte sie sich dafür, dass sie keine Neuigkeiten über den Zustand seiner Frau hatte. Sie erzählte ihm, als diese mit dem Rettungswagen eingeliefert worden sei, sei der Krankenhauskaplan dabei gewesen. Er habe sie mit der heiligen Ölung versehen. Oder war es die heilige Wegzehrung? Mavis sagte, sie sei nicht katholisch, und bat um Verzeihung dafür, dass sie mit den Bezeichnungen nicht ganz vertraut war. Handele es sich nicht um die Sterbesakramente? Das sei viel einfacher. Eine katholische Freundin habe ihr jedoch erklärt, die Sterbesakramente könne man viele Male empfangen. Die Sterbesakramente zu empfangen bedeute nicht zwangsläufig, dass man sterben werde. Gerry sagte, er würde eher «gesalbt» sagen. «Sie ist gesalbt worden.» Er zuckte die Achseln und sagte ihr, nichts davon sei für ihn noch von Bedeutung. Er habe aufgehört zu praktizieren, zu glauben. Ihm gehe es einzig und allein um Stella. Dann fragte ihn Mavis, ob er seinen Sohn sehen wolle. Fast hätte er gesagt, er habe keinen Sohn – sie habe die falsche Person erwischt, es liege ein Irrtum vor.

Er folgte ihr in ihrem rosafarbenen Schutzanzug einen weiteren Korridor entlang zu einem anderen Raum – provisorisches Säuglingszimmer, nannte sie es. Sie sagte, das Baby sei perfekt geformt, und vielleicht wolle er es gern sehen, bevor es in das richtige Säuglingszimmer verlegt werde. Die Tür quietschte, als sie sie öffnete. Der Raum war teils Büro, teils Geschäft. Schwarze Aktenordner teilten sich Regale mit gefalteter Bettwäsche, ein Schreibtisch mit Schreibmaschine, graue Aktenschränke, einige Liegestühle, die an der gegenüberliegenden Wand lehnten. Die Frau in Pink zeigte auf ein Moseskörbchen neben dem Schreibtisch. Gerry ging darauf zu, und wegen der hohen geflochtenen Seitenwände musste er von oben hineinschauen. Himmel – es lag ein Kind darin. Nicht eigentlich schön, aber eindeutig und unzweifelhaft ein Junge. Ein Gesicht fast wie eine geballte Faust. Er schlief. Hatte die Augen geschlossen. War in ein weißes Laken gewickelt. Das bisschen Haar, das er hatte, war feucht. Seine winzige Hand sichtbar an seinem Ohr. Ein Überlebender. Welch ein Wunder. Gerry fragte Mavis, ob er ihn berühren dürfe. Warum nicht, er ist Ihrer, sagte sie. Er griff nach unten und streichelte mit dem Fingerrücken die nach oben gerichtete Wange des Babys. Sie war warm. Dann, mit den Fingerspitzen, das winzige Gesicht, sachte, um das Kind nicht zu wecken. Als könne sie Gedanken lesen, sagte Mavis: «Keine Sorge – Sie werden ihn nicht wecken. Er hat eine Menge durchgemacht. Ist er nicht hinreißend? Der Kaplan hat ihn getauft. Nur für den Fall.» Die Haut des Kleinen war von solcher Reinheit. Er war seiner Mutter nachgeraten. Unwillkürlich legte Gerry ein Gelübde ab. Du bist mein, und ich werde dich lieben bis ans Ende meiner Tage. Er küsste seine eigenen Fingerkuppen und übertrug den Kuss auf das Gesicht des Babys, langsam, als könnte er ihn auf dem Weg dorthin verschütten.

Im Innern der Beginenhofkirche hingen ein blauer Dunst und ein Geruch nach gelöschten Kerzen. In der Stille konnte er sich keuchen hören. Mittlerweile löste schon ein eiliger Gang eine gewisse Atemnot aus. Die hellen Flutlichter waren ausgeschaltet worden, und jetzt wurde die Kirche nur noch durch die kleinen Fenster erhellt. Da war sie – Stella –, ihr Scheitel beleuchtet, während sie den Blick senkte, etwas las. Immer wieder erstaunte ihn die Erregung, die er empfand, wenn er sie sah. Wenn er sie überraschte.

«Hallo», sagte er.

«Hallo ...» Sie blickte von ihrer Lektüre auf.

«Wie war's?»

«Furchtbar viel Gesang.» Sie lächelte und winkte ihn näher zu sich. «Ich muss dir etwas zeigen. Ein kleines Wunder in der Wunderkirche.» Sie tat aufreizend geheimnisvoll. Sie hatte das aufgeschlagene *Buch der Gebete* vor sich. Es machte den Eindruck, als wäre es dicker geworden, seit sie das letzte Mal darin geblättert hatten.

«Ich habe die Zeit damit verbracht, auf dich zu warten», sagte sie.

«Tut mir leid, dass ich mich verspätet habe.»

«Schau mal, worauf ich gestoßen bin.»

Gerry folgte ihrem Finger, der auf die unverkennbare schnörkelige Handschrift der traurigen jungen Amerikanerin deutete. Er beugte sich vor und las.

Herr, ich danke Dir. Für Deine Großzügigkeit, dass Du mir meine Familie zurückgegeben hast. Der Vater meines Kindes und ich haben wieder zusammengefunden. Für wie lange, das weißt nur Du. Er ist nicht gläubig, aber er ist gut, und ich bin glücklich. Vergib mir, dass ich an Dir gezweifelt habe.

«Ist das nicht großartig?», sagte Stella.

Am Montagmorgen machte Stella sich nach dem Frühstück auf den Weg zu ihrem Termin. Gerry ging zurück aufs Zimmer. Und dort blieb er lange stehen, die Hände in den Hosentaschen. Sie hatte ihn gebeten, mit dem Packen anzufangen.

Bei seinem Rundblick im Zimmer mied er die Flasche in dem Beutel auf der Anrichte. Um diese Zeit hatte es keinen Zweck. Es war verkehrt, den Tag mit einem schlechten Gewissen zu beginnen. Sein Magen fühlte sich verkrampft an. Er schleuderte das Bettzeug in Form eines «gemachten» Betts zurück, dann schwang er den großen Koffer auf die Tagesdecke. Jetzt klaffte der Deckel auf. Gerry sammelte eine Plastiktüte voller Schmutzwäsche ein und stopfte sie in den Koffer. Schlafanzüge, ganz gleich, welcher Farbe, brauchte man nicht zu falten. Er warf seinen hinein und strich ihn mit der Hand glatt. Desgleichen ihre Nachtsachen. Unten im Kleiderschrank lagen ein Halstuch und eine bunte Krawatte, lose in weiches Seidenpapier eingehüllt – das gleiche Papier, in das man in seiner Kindheit Orangen eingewickelt hatte. Daneben eine Kunstpostkarte. Rembrandt: *Lesende alte Frau.* Er drehte die Karte um und las, was auf der Rückseite stand. «*Für ein paar Tage in Amsterdam. Hoffentlich gefallen Euch die kleinen Geschenke. Die Lesende, das bin ich in meiner Altersschwäche, während Dein Vater im Pub ist. Ich hoffe, Euch dreien geht's gut.*» Stellas Unterschrift. Zu seiner Überraschung sah er, dass auch er unterschrieben hatte. *Alles Liebe, Opa.* Er hatte keine Erinnerung daran, aber es sah unzweifelhaft nach seiner Handschrift aus. Auf dem Schreibtisch lag ein Kugelschreiber mit der Aufschrift Hotel Theo. Zuerst wollte er nicht recht funktionieren. Um ihn dazu zu bringen, kritzelte Gerry heftig auf einer Broschüre herum. Dann schrieb er neben seinen Gruß *Liebe Grüße auch an Toby.*

Er faltete und packte, was er finden konnte. Ein Extrapaar Schuhe, vollgestopft mit Socken und Unterhosen. Eine weinrote Weste, die er nicht getragen hatte. Stellas Kleider hingen auf den Kleiderbügeln des Hotels – die konnte sie zu ihrer vollen Zufriedenheit selbst packen. Er wollte sich nicht vorwerfen lassen, sie zerknittert zu haben. Im Badezimmer sammelte er seine Medikamente, sein Rasierzeug und sein Reisenecessaire ein und verstaute alles in seiner Umhängetasche. Einer der beiden Frotteebademäntel lag ausgebreitet auf einem Stuhl. Er nahm ihn und hängte ihn an den Haken der Badezimmertür. Einmal hatte er in einem Hotel in Zürich übernachtet, in dem gut sichtbar eine Notiz angebracht war, dass der Preis von Gegenständen, die aus dem Zimmer entfernt würden, dem Stubenmädchen vom Lohn abgezogen werde. Diese Schweine. Vor der Abreise hatte er sich sogar beschwert. Nicht mündlich, sondern, wie ein Feigling, auf einem Blatt des Hotelnotizblocks, den er in den Vorschlagsbriefkasten einwarf.

Er füllte den Wasserkessel und machte sich einen Filterkaffee, dann sammelte er Zeitungen, Handzettel und Broschüren ein und warf sie in den Papierkorb. Ebenso das leere Kaffeetütchen. Ablenkungsmanöver. Er setzte sich und schlürfte vorsichtig seinen Kaffee, so heiß war er. Und bitter – eine Marke, von der er noch nie gehört hatte. Champion Coffee. Wie der Tyrone Superior. Ihm kamen Erinnerungen an den Tag, als sie Irland verlassen hatten. Übergesetzt waren zu einem anderen Akzent. Jedes Möbelstück, das sie besaßen, befand sich in einem Umzugswagen unter Deck. Eben erst hatten sie die peinliche Situation über sich ergehen lassen müssen, dass die Möbel ins Sonnenlicht gestellt worden waren, und begriffen, dass sich dieses Gefühl, wenn sie in ihrer neuen Wohnung in Schottland ankämen, wiederholen würde. Falls die Sonne am nächsten Tag überhaupt schien. Sie waren gewarnt worden, dass dort, wo sie hinfuhren, aller guten Dinge nur eins waren. Aber sie stammten aus dem Norden und waren schlechtes Wetter gewohnt. Später würde ihr abgenutztes Mobiliar den Blicken neuer Nachbarn hinter Festlandvorhängen ausgesetzt sein. Peinlich, peinlich, vorne und hinten.

Der Fahrer und sein bärenstarker Sohn holten sich etwas zu essen. Den ganzen Vormittag hatten sie damit zugebracht, zu packen und die Ladung zu verstauen. Wenn sie auf der anderen Seite ankämen, würden sie sie zu ihrem neuen Wohnort fahren. Dann im Möbelwagen schlafen und ihn am Morgen entladen. Es war keine große Umzugsfirma – nur ein Mann mit seinem Sohn, die einen Lieferwagen besaßen. Vielleicht hatten sie ihn auch nur gemietet. Wenn man den Sohn um irgendetwas bat, etwa darum, einen Umzugskarton anzuheben, der zu einem Drittel mit Büchern angefüllt war, wenn man ihm den Weg beschrieb oder wenn man ihn fragte, ob er Zucker in den Tee nehme, sagte er immer nur: «Champion, Sir.»

Als sie von ihrer Mahlzeit zurückkehrten, bat Stella den bärenstarken Sohn, ein Foto zu machen. Von der Familie, zu dritt an Deck – sie mit dem Knirps auf dem Arm und Gerry neben ihr. Hinter ihnen das weiße Kielwasser der Fähre, das bis nach Belfast reichte. Dem Schiff folgte eine Schar Möwen, die vor einem blauen Himmel in die Höhe stiegen und sich wieder hinabstürzten.

«Champion», sagte der Sohn, als er die Kamera zurückgab.

Es war Mitte Juli, und die Bars und Lounges waren brechend voll mit schottischen Bands und Orangemen, die nach dem Glorious Twelfth auf der Heimfahrt nach Schottland waren. Die Fußböden waren nass, der Lärm ohrenbetäubend. Die Bars hatten sie ganz für sich. Gewöhnliche Familien drängten sich in den ruhigeren Lounges oder sonnten sich an Deck. Kinder, die sich der Situation nicht bewusst waren, rannten durch Gänge hierhin und dorthin oder treppauf, treppab. Die Fußböden in den Toiletten waren überschwemmt. Es sah ganz danach aus, dass vielen schlecht geworden war. Stella steckte die Kamera in ihre Tasche und sagte, wenn sie könnte, würde sie mit dem Toilettengang warten, bis sie den Fährhafen auf der schottischen Seite erreichten.

Gerry stand da und blickte zurück auf die schwindende graue Silhouette der Stadt. Irgendwo stieg eine schwarze Rauchsäule in die Luft. Konnte ein Feuer oder eine Bombe oder ein einfacher Unfall sein. Von Süden kam ein leichter Wind und verdünnte den Qualm, bis er über dem ganzen gottesfürchtigen, religiös umnachteten Ort einen düsteren Heiligenschein bildete. Einem Ort, der in Zuckungen konfessionellen Hasses geboren war. Einer der Männer in der Regierung – kein Geringerer als der Premierminister – sagte, er würde keine Katholiken beschäftigen – und drängte seine Kumpane, es ihm nachzutun. Das Land, das entstand, wurde fünfzig Jahre lang vor den Augen der Briten von einer rechtsgerichteten, gleichbleibend protestantischen Mehrheit regiert oder missregiert. Und als der Zeitpunkt kam, dass die Briten die Sache in Ordnung brachten, den Knoten lösten, den sie Jahrhunderte hindurch so straff geknüpft hatten, richteten sie einen furchtbaren Schlamassel an. Bloody Sunday in Derry war ein Echo früherer britischer Massaker, die verübt worden waren, um ein Empire zu erhalten, das die Landkarten der Welt rot gefärbt hatte.

Er riss ein Papiertütchen Zucker auf und schüttete etwas davon in seinen Kaffee, um ihm die Bitterkeit zu nehmen. Selbstverständlich musste die Verantwortung für diesen Albtraum – diesen dreißigjährigen Krieg – gleichmäßig verteilt werden. Welcher Flügel der IRA, welche loyalistische Mörderbande, welcher Politiker oder Prediger – in einigen Fällen beides unter demselben Hut – war schuld? Er stellte sich eine Szene am Sterbebett eines alten Mannes vor, der von seiner Familie umgeben war. «Ich hinterlasse euch meinen Hass auf die andere Seite. Gebt ihn niemals auf. Haltet ihn euer Lebtag lang griffbereit wie ein Messer und reicht ihn weiter, wenn eure Zeit gekommen ist.»

Nach dem Foto auf dem Schiff hatte er sich gefragt, wie man sie in Schottland empfangen würde. Es schien nicht allzu lange her zu sein, dass drei schottische Soldaten, alle noch Teenager, brutal ermordet worden waren. Zwei davon Brüder. Junge Kerle, außer Dienst, hatten in einem Belfaster Pub getrunken, als sie von Mädchen auf eine nicht vorhandene Party gelockt worden waren. Sie wurden aus der Stadt an eine entlegene Stelle gefahren und erschossen. Wenn der Preis für ein vereintes Irland das Ende allen menschlichen Anstands war, wollte Gerry nichts damit zu tun haben. Bloody Friday war noch schlimmer gewesen. Überall waren Menschen umgebracht worden. Worin auch immer ihre Politik bestand, ihr Glaubensbekenntnis.

Zur Mittagszeit hatten Gerry und ein befreundeter Architekt einem Richtfest in der Lisburn Road beigewohnt, das Gebäude war Teil des Stadtkrankenhauses. Es war ein milder Tag gewesen, und die meisten Leute waren froh, oben auf dem Dach zu stehen. Eine seltsame Mischung aus Schutzhelmen und gelben Sicherheitswesten, Kragen und Krawatten. Wie immer bei diesen Anlässen gab es einige übertrieben angezogene Frauen. Dazwischen bewegten sich Journalisten und Fotografen. Die ganze Zeit herrschte lautes Gelächter. Die Plänkeleien, zu denen es kommt, wenn Arbeiter auf Bauleiter treffen und höflich zu ihnen sein müssen. Ein Tisch mit weißem Damasttuch war beladen mit Getränken und Schalen voller Nüsse und Chips. Die Hügel von Belfast bildeten die Skyline – Black Mountain, Divis, Cave Hill. Es war Ende Juli, und die Hügel leuchteten grün, fast smaragdgrün. Ein Vogelschwarm zog seine Runden. Gerry wusste nicht, was für Vögel es waren, aber vom Meer oder aus Island oder Norwegen konnten alle möglichen Vögel zu Besuch kommen – umherfliegen, Ausschau halten und wieder davonziehen. Waren es Kiebitze? Sein Freund sagte, er wisse es nicht. Während der Reden sah Gerry, wie sie fortflogen und dann in der Ferne kehrtmachten, die Flügel schwarz, die Bäuche leuchtend weiß. Wie sie so von Horizont zu Horizont kreisten, schufen sie ein Gefühl für Raum. So wie es ein Gefühl für Höhe schuf, auf fliegende Vögel hinabzublicken. Der Himmel war blau, und sein Blau spiegelte sich im Belfast Lough, was man von diesem Meeresarm sehen konnte. Gerry sagte zu seinem Freund, die Vögel seien wie Jalousien. Wenn sie wendeten, wurden sie schmal.

Gerade schrieben einige der Bauarbeiter und Architekten, die an dem Gebäude beteiligt waren, mit dicken Filzstiften ihre Namen auf ein weiß gestrichenes Stück Holz, als die erste Bombe explodierte. Ein dumpfer Schlag. Nahe genug, dass einige der Leute mit Schutzhelmen sich duckten. Doch als sie sich umschauten, war nichts von Bedeutung zu erkennen. Die Fotografen blickten um sich, fotografierten aber nicht. Da sie nicht wussten, was sie sonst tun sollten, fuhren die Arbeiter fort, ihre Namenszüge aufzumalen. Aber es bestand nicht der geringste Zweifel, dass eine Bombe explodiert war. Darin kannte die Belfaster Bevölkerung sich aus. Nach so vielen Jahren. Eine große Bombe erschüttert das Zwerchfell, füllt den Brustkorb, dreht den Magen um – die Ohren klingen. Aber jedermann war ja draußen im Freien, oberhalb der Explosion, insofern war es anders als sonst. Der Bombe – einer Bombe ohne Warnung – waren keine Feuerwehr- oder Krankenwagensirenen vorausgegangen, also gab es mit Sicherheit Tote und Verletzte. Dann detonierte eine zweite. Schwer zu sagen, wo – denn die Stoßwelle schien keine bestimmte Richtung zu haben, sie konzentrierte sich im Brustkorb, pumpte die Lungen voll. Nach ein oder zwei Minuten explodierte eine dritte

Bombe, diesmal weiter entfernt. Inzwischen war jeder Vorwand, ein Fest zu feiern, dahin. Alle standen auf dem Dach und spähten hierhin und dorthin. Dann sah Gerry am Fuß des Cavehill eine weiße Rauchwolke. Er zeigte sie seinem Freund. Beide starrten hinüber. Dann erst das dumpfe Geräusch. Wegen der Entfernung zwar nicht so sehr im Brustkorb zu spüren, aber doch hörbar. O mein Gott, sagte jemand. Die Leute waren blass geworden. Eine Frau, die aus gegebenem Anlass beschlossen hatte, weiße Handschuhe zu tragen, bedeckte ihren Mund, blickte umher und wartete auf die nächste Explosion. Wer tut so etwas? Was ist das? Was geht hier vor?

Was an dem Tag vorging, war, wie sie später herausfinden sollten, dass die Provisorische IRA mehr als zwanzig Bomben gezündet hatte, bei denen neun Menschen ums Leben gekommen und hundertdreißig verletzt worden waren. Auf dem Dach musste Gerry sofort an Stella denken. Da noch Schulferien waren, war sie übers Wochenende mit dem Bus nach Dungiven gefahren. Wenigstens war sie außer Reichweite. Aber vielleicht waren die Bomben ja überall explodiert. Wieder detonierte eine. Schwarzer Rauch stieg in die Luft. Die Leute auf dem Dach wussten nicht, was sie tun sollten. Sie standen am Rand des Gebäudes und starrten hinunter auf die Stadt, die im Sonnenschein vor ihnen lag, hatten Angst, sich wieder auf Bodenniveau zu begeben. Stimmen fragten, wo die letzte Bombe gezündet worden sei. Am Busbahnhof? In der Ormeau Road? Jemand sagte, es sei die Albert Memorial Clock, der Glockenturm. Gerry dachte an Stellas Freundin, die Krankenschwester in der Notaufnahme, welche die Bemerkung über die großen Scheren gemacht hatte. Ob sie wohl Dienst hatte?

Jetzt vernahm man die Krankenwagen, deren Sirenen einander überlagerten. Heulende Töne aus verschiedenen Entfernungen. Später hörte Gerry von Leuten auf der Straße, die vor

Angst geweint hatten. Von Männern, Frauen und Kindern, die in öffentliche Parks getrieben worden waren – aus Sicherheitsgründen. Weg von den Gebäuden, weg von den Autos. Weg von den Gräueln und von den Fallen, die ihnen gestellt worden waren.

Stella nahm die inzwischen vertraute Route vom Hotel. In die Passage, in den Garten des Beginenhofs, in das Büro. Die bebrillte Frau sprach am Telefon auf Holländisch. Stella stand da und wartete. Sie steckte die Hand in ihre Manteltasche, um nachzuprüfen, ob sie noch die Visitenkarte hatte, die man ihr bei ihrem letzten Besuch gegeben hatte. Sie warf einen Blick auf den Namen, der daraufstand, und versuchte inwendig ihn auszusprechen.

Auch wenn sie die Sprache nicht verstand, spürte sie doch, wann ein Gespräch zu Ende ging. Die Wiederholungen, das Nicken. Die Frau legte den Hörer auf und blickte zu ihr hoch – ihr Lächeln war freudlos und ohne Wärme. Stella wusste, dass die Frau wenig oder gar kein Englisch sprach. Die Frau lächelte und sagte, ohne zu überlegen: «*Good Morning.*»

Stella legte die Visitenkarte so auf den Schreibtisch, dass der Name der Person, die sie sprechen wollte, von ihr weg wies. Die Frau warf einen Blick darauf. Dann schüttelte sie den Kopf.

«Nein – nicht – nein.» Sie zeigte auf eine Reihe roter Plastikstühle an der Wand. «*Asseyez-vous.*» Stella zögerte, dann ging sie zurück zu den Stühlen und setzte sich. Das schien der Frau zu gefallen, die sich wieder ihren Papieren widmete. Es roch nach Politur. Stella blickte zu Boden und sah, dass es die originalen Dielenbretter waren – zumindest waren sie sehr alt. Jedes eine Handspanne breit. Auf Hochglanz poliert, von wunderschöner Farbe.

An der Wand hinter dem Arbeitsplatz der Frau hingen einige gerahmte Diplome mit roten Siegeln. Zu weit entfernt, um auch nur zu versuchen, den Wortlaut zu lesen. Der ihr ohnehin nichts sagen würde.

Stella war das einzige Mädchen in Master Ryans Schule, das auf die Universität gegangen war. Es hatte eine Zeit gegeben, da sie stolz darauf gewesen war, doch jetzt bedeutete es ihr wenig. Die grünen Rasenflächen am Tag der Abschlussfeier, die Talare, die rote Papphröre mit der Urkunde. Am stärksten war ihr in Erinnerung geblieben, wie stolz ihr Vater auf sie gewesen war und wie befangen ihr gegenüber – wie er alles tat, um nicht mit aufs Foto zu kommen, sich mit Kameras jedoch nicht hinreichend auskannte, um selbst der Fotograf zu sein. «Wo muss ich draufdrücken?» Er war Landarbeiter, seine Hände schwielig von der Arbeit, seine Fingernägel hart wie Kuhhorn. Wie wenig das alles heute zu bedeuten hatte. Eine Sache der Vergangenheit. Ihr Vater in seinem Grab. Jedes Mal, wenn sie betete, schloss sie ihn in ihre Gebete ein.

Eine Sprache nicht zu können war eine solche Barriere. Man wirkte leicht dümmlich, wenn man nicht verstand. Nicht dümmlich – richtiggehend dumm. Man stand nur da und wirkte dumm. Wie peinlich! Dabei wusste sie, dass sie nicht dumm war. Sie war stolz darauf, das Ave Maria selbst heute noch in vier verschiedenen Sprachen herbeten zu können. Auf Lateinisch, Französisch und Irisch und, natürlich, auf Englisch.

«*Excusez-moi*», sagte Stella. Sie zeigte auf die Visitenkarte und machte die universale Geste des Nichtverstehens – Hände ausgestreckt, Mundwinkel nach unten, Schultern nach oben gezogen.

«*Parlez-vous français?*», fragte die Frau.

«*Un peu.*»

«*Madame est très tard.*» Die Frau wies auf das Telefon und mimte ein Gespräch.

«*À quelle heure?*» Stella zeigte auf ihre Armbanduhr. Die Frau hinter dem Schreibtisch hob die Schultern, breitete die Hände aus und wandte sich dann wieder ihrer Arbeit zu. Stella hatte kein Vertrauen in ihr Französisch. Das bisschen, das sie konnte, war ihr von einer Nonne aus Omagh beigebracht worden, die sich, ihrer Aussprache nach zu urteilen, in ihrem Leben nicht in Frankreich aufgehalten hatte. *Fenêtre* sprach sie «fen-etter» aus, *peut-être* «pu-tetter».

Sie wollte fragen: Wie lange wird die Dame brauchen? Sollte ich in der Zwischenzeit einkaufen gehen? Wird sie heute noch kommen? Was hat sie gesagt, als sie anrief?

Die Tür ging auf, und eine Frau trat herein. Sie trug keine Straßenkleidung, hatte allerdings einen grünen Wollschal um den Hals geschlungen. In der Hand hielt sie einen Umschlag. Sie war dunkelhaarig, in ihren Fünfzigern und trug einen eleganten Hosenanzug. Sie ging auf die Frau am Schreibtisch zu und überreichte ihr den Umschlag. Die beiden begrüßten einander lächelnd und unterhielten sich auf Holländisch. Beide warfen Stella prüfende Blicke zu. Die Frau mit dem grünen Schal lächelte sie an. Das Gespräch, das in der Stille des Büros vonstattenging, wurde halb geflüstert, halb gesprochen. Dann kam die Frau mit dem Schal auf sie zu.

«Hallo – wie geht's?», fragte sie.

«Sie sind Irin?»

«Freilich», antwortete die Frau.

«Woher?»

«Ursprünglich aus Waterford.» Die Frau ließ sich auf den leeren Sitz neben Stella gleiten. Sie blickte hinüber zum Schreibtisch und lächelte. «Hennies Englisch ist nicht so gut. Kann ich Ihnen irgendwie behilflich sein?»

«Ich weiß nicht, wo ich anfangen soll», sagte Stella.

«Hennie lässt ausrichten, dass die Frau, die Sie sprechen wollen, aufgehalten worden ist – ich weiß nicht, warum – und erst einmal nicht hier sein wird.» Zwischen ihnen trat Schweigen ein.

«Mein Name ist Kathleen Walsh, ich wohne hier.»

«Ich wollte mich erkundigen … Wie würde jemand es anstellen, sich zu bewerben … ein Teil hiervon zu werden? Hier zu leben?»

«Da haben Sie aber viel auf einmal gesagt.» Kathleen stand auf und ging wieder zu der Frau am Schreibtisch. Sie besprachen sich leise. Kathleen kehrte zurück.

«Am besten kommen Sie mit, und ich gebe Ihnen eine Tasse Tee – oder Kaffee, falls Sie das bevorzugen. Und Sie können sehen, wo ich wohne. Vielleicht wird sie ja bis dahin selbst hier sein.»

Stella erhob sich.

«Sind Sie sicher? Das ist sehr freundlich von Ihnen.»

Sie schüttelten sich die Hände. Als sie Stella zur Tür hinausführte, sprach Kathleen über die Schulter hinweg mit Hennie auf Holländisch.

«Und woher kommen Sie? Ich kann bei Ihnen den Norden heraushören.»

«County Derry. Aus einer Gemarkung, von der niemand gehört hat. Aus einem Ort, den niemand kennt. Dungiven.»

Langsam gingen sie den Pfad entlang.

«Was für ein schöner Garten», sagte Stella. «So ruhig.»

«Er liegt einen Meter niedriger als die Welt dort draußen. Irgendwie fegt der Lärm über ihn hinweg. Aber nach Nordirland kommt einem vermutlich alles ruhig vor.»

«Oh, ich lebe nicht mehr in Irland.»

«Wo sind Sie jetzt?»

«In Glasgow.»

Kathleen zeigte auf die Englische Reformierte Kirche und auf die katholische Kirche, die sich in der Häuserzeile verbarg.

«Ich nehme an, Sie sind Katholikin?», sagte Kathleen.

«Ja. Gestern war ich zur Messe da drin.»

«Ist es nicht großartig, dass wir, sobald wir nicht mehr in Irland sind, solche Fragen stellen können?» Stella nickte und lächelte.

«Um 1600 wurde der Katholizismus von den Stadtvätern verboten.» Kathleen streckte ihren Arm aus und berührte Stellas Ellbogen. «Es ist sehr schwer, Fremdenführerin zu sein und sich gleichzeitig vernünftig zu unterhalten.»

«Keine Sorge – Sie machen das sehr gut.»

«Katholiken durften zwar der Messe beiwohnen, aber nicht in der Öffentlichkeit. Um das Verbot zu umgehen, besuchten sie einander in ihren Häusern.»

«Mir gefällt das Intime daran. In den Sechzigerjahren war es populär, die Messe von einem Priester im eigenen Haus halten zu lassen. Sogar im Norden.»

«Ich bin erst in den Siebzigerjahren geboren.»

«Oh, tut mir leid. Manchmal vergesse ich mich.»

«Dieser Ort besteht seit dem Mittelalter. Er war eine Insel – eine Fraueninsel – von Beginen ‹bemannt›.»

Stella lachte und nickte übertrieben mit dem Kopf. Kathleen fuhr fort.

«Das alles begann mit Frauen, die allein leben wollten – sich dem Gebet und allem Möglichen widmeten, guten Werken –, ohne ein Ordensgelübde abzulegen. Daher die ersten *béguinages*. Man konnte sie schwerlich als Nonnen bezeichnen – denn wenn sie es wünschten, konnten sie in die Welt zurückkehren. Und heiraten. Auch ein Armutsgelübde gab es nicht – keine der Frauen entsagte ihrem Eigentum. Wenn sie mittellos wurde, bat sie nicht um Almosen und nahm auch keine an, sondern bestritt ihren Lebensunterhalt mit Arbeit. Viele von ihnen wurden Lehrerinnen.»

Stella blieb stehen und blickte über einen schmiedeeisernen Zaun.

«Die Vorgärten sind so wunderbar gepflegt», sagte sie. «Ah – Schneeglöckchen. Ich dachte, dieses Jahr wären sie spät dran. Dann habe ich in Schottland einige gesehen – an dem Tag, als wir nach Amsterdam aufgebrochen sind.» Stella legte den Kopf in den Nacken und sog die Luft ein. «Was ist dieser himmlische Duft?»

Gleich darauf erspähte sie einen Zierstrauch mit rosa Blüten, aber ohne Blätter. Die Blüten wuchsen direkt an den kahlen Zweigen.

«Ist das nicht Winterschneeball?»

Stella zog einen Ast zu sich heran und atmete tief ein, dann schloss sie vor Wonne die Augen.

«Im tiefsten Winter ein solcher Duft.»

«Im Sommer ist dieser Ort unglaublich – besonders abends – mit all den Levkojen.»

«Der Garten bei mir zu Hause ist nur ein Straßengarten. Ein, zwei Meter vor dem Haus.»

Kathleen führte Stella durch eine Tür.

«Hier wohne ich.»

Der Eingangsbereich war klein, und die Treppe ähnelte eher einer Leiter. Ungeheuer steil, wie sie sich nach oben verengte.

«Eine Treppe zum Himmel», sagte Stella, als sie hinaufzuklettern begann, wobei sie sich statt eines Geländers des weißen Handlaufseils bediente, das sich die Wand entlang schlang. Ein Teppichboden war nicht vorhanden, und als sie die Stufen mit ihrem Gewicht belastete, hörte sie, wie sie unter ihren Schritten knarrten und knarzten. Die Treppe schien endlos.

«Kommen Sie zurecht?», fragte Kathleen.

«Sie müssen fit sein, um in einem solchen Adlerhorst zu wohnen.»

«Man gewöhnt sich daran. Der einzige Nachteil ist, wenn Sie einen Konzertflügel haben wollen. Dann müssen Sie ihn in einer Schlinge hinaufhieven – von außen.»

«Ich würde lieber Geige spielen lernen.»

Schließlich erreichte Stella das Ende des Seils. Es war zu einem kunstvollen Knoten gebunden.

«Oh, der gefällt mir. Sehr sicher. Sehr dekorativ.»

«Man nennt ihn Affenfaust», sagte Kathleen. Stella, die sich noch immer an dem Seil festhielt, rang nach Atem.

«Die Franziskaner haben drei Knoten im Zingulum. Armut, Keuschheit und Gehorsam.» Zwischen jedem Wort holte sie Luft. Kathleen klopfte ihr auf den Rücken.

«Alles in Ordnung?»

«Ja. Alles gut.»

Sie schob sich an Stella vorbei, öffnete die Wohnungstür und schlüpfte hindurch. Die Tür war nicht verschlossen. Mit einer kleinen Geste bedeutete sie Stella, einzutreten.

«Wie hübsch.»

«Minimalistisch», sagte Kathleen. Es war eine helle Wohnung mit versiegelten Dielen und weißen Wänden. In einer Nische hing ein kleines schwarzes Kreuz. Ein schwacher Duft nach Blumen. An einem Ende der Anrichte stand eine Steinvase mit Osterglocken, am anderen Ende vor dem Fenster ein durchsichtiger Glasbehälter mit gelben Tulpen.

«Wir sind ans Licht gestiegen», sagte Stella. «Wo haben Sie die Blumen her?»

«Aus dem Supermarkt.»

«Im Januar?»

«In Amsterdam ...»

«Ach ja, natürlich. Die Tulpen sehen perfekt aus, wie am Fließband gefertigt.»

Stella trat ans Fenster und berührte eine der Blumen, als könnte sie es nicht recht glauben. Sie blickte hinunter auf die Grünfläche, auf die kahlen Baumwipfel, das Rund der Häuser mit ihren Terrakottadächern.

«Wundervoll. Eine andere Welt.» Vom Türsturz hing ein Vogelfutterspender voller Nüsse und Samenkörner. Stella drehte sich entschuldigend um. «Wenn ich eine fremde Wohnung betrete, bin ich wie ein Hund. Schaue mich neugierig um. Schnüffele in den Ecken.»

«Tun Sie sich keinen Zwang an. Es gibt nicht viel zu sehen, aber wenigstens gehört es mir.»

«Ein übel aussehend Ding, Herr, aber mein eigen», sagte Stella.

«Strecken Sie erst einmal die Beine aus. Dass Sie wieder zu Atem kommen.»

«Ich bin nicht außer Atem», keuchte sie. «Vielleicht insgesamt außer Gefecht.» Und als sie sich auf ein cremefarbenes Leinensofa plumpsen ließ, mussten beide lachen. Kathleen stand über ihr.

«Tee oder Kaffee?»

«Um diese Tageszeit wäre ein Tee schön.» Kathleen machte kehrt und verließ das Zimmer. Stella sah sich um. Die Wohnung erinnerte sie an einen Wohnwagen – eine Mischung aus Nützlichkeit und Raumersparnis. Aber sie war auch stilvoll. Wie etwas aus einer Broschüre.

Am Ende des Sofas lag eine Strickarbeit, Teil eines weißen Aran-Pullovers, eine Mischung aus Zopfen und Brombeermustern. Die Nadeln steckten im Wollknäuel. An jeder Wand hing ein gerahmtes Bild, vor dem Weiß wirkten die dunklen Rahmen streng. Ein einziges Bücherbord – sie konnte eine Bibel und ein Messbuch erkennen. Und ein dickes Wörterbuch. Einen Atlas, der Höhe nach urteilen. Sie beugte sich vor und machte mehrere Bücher mit Gebetsgedichten von Michel Quoist aus – zu Hause hatte sie eine Übersetzung von *Herr, da bin ich* im Regal stehen. Stella stand auf und betrachtete die Bilder. Mit einer Ausnahme waren es Drucke in Postergröße. Miró, Morandi, Mondrian – alle mit M, aber vielleicht war Kathleen das gar nicht aufgefallen. So etwas fiel jemandem auf, der Kreuzworträtsel löste. Die Ausnahme bildete eine kleine Ikone des Christus Pantokrator. Ein Original, keine Reproduktion. Im Licht, das durch das Fenster einfiel, glühte aus dem Dunkel innerhalb des Rahmens das Gold des Nimbus.

Sie drehte sich um und schlenderte in die Küche.

«Ich folge meinem Hundeinstinkt», sagte sie.

Kathleen legte Kekse auf einen Teller. In einem Kessel kochte Wasser. «Es ist eher eine Kombüse als eine Küche.» An der Wand über der Spüle befand sich ein Brett mit Werkzeug. Ein Hammer, mehrere Schraubenzieher, eine Kneifzange, eine Metallsäge. Und andere Geräte. Jedes davon war sorgfältig mit roter Farbe umrissen.

«Die Anordnung auf dem Brett gefällt mir», sagte Stella.

«Sie soll mich daran erinnern, die Dinge wieder an ihren Platz zu hängen. Wenn ich es vergesse, schreien mich die leeren Umrisse an. Also hänge ich die Dinge wieder an ihren Platz. Und es gibt viel zu tun – die Häuser sind wirklich alt. Und nicht eben. Wenn Sie ein Wollknäuel fallen lassen, rollt es davon, bis es gegen die nächste Wand stößt. Fast nichts ist angenehm fürs Auge.»

«Kann ich irgendetwas tun, um zu helfen?»

«Sie könnten die Fußböden ausgleichen.»

Kathleen lachte, hob das Tablett und ging in das andere Zimmer. Draußen vor dem Fenster bewegte sich etwas – fast wie ein Lichtblitz.

«Oh, schauen Sie nur.» Sie stellte das Tablett ab und trat ans Fenster.

«Was?»

«Seidenschwänze.» Kathleen zeigte hin. «Sind sie nicht wunderhübsch?»

Stella, die Hände auf dem Rücken verschränkt, musste sich fast auf die Zehenspitzen stellen, um einen Schwarm bunter Vögel zu sehen, die über die Grünanlage unter ihnen hinwegschossen.

«Die sind gestern angekommen. In manchen Jahren kommen sie überhaupt nicht. Fröhliche Besucher.»

«Mir gefällt ihr Irokesenschnitt.»

«Und das kleine bisschen Gelb. Sie sind auf die Beeren aus. Die Mispeln ziehen sie an. Ach, wie ich Vögel liebe.» Widerstrebend wandte sie sich vom Fenster ab und begann, den Tee einzuschenken. «Die Niederländer haben einen misslichen Namen für sie – *Pestvogel*. Im Mittelalter glaubte man, dass sie die Pest einschleppen.»

«Dann sind Ihre Nachbarn wohl nicht gerade begeistert, dass Sie den Futterspender aufgehängt haben?»

«Ganz bestimmt nicht.» Kathleen reichte ihr einen Porzellanbecher Tee. «Da stehen Milch und Zucker.»

«Danke. Das ist sehr freundlich von Ihnen. Obdachlose und Streunerinnen aufzunehmen.»

«Nicht der Rede wert.» Kathleen süßte ihren eigenen Tee.

«Ich liebe das Bild von der Schwalbe, die durch eine Scheune fliegt», sagte Stella.

«Welches Bild?»

«Ich glaube, es ist die Wikingerversion der Obdachlosen

und der Streuner – die Schwalbe, die aus einem Sturm in den Bankettsaal fliegt. Zur einen Tür herein, zur anderen hinaus.»

«Das war's?»

«Ein Bild des Lebens.»

«Aber das ist doch bestimmt nicht alles?»

«Es ist nur eine elegante Zusammenfassung. Das Feuer, die Mahlzeit, die Endlichkeit… Und je älter man wird, desto schneller vergeht es.»

Beide befassten sich damit, an ihrem Tee zu nippen.

«Nun denn, was kann ich für Sie tun? Wie kann ich Ihnen helfen?», fragte Kathleen.

«Ich wollte Erkundigungen über diesen Ort, diesen Orden einholen. Mich vielleicht kundig machen über das Leben hier. So etwa habe ich es der Frau im Büro gesagt…»

«Hennie.»

«Ja, Hennie. Ich bin nicht sicher, ob sie mich verstanden hat.»

«Milch?»

«Nein danke. Ich trinke ihn so.» Stella hob den Porzellanbecher an die Lippen und blies auf ihren Tee. Sie nahm einen Schluck und schloss dabei halb die Augen. «Wie schwer ist es, einer solchen Organisation beizutreten?»

«Warum sollten Sie das wollen?»

«Vor etwa dreißig Jahren war ich schon einmal hier – bei einer Lehrerkonferenz, und jemand erzählte mir von den Verhältnissen hier, von den Beginen. Ich war fasziniert… aber damals bestand keine Eile.»

«Und weshalb die Eile jetzt?»

«Zeit.»

«Aber wofür?»

«Für ein sinnvolleres Leben. Das spirituell *und* nützlich ist.» Stella zuckte die Schultern. «Wie können wir die Welt zu

214

einem besseren Ort machen? Einen Beitrag leisten, wie gering er auch sein mag? Trotz allem, was die Kirche über Frauen denkt.»

«Ich kannte einmal eine wunderbare Nonne, die sagte, das letzte Vatikanische Konzil sei ausschließlich von den Bischöfen der Kirche besucht worden. Beim nächsten dagegen würden die Bischöfe zusammen mit ihren Ehefrauen teilnehmen. Und beim übernächsten die Bischöfinnen zusammen mit ihren Ehemännern.» Stella lachte. Kathleen lehnte sich in ihrem Sessel zurück und schlug in die Hände. «Etwas, worauf wir uns freuen können.» Sie bot den Teller mit Keksen an. Stella nahm ein Vollkornplätzchen.

«Ich habe immer gern Buttersandwiches gemacht. Sie zusammengedrückt und zugesehen, wie die Butter durch die kleinen Löcher quoll.»

«Ich wünschte, das hätte ich auch gekonnt.» Ihr Gelächter verebbte allmählich. Kathleen knabberte an ihrem Keks, dann wischte sie sich den Mund ab und sagte: «Ich weiß, dass Sie nicht aus Leichtfertigkeit gekommen sind. Was wissen Sie über uns?»

«Nicht viel. Ich habe ein paar Dinge gehört, im Internet ein paar Dinge gesehen.»

«Nun, wir gehen zurück auf das zwölfte Jahrhundert – auf eine Zeit, als alle katholisch waren, einschließlich der Protestanten. Das Ganze begann als eine Gruppe von Frauen, die beteten und Sieche pflegten. Später beschlossen sie, in einer Gemeinschaft zusammenzuleben. Es waren keine richtigen Nonnen – sie legten kein Gelübde ab und waren sehr viel weniger streng als andere Orden – obwohl die Regel ‹keine Männer› sakrosankt war – sie mussten bereit sein, alleine zu leben. Nicht als Eremitinnen, nicht in der Wüste – sondern im Alltag.»

«Und jetzt?»

«Das alles ist vorbei. Heute gibt es keine religiöse Gemeinschaft mehr. Aber es gibt noch an die hundert Apartments, und hin und wieder wird eines davon frei. Jeder muss irgendwann den Löffel abgeben. Und so entstehen Vakanzen.»

«Was ist aus den Nonnen geworden?»

«Die letzte Nonne im Beginenhof ist 1971 gestorben.»

«Dann habe ich also alles falsch verstanden?»

«Ich bin mir nicht sicher», sagte Kathleen. «Ich weiß nicht, was Sie meinen.» Kathleen zögerte einen Moment, bevor sie fortfuhr. «In Irland war ich Nonne – bei den Schwestern der Barmherzigkeit –, aber ich bin ausgetreten und hier gelandet. Diese ‹offene Anstalt› liegt mir mehr.»

Stella wusste nicht, was sie sagen sollte. Das Schweigen schien lange anzuhalten. Als es fast peinlich wurde, sagte sie: «Und weshalb sind Sie ausgetreten?»

«Ach, das ist eine lange Geschichte.» Kathleen lächelte. Stella wusste, dass sie nicht nachhaken durfte.

«Und die Frau – die, die ich sprechen werde –, ist sie …»

«Die ist eher Immobilienmaklerin.»

«Was für Frauen leben heute hier?»

«Ledige Frauen, die es sich leisten können. Eigentlich ein Querschnitt gut betuchter Frauen. Ein Querschnitt *hochbeschuhter* Frauen. Obwohl von denen hier nur herzlich wenige zu sehen sind.»

«Und Sie – was machen Sie?»

«Ich bin Lehrerin.»

«War ich auch. Eine Irin in Schottland, die Englisch unterrichtet.»

«Ich bin eine Irin in den Niederlanden, die Vergleichende Religionslehre und Mathematik unterrichtet.» Sie lachte laut. «Die Schule ist nur zehn Minuten entfernt. Montags arbeite ich von zu Hause. Wir haben also Glück, dass wir uns begegnet sind.»

«Darf ich etwas fragen?» Stella zögerte. «Praktizieren Sie noch?»

«Aber ja. Meine Religion ist mir sehr wichtig. Deswegen wollte ich überhaupt hierherkommen. Ich bin von Nonnen in Waterford unterrichtet worden, und die meisten von ihnen mochte ich. Doch heutzutage liegt der spirituelle Aspekt ganz bei einem selbst. Eine Kirche vor Ort zu haben erleichtert vieles.»

«Und was ist mit den Gebeten?»

«Das ist allein Ihre Entscheidung», sagte Kathleen. Sie lächelte. «Lautstärke, Dauer und Innigkeit.»

«Aber dann ist die Schwesternschaft eine Ausgeburt meiner Phantasie?»

«Nein, die Schwesternschaft gibt es wirklich – eine Menge großartiger Frauen. Aber der religiöse Aspekt ist weitgehend verschwunden.»

«Jetzt kann ich den Kamm nicht mehr aufrichten.» Sie lächelte. «Wie ein alter Seidenschwanz.»

«Ach, Sie Ärmste. Aber Frauen können immer noch hier wohnen. Auch wenn die Warteliste sehr lang ist.»

«Wie lang ist lang?»

«Ich fürchte, Jahre. Vielleicht fünf oder mehr. Schlimmer als ein Golfklub. Die einzigen Kriterien sind: Sie müssen eine Frau sein, die bereit ist, allein zu leben. Sie müssen zwischen dreißig und fünfundsechzig Jahre alt sein. Und Sie müssen es sich leisten können.»

Stella saß lange da, um die Information zu verarbeiten. Sie presste die Lippen aufeinander, und ihr Gesicht fiel in sich zusammen.

«Das war's dann wohl. Ich bin zu alt.»

«Sie sind doch nicht etwa über fünfundsechzig? Sie sehen zehn Jahre jünger aus.»

«Im Moment fühle ich mich ganz bestimmt nicht so.» Lange fiel Stella nichts ein, was sie sagen konnte.

«Gibt es andernorts Einrichtungen dieser Art? Mit ähnlichen Verhältnissen?»

«In Belgien gibt es einige. In Brügge. Aber keine Schwestern. Nur Gebäude. Ich glaube, die Benediktiner haben sie übernommen. Eine Art spiritueller Hausbesetzer.»

«In Großbritannien?»

«Nicht dass ich wüsste.»

«Englisch sprechende Beginen wären gut. So wie Sie.»

«Gebete bedürfen keiner Übersetzung.»

Stella lächelte.

«Die andere Schwierigkeit ist, dass ich verheiratet bin.»

«Kinder?»

«Ein Junge, Michael – inzwischen ein Mann. Und ein Enkel namens Toby. Aber die leben in Kanada.»

«Und fliegen Sie hin, um sie zu besuchen?»

«O ja – wir haben Toby besucht, als er ein Jahr alt war.»

«Das war bestimmt sehr schön.»

Stella nickte.

«Wenn es hier einen Ort gegeben hätte», sagte sie, «hätte ich das Problem mit dem Ehemann umschiffen können. Von unserer Ehe ist nicht mehr viel übrig.»

«Sind Sie sich da sicher?»

«Neulich habe ich gelesen, dass ältere Ehepaare eher dazu neigen, einander zu bekriegen – wenn die Kinder das Nest verlassen haben. Sie haben zu viel Zeit zur Verfügung.»

«Werten Sie das, was ich sage, nicht als offizielle Auskunft. Vielleicht gibt es Mittel und Wege. Dass man die Hürden zur Seite räumt, wenn Sie so wollen. Reden Sie mit ihr, wenn sie kommt. Offensichtlich haben Sie lange darüber nachgedacht.»

«Ja. Diese Dinge, die ich auf die lange Bank geschoben habe, niemand sieht sie – wenn Sie beten oder zur Messe gehen, holen Sie sie hervor und bringen sie auf Hochglanz. Niemand weiß Bescheid. Als ich das erste Mal aus Amsterdam zurückkam, unternahmen wir mit dem Auto einen Sonntagsausflug irgendwo in der Nähe von Glasgow – die Campsie Fells. Eigentlich reiner Zufall, denn das Wetter war schön, und das ist in Schottland nicht allzu oft der Fall. Mein Mann schlief im Gras ein, und ich machte einen Spaziergang. Weiter unten auf der Straße hatte ich eine kleine weiße Kirche gesehen. Es stellte sich heraus, dass es ein deutscher Frauenorden war, und mit einer der Nonnen kam ich ins Gespräch – sie tauschte gerade die Blumen auf dem Altar aus. Sie sagte, ihre Bewegung – ich glaube, sie nannte sie Schönstattbewegung – bestehe aus gewöhnlichen Menschen, die sich darum bemühten, in der modernen Welt ihren Glauben zu leben.»

«Ja, ja. Die kenne ich.»

«Ich sagte ihr, ich sei eben erst aus Amsterdam zurückgekehrt, und erzählte ihr von *diesem* Ort. Sie wusste alles darüber. Sie hatte das reizendste Gesicht und eine dazu passende Veranlagung. Ich muss mich fast eine Stunde lang mit ihr unterhalten haben. Ich werde sie nie vergessen. Gerry schlief noch, als ich zurückkam. Am Abend hatte er sich einen schlimmen Sonnenbrand geholt. Auf einer Seite des Gesichts und auf den Fußrücken – dummerweise hatte er sich die Schuhe und die Socken ausgezogen. Ich kam mir vor wie Maria Magdalena – musste ihm die Füße salben.»

Kathleen hob die Teekanne und zeigte auf Stellas Tasse.

«Nein danke. Sie haben bestimmt viel zu tun. Und dazu gehört nicht, Leuten wie mir zuzuhören.»

Ein Telefon klingelte, und Kathleen nahm ihr Handy von der Anrichte.

«*Hallo, met Kathleen.*» Sie lauschte und nickte. Dann beendete sie das Gespräch. «Das war Astrid.» Stella starrte sie verständnislos an.

«Astrid Hoogendorp. In ihrem Büro.»

«Ihre Hoheit.» Stella nickte und stand auf, um ihr die Hand zu reichen. «Ganz gleich, was sich aus alledem ergibt – es war schön, Sie kennenzulernen.»

«Ganz meinerseits.»

Stella hielt ihre Hand fest.

«Jetzt habe ich Ihnen all diese Fragen gestellt, aber …» Sie ließ die Hand los. «Man kann sich gut mit Ihnen unterhalten. Und bevor ich gehe, möchte ich Ihnen etwas über mich erzählen. Etwas, das ich ausgelassen habe.» Kathleen gestikulierte, dass Stella sich wieder setzen sollte.

«Danke.»

Stella begann und begann doch wieder nicht. Die Worte waren zwar in ihrem Kopf, aber sie konnte sie nicht in Rede übersetzen. Ihr Mund öffnete und schloss sich. Sie begegnete Kathleens Blick. Diese lächelte erwartungsvoll.

«Worum geht es?», fragte Kathleen.

Stella schöpfte Atem, doch der flache Atem reichte nicht für das, was jetzt kommen würde.

«Sie sind eine Fremde … Vor langer Zeit war ich in etwas verwickelt, in ein Unglück. Und ich legte ein Gelübde ab …» Stella senkte den Blick auf ihre Hände. «Sie wissen, wie plastisch sich Dinge in höchster Not ausnehmen. Im Gehirn geht irgendetwas vor sich. Chemikalien. Sie machen den Moment unauslöschlich. Aber ich habe es nie halten können. Das Gelübde.» Die Pause wurde länger, bis Kathleen ihr beizuspringen versuchte.

«Was für ein Unglück?»

«Ich war schwanger.» Kathleen sah sie weiterhin an, doch auf ihrem Gesicht zeigte sich ein Ausdruck des Erstaunens. Stella lächelte. «Nein, nicht diese Art Unglück.» Das Gesicht der älteren Frau straffte sich. «Ich war verheiratet. Es war unser erster gemeinsamer Sommer. Ich war hochschwanger.» Kathleen starrte sie an. Sie wartete. «Ich wurde angeschossen. In den Bauch getroffen. Ich lag da auf der Straße, und ich sprach ein Gebet. Verschone das Kind in meinem Schoß, und ich werde Dir den Rest meines Lebens weihen. Aber ich habe es nicht geschafft. Und hier bin ich nun, im Alter, und versuche, eine Schuld zu begleichen. Aber ...»

«Was war passiert?» Kathleens hatte die Augen weit aufgerissen, ihr Mund stand offen.

«Das war in Belfast. Anfang der Siebzigerjahre. Passiert war Folgendes. Jemand hatte jemand anderen in einen Hinterhalt gelockt. Jedenfalls blieb ich auf dem Bürgersteig liegen. Und das einzige Gebet, auf das ich mich besinnen konnte, war ein Akt der Reue. Aber das war nicht, was ich wollte. Ein Akt der Reue dient dazu, sich selbst zu retten. Ich wollte mein Baby retten. Wie konnte es nicht tot sein? Ich benötigte eine Art Wunder.»

Kathleen schüttelte den Kopf, ihr schienen die Worte zu fehlen.

«Ich wusste nicht, ob ich mich eingenässt hatte, ob meine Fruchtblase geplatzt war oder ob ich nur blutete. Aber es ging mir nicht um das Körperliche. Es ging mir darum, was ich da bei mir sprach. Um das Gebet. Um den Handel, den ich eingehen wollte. Herr, lass mein Kind leben, und ich werde für den Rest meines Lebens in Deiner Schuld stehen. Und genau so ist es gekommen.» Kathleen beugte sich zu ihr und nahm Stellas Hände in ihre. «Ich habe nie ein Sterbenswort über dieses ...

dieses Gelübde verloren. Nicht einmal meinem Mann gegen-über. Niemandem gegenüber. Offenbar hatte die Kugel mei-nen Körper durchschlagen. Zur einen Seite herein, zur ande-ren hinaus.»

«Ach, Sie Ärmste. Wie entsetzlich.»

«Es war ein Wunder, oder der Kleine muss sich geduckt haben. Die einzige Beeinträchtigung, sagten die Ärzte, be-stehe darin, dass ich keine weiteren Kinder mehr bekommen könne. Mein Sohn Michael ist Einzelkind.» Statt etwas zu sa-gen, drückte Kathleen ihre Hände. «Es stand in allen irischen Zeitungen. Nicht mein Name, nur der Vorfall. *Schwangere Frau angeschossen* – bla, bla, bla, so etwas halt. Doch als wir nach Schottland zogen, schien niemand davon zu wissen. Und ich hielt es nicht für nötig, es hinauszuposaunen, denn dann hätten die Leute von nichts anderem mehr geredet. Und so wurde es, wenn nicht ein Geheimnis, so doch etwas, das nie erwähnt worden ist.»

«Wenn Sie durcheinander sind … wenn Sie möchten, dass ich mit Ihnen hinuntergehe …»

Stella seufzte und sammelte sich.

«Nein. Es geht schon. Wovon ich rede, hat sich vor langer Zeit zugetragen. Inzwischen bin ich ein anderer Mensch.»

Kathleen half ihr auf und legte die Arme um sie. Sie tät-schelte den gebeugten Rücken der Älteren. Sie streckten die Arme aus, um sich noch einmal ansehen zu können, und um-armten sich ein weiteres Mal, dann verließ Stella die Wohnung.

Stella war es, die, bevor sie das Taxi erreichten, die ersten Schneeflocken vor dem Hotel bemerkte. Aus der Dunkelheit landeten große nasse Flocken auf ihrem Gesicht und auf ihrem Mantel. Sie musste um den herrenlosen Eisblock herumtreten, der noch immer wie ein Kloß im Hals der Straße saß. Obenauf etwas Schnee. Mit der Schuhsohle gab Gerry ihm einen Stoß, und er glitt zur Seite, sodass sie die Tür des Taxis öffnen konnten.

«Dieser Wind würde dich in zwei Teile schneiden», sagte sie.

«In drei», sagte Gerry. «Er würde dich in drei Teile schneiden.»

Als sich der Zug auf die ungeschützten Teile der Gleise hinausbewegte, trieb der Schnee waagerecht an den Fenstern vorbei. Dann hielt der Zug an. Die Schneeflocken schmolzen und glitten in feuchten Schlieren an den Scheiben hinab. Ein, zwei Mal ertappte sie Gerry dabei, wie er sie ansah. Er schien Angst zu haben, sie zu fragen, wie die Sache ausgegangen war. Als sich der Zug wieder in Bewegung setzte, kreuzte er langsam eine Straße. Im Licht der Straßenlaternen sahen sie, dass die Dächer der Autos weiß geworden waren. Auf der Strecke zum Flughafen fiel weiterhin Schnee.

Gerry zog ihren großen Koffer. Er ratterte oder schnurrte, je nach dem Legomuster auf dem Bodenbelag des Bahnhofs. Seine Umhängetasche hatte Gerry halb um die Schulter geschlungen und musste sich vorbeugen, um ihr Gewicht auszugleichen. Stella folgte ihm mit einigem Abstand. Es waren nur sehr wenige Menschen unterwegs.

Er wartete, ließ Stella auf der Rolltreppe den Vortritt und blieb, während sie zur Abfertigungshalle hinaufglitten, hinter ihr stehen. Sie schien in einer Art Trance, als sie, eine Hand auf den schwarzen Gummilauf gestützt, hinaufbefördert wurde. Bei diesen Dingen war sie etwas ungeschickt – die Koordination von Hand und Auge fiel ihr um einiges schwerer als ihm, sodass er für den Fall, dass sie stolperte, meist hinter ihr stand. Wenn sie abwärtsfuhren, betrat er die Rolltreppe als Erster. Als sie oben ankam, betrat sie festen Boden, und Gerry überholte sie. Ihr Blick galt weiterhin der Rolltreppe, deren Stufen sich endlos nach oben bewegten und niemanden beförderten. Die Treppe folgte einem traumähnlichen, hypnotischen Rhythmus, lullte sie ein wie ein Pendel. Aber Gerry war auf und davon wie ein Windhund, hin zur Abfertigung. Er blickte über die Schulter, um zu sehen, was sie aufhielt.

Die Schlangen waren kurz, und sie hörten die ersten vertrauten Wörter und Akzente, sahen Kleidungsstile, die sie kannten. Sie blickten einander an und zogen die Augenbrauen hoch in dem Wissen, dass sie wieder unter ihresgleichen waren. Als sie eingecheckt und ihren großen Koffer aufgegeben hatten, sagte Gerry: «Ich hätte nichts gegen einen Drink.»

Bei der nächsten Gelegenheit steuerte sie einen Bereich zur Linken an, der wie ein britischer Pub aussah, und setzte sich. Gerry stellte seine Umhängetasche auf die Sitzbank neben ihr.

«Sprudel», sagte sie. Er ging zur Theke und gab die Order auf. Stella saß reglos da und hörte, ohne es zu merken, der Berieselungsmusik zu. *Blowin' in the Wind* ging nahtlos in *All shook up* über.

Er kam wieder an den Tisch, schob ihr die Flasche Mineralwasser und ein Glas hin und stellte seinen Whiskey ab.

«Wo haben sie diese uralten Songs ausgegraben?», fragte er. «Zu so etwas haben wir vor fünfzig Jahren im Fruithill getanzt.»

Stella stimmte zu. Gerry setzte sich.

«Also. Wie ist dein Treffen gelaufen?»

«Ich möchte nicht darüber reden.»

«Warum nicht?»

«Weil es ein völliger Misserfolg war.»

«Wie das?»

«Ich bin zu alt», sagte sie. «Und wenn ich Ordensfrau werden möchte, muss ich das allein bewerkstelligen.»

«Du hattest das Ganze von vornherein geplant.»

«Ich hatte eine Ahnung», sagte Stella leise. «Ich musste der Sache nachgehen.» Sie räusperte sich und setzte an, ihre Stimme klang nervös. Sie sagte, der religiöse Orden an diesem Ort sei eine Sache der Vergangenheit. Sie habe die Gelegenheit verpasst. Die letzte Begine sei in den Siebzigerjahren gestorben. Aber es kämen nach wie vor Frauen, die ein besonderes Leben führen wollten, auch wenn sie selbst zu alt dafür sei. Und das war's.

Ein weiterer Song ertönte. *I Saw Mommy Kissing Santa Claus.* Obwohl Weihnachten längst vorbei war, schien sich niemand daran zu stören. Vielleicht hatte es damit zu tun, dass der Song in einer fremden Sprache gesungen wurde – er bedeutete nichts. Vielleicht gehörte das Tonband dem Barmann. Die Stimme war die eines näselnden amerikanischen Kindes.

«Meinst du, dass wir überhaupt fliegen können?», fragte sie. Sie schaute sich in alle Richtungen nach einem Fenster um, konnte aber keines sehen.

«So schlimm ist es nun auch wieder nicht», sagte er. «Es schneit erst seit etwa einer Stunde.»

«Ich glaube, die haben hier beheizte Landebahnen», sagte Stella. «Der Bluterguss an deinem Kinn verändert die Farbe.»

«Von welcher zu welcher?»

«Von Rotblau zu Schwarz?»

«Nicht Gelb?»

«Das kommt viel später.»

«Danke. Wer braucht da noch einen Spiegel?»

Gerry hob seine Hand und befingerte den Bluterguss, als wäre er ein Bart.

«Weißt du noch den Tag, als du spitzgekriegt hast, worum es in dem Song geht?»

«Nein», sagte sie, «obwohl ich sagen muss, dass er in unserem Haus ein gewisses Augenrollen auslöste.» Sie verzog das Gesicht. «Mammy hat immer gebrüllt: ‹Stellt das Ding ab.› Obwohl wir keinen Schimmer hatten, was Ehebruch war.»

«Aber genau das ist die Pointe», sagte Gerry.

«Was?»

«Es ist kein Ehebruch. Es ist ihr Mann.»

«Santa Claus ist ihr Mann?»

«Ja. Am Heiligabend, verkleidet. Wie auf dem Cover einer amerikanischen Illustrierten. Er legt die Geschenke unter den Baum. Und zwischen Mann und Frau entspinnt sich eine anrührende kleine Liebesszene. Und sie küssen sich. Und das Kind sieht sie.»

«Ich merke, wie mein Gesicht rot anläuft. Ich habe nie darüber nachgedacht. Ich habe so an Santa Claus geglaubt.»

Gerry lachte. «Ernsthaft?»

«Ja. Und ich habe mir eingebildet, es sei der echte Santa Claus.» Sie nippte an ihrem Glas Wasser. «Wie alt wir damals wohl waren?»

«Wer weiß.» Er trank den Rest seines Whiskeys aus. «Die frühen Fünfziger.»

Gerry ging zur Theke und bestellte noch einen doppelten. Bei Stella beschwerte er sich darüber, wie teuer der Whiskey hier am Flughafen sei. Er hob seine Umhängetasche an.

«Hör mal», sagte er. Er schüttelte die Tasche hin und her. Sie machte ein glucksendes Geräusch. Stella schüttelte den Kopf.

«Ich höre nichts.»

«Es ist der Freund des Reisenden. Ich habe mich verrechnet. Überversorgt.»

«Damit werden sie dich nicht durch die Sicherheitskontrolle lassen», sagte Stella. Gerry zuckte die Achseln. «Du hättest ihn in den Koffer packen sollen. Ihn in deine *pyjamas noirs* einwickeln sollen. Sie werden ihn beschlagnahmen.»

«Die Chance werden sie nicht bekommen.» Gerry vergewisserte sich, wo der Barmann stand. Er bediente eine Familie, die gerade hereingekommen war. Gerry kramte den Duty-free-Beutel hervor und schenkte sich, ohne die Flasche herauszunehmen, einen ordentlichen Schluck ein. «Unter keinen Umständen werde ich zulassen, dass jemand in Uniform meinen Whiskey in den Abfluss schüttet.»

«Dann wirst du ihn also in dich hineinschütten?»

«Genau. Einmal stand ich hinter einem Typen – eine volle Flasche Wodka verschwand im Ausguss. Und ein Glas Marmelade gleich hinterher. Gluck, gluck, weg waren sie.»

«Schade um die Marmelade.» Sie nickte zu Gerrys Tasche hinüber. «Wie viel ist noch übrig?»

«Der Fuß der Flasche.» Sie schürzte die Lippen. Nicht gut. Er blickte zur Theke. Der Barmann in seiner Weste hatte die Familie bedient und räumte jetzt mit dem Rücken zu ihnen Gläser in ein Regel. Gerry hievte sich hoch, ging zur Theke und bat um ein Glas *aqua*. Er sagte es zweimal, und der Barmann fragte, ob er Wasser wünsche. Gerry nickte. Der Barmann gab automatisch Eiswürfel ins Glas, dann füllte er es mit Wasser aus dem Hahn. Gerry hätte Wasser ohne Eis vorgezogen, aber da es nichts kostete und eine Gefälligkeit war, sagte er nichts. Er kam mit dem klirrenden Glas zurück. Damit der Barmann es nicht sah, verdünnte er seinen Whiskey unter dem Tisch.

Stella klopfte mit den Fingern den Takt zu Dylans *Mr Tambourine Man*, bis der Song von ABBAs *I Believe in Angels* abgelöst wurde. Gerry straffte den Beutel um den Hals der Flasche.

«Was spricht gegen mein Wasser?», fragte Stella. «Ich werde nicht alles trinken.»

«Ich hasse Kohlensäure. Das ist wie Champagner für Arme. Oder wie die flüssigen Rückstände in Mülleimern.» Der Barmann sah zu ihm herüber, und Gerry wölbte seine Hand um das Whiskeyglas. «Dieses Zeug spielen sie in ganz Europa», sagte er. «Besonders in Ländern, die früher kommunistisch waren.»

«Die müssen das alles nachholen», sagte Stella. «Beim ersten Mal haben sie die guten Songs verpasst. Die sind Teil deiner Gehirnhaut. Der Barmann hat ein Auge auf dich.»

«Er mag keine Selbstbedienung. Lass uns gehen.» Gerry trank aus, dann senkte er die Tasche zwischen die Knie und schraubte die Flasche auf. Er versuchte, Wasser hineinzugießen. Einige der Eiswürfel prallten von der Flaschenöffnung ab und klackerten in den Plastikbeutel.

In dem Bemühen, sich aufzurichten, stützte Stella sich auf den Tisch und warf einen Blick in den Plastikbeutel.

«Der Fuß der Flasche?», sagte sie. «Seit wann wird aus dem Fuß der Flasche das Knie der Flasche?»

«Schnüffelst du etwa in meinem Beutel herum?»

«Gerry, gib Ruhe.»

«Im Hotel war ich sehr enthaltsam. Du solltest stolz auf mich sein.»

«Wozu tust du das alles überhaupt?»

«Weil ich Whiskey pur nicht mag.» Seine Stimme klang ärgerlich, und er wandte sich von ihr ab, um sein Vorhaben auszuführen. «Dann brennt mir der verdammte Whiskey nicht so in der Kehle.»

Stella stand auf, steckte ihre Flasche Mineralwasser in ihre Handtasche und ging davon. Angesichts der Stimmung, in der Gerry sich befand, wollte sie nicht zum Flugsteig gehen – um abgesondert mit ihm oder in einer Reihe mit anderen Leuten zu sitzen. Hier konnten sie getrennt voneinander umherschlendern.

«Lass uns erst einmal einen Stützpunkt finden», sagte sie.

Sie liefen so lange, bis sie in einem Gang ein halbes Dutzend leerer Stühle fanden – alle aus schwarzem Leder und Edelstahl –, von denen aus man in die Nacht hinausblicken konnte. Sie ging um die Stuhlreihe herum zur Fensterseite und setzte sich.

«Genau das Richtige», sagte sie.

Der Blizzard draußen tobte noch immer über das Flughafengelände. Stella saß gebannt da und sah dem unablässigen Treiben zu. Am deutlichsten waren die Schneeflocken in den Lichtkegeln der Lampen zu erkennen, je näher, desto schärfer umrissen. Einige Natriumdampflampen verfärbten sie gelb, gewöhnliche Lampen ließen sie bläulich erscheinen. Wie durcheinandergeschüttelt, ein ständiges Rieseln und Wirbeln. Außerhalb des Lichtscheins schien kein Schnee zu fallen. Gestrichelte samtschwarze Finsternis. Außer unmittelbar vor dem Fenster, das auf das Vorfeld ging. Je weiter sie entfernt waren, desto undeutlicher wurden Heckruder und Rümpfe und abgewinkelte Tragflächen. Dann atmete der Sturm tief durch, der Wind legte sich, und im Windschatten der Fenster stiegen größere Flocken wieder zurück ins Dunkel. Stella ertappte sich dabei, wie sie eine einzelne Schneeflocke – eine kleine – herauslöste und ihre Reise beobachtete. Diese stieg auf, schwebte, wirbelte empor und sank mit den anderen wieder hinab. Zauderte. Als sie aus ihrem Gesichtsfeld verschwand, wählte Stella eine andere aus, folgte ihrem Kurs und wollte, dass sie so lange wie möglich überlebte. Gerry stellte seine Umhängetasche auf den Boden und ließ sich zwei, drei Meter von Stella entfernt nieder.

«Ich liebe dieses Gedicht von Thomas Hardy», sagte sie. *«Jeder Ast ist schwer vom Schnee, jeder Zweig gebeugt vom Schnee.»*

«Hardy bedeutet abgehärtet. Man muss ganz schön abgehärtet sein, um sich in diesem Augenblick da draußen aufzuhalten.»

«Aber es ist so schön», sagte sie. Sie hörte das leise schnappende Geräusch, als Gerry den Metallverschluss abschraubte, gefolgt von einem Glucksen, als er trank. Er machte ein Geräusch mit den Lippen – dann ein weiteres Schnappen, als er den Verschluss wieder aufschraubte. Sie brauchte sich nicht umzudrehen und ihn anzuschauen, denn in dem Fenster direkt vor ihr konnte sie sein Spiegelbild sehen. Sie hatte das Gefühl, ihm nachzuspionieren wie eine Detektivin, die das Geschehen durch einen Spanischen Spiegel verfolgt. Durch diesen hindurch blickte sie auf das Schneegestöber draußen – die Geschwindigkeit der verschiedenen Schichten. Gerry verstaute die Flasche nicht wieder in der Umhängetasche. Er hatte sie aus dem Duty-free-Beutel hervorgeholt, und nun lag sie entblößt in seiner Hand.

«Jetzt habe ich ihr die Strümpfe ausgezogen», sagte er.

«Du sabberst.» Gerry blickte auf die Lache zu seinen Füßen. Sie kam aus dem Duty-free-Beutel.

«Das ist doch nur schmelzendes Eis.»

«Sieh dich vor, Gerry», sagte sie, «manchmal verweigern sie Betrunkenen den Zutritt.»

«Wer?»

«Die Fluggesellschaften. Sie haben die Macht, dich am Flugsteig aufzuhalten.»

«Wer ist denn hier betrunken? Ich hasse einfach nur Verschwendung.»

«Vielleicht sollten wir jetzt durch die Sicherheitskontrolle gehen?», sagte sie. «Es hinter uns bringen?»

«Warum, glaubst du, sitze ich hier und trinke den Fuß der Flasche aus?»

«Er wird immer größer.»

«Weil ich Wasser hineintue. Ich bin entschlossen, den Anteil des Sicherheitsmitarbeiters mitzutrinken. Wir gehen durch, wenn sie mir den Whiskey nicht mehr abnehmen können.»

«Du wirst dir schaden.»

«Als ob es dich kümmern würde.»

«Wie bitte?»

«Du hast mich gehört.»

Stella starrte ihn lange an.

«Was, wenn ich mich an der Hand nehmen und dich verlassen würde?», fragte sie. «Würdest du mir Vorwürfe machen?»

Gerry schüttelte den Kopf.

«Nein.»

«Du solltest dich sehen. Früher warst du so besorgt und rücksichtsvoll. Was ist aus dir geworden? Du bist nichts als Gier.»

«Man soll nichts verkommen lassen.» Unbeholfen rückte er

über die Sitze näher an sie heran. Er versuchte, ihre Hand in seine zu nehmen, aber sie entriss sie ihm und erhob sich.

«Ich mache einen Gang», sagte sie.

«Diese Art zu reden ...», sagte er, «sie macht mir Angst.»

Stella schob ihren Arm durch den Griff ihrer Ledertasche und ging davon wie eine Frau, die zu spät zur Arbeit kommt. Manchmal war Gerry wirklich unmöglich. In der Ferne sah sie die Warnleuchten eines Shuttlefahrzeugs aufblitzen. Es hatte einen Alarm, der ein Geräusch wie eine Wiesenralle machte. Als das Gefährt sich näherte, wurde der Alarm immer eindringlicher, während sich die Reifen auf dem Bodenbelag lautlos drehten. Gesteuert wurde es von einem Sikh mit Turban und marineblauer Uniform. Stella betrachtete die Passagiere. Vier Alte mit Gehstöcken – zwei kahlköpfige Männer, zwei Frauen, deren weißes Haar für die Ferien frisch frisiert war. Die Aufmerksamkeit, die ihnen die Fahrt in dem Vehikel bescherte, schien sie verlegen zu machen. So schlimm steht's um uns noch nicht, dachte Stella, noch können wir uns selbst voranbewegen – kommen auf unseren eigenen zwei Stelzen herum. Sie musterte die Schilder und folgt dem zum WC.

Zu ihrem Erstaunen fand sie in der Damentoilette eine leere Kabine. Drinnen schob sie den Riegel vor. Sie zog ein längeres Stück Toilettenpapier aus dem riesigen Spender, wischte den Sitz ab, machte sich bereit und ließ sich nieder. Die Ellbogen auf den Knien, den Kopf in den Händen. Nach einer Weile begann sie zu weinen. Ihre minderwertigen Tränen flossen ihr über die Wangen. Aus Angst, dass die Frauen zu beiden Seiten sie hören und dann herbeikommen würden, um zu sehen, ob sie ihr helfen könnten, weinte sie nur leise. Sie konnten ihr nicht helfen. Wie ganz und gar töricht sie gewesen war, sich einen solchen Traum auszudenken. Und es war eindeutig ein Traum. Sie hätte klüger sein müssen. In ihrem Alter. Ihr Versuch, eine spirituelle Schuld abzutragen, war gescheitert. Sie wusste, dass die einzige Möglichkeit, die Welt zu verbessern, ohne jemanden zu bevormunden, darin bestand, sich selbst zu verbessern. Ein Behältnis für Liebe zu sein und sich ihrer doch nicht würdig zu fühlen. Es gab da ein Gedicht von Raymond Carver namens «Spätes Fragment». Auch er hatte ein Problem mit Alkohol gehabt. Am Ende, noch bevor er starb, hatte er ihn jedoch besiegt. Das kurze Gedicht begann mit einer Frage: *Und – hast du bekommen, was du haben wolltest von diesem Leben?* Ein Kopfnicken. *Ja, hab ich. Und was wolltest du? Sagen können, dass ich geliebt werde, mich geliebt fühlen auf dieser Erde.* Aber Stella wollte weniger von einem anderen Menschen geliebt werden als vielmehr von etwas weit Umfassenderem. Und gleichzeitig bescheiden sein – selbst wenn sie am Morgen ihr bisschen Make-up auftrug. Sie hätte ungern darauf verzichtet, es war eine so kleine Angewohnheit. Nichts als Wasserfarbe. Ihr Traum war zerbröselt. Die Frau, die sie am Morgen gesprochen hatte – die zuständige Dame, Astrid Hoogendorp –, war freimütig gewesen und hatte brauchbares Englisch gesprochen. Alles, was sie gesagt hatte, bekräftigte Kathleens Schilderung der Lage. Offenbar gab es hier keinen religiösen Orden mehr. Es gab eine Gemeinschaft von Frauen, die ein nützliches und glückliches unabhängiges Leben führten. Bis auf. Bis auf. Bis auf Stellas Alter. Sie war zu alt. Nicht zu alt, um religiös zu sein, aber zu alt, um an ihrer Organisation teilzuhaben. Stella hatte sich auf die Lippen gebissen. Über das, was ihr in Belfast widerfahren war, hatte sie kein Wort verloren. Es war zu kompliziert, und diese Frau besaß nicht Kathleens Wärme. Astrid Hoogendorp hatte sie über ihre Brillengläser hinweg angeblickt und ein mitfühlendes Gesicht gezogen. Aus guten Gründen haben wir Regeln, wollte sie damit sagen. Stella hatte genickt. Was das Warten auf eine schlichte Unterkunft betraf, bis dahin mochte sie – um es ohne Umschweife zu sagen – längst tot sein. In der Tat hatte sie das Gefühl gehabt, gleich an Ort und Stelle sterben zu können. Alle Hoffnung war aus ihr gewichen. Trotz der mitfühlenden Blicke hatte die Situation etwas von einem Schulmädchen, das eine Standpauke bekommt. Sie vergeuden meine Zeit, und in den Ellbogen dieser Strickjacke haben Sie ein Loch gescheuert. Außerdem handele es sich heutzutage, fuhr die Frau fort, eher um ein Immobiliengeschäft als um eine spirituelle Angelegenheit. Angebot und Nachfrage. Bei dem Ausdruck «Immobiliengeschäft» zuckte Stella leicht zusammen. Konnte es so viele Frauen in einer vergleichbaren Lage geben? Witwen, misshandelte Frauen, Frauen, die *ein Zimmer für sich allein* benötigten, Frauen mit Neigung zu einem Leben in Ernsthaftigkeit, Frauen, die ein Leben der Hingabe zu praktizieren wünschten, einen Schritt weg von der Welt, hin zur Heiligmäßigkeit? Sie wollte ein Leben führen, das ihrem Katholizismus gemäß war. Diesem entsprangen doch ihre Güte, falls sie denn welche besaß, ihre Großzügigkeit, ihr Sinn für Gerechtigkeit. Und ihre Demut, sie durfte die Demut nicht vergessen. Der Katholizismus war ihr Quell spiritueller Stammzellen. Diese konnten sich in alles verwandeln, was Stellas spirituelles Wesen erforderte. Mit Schwierigkeiten fertigzuwerden, etwa mit einer Priesterschaft, die häufig genug Ungeheuer hervorgebracht hatte, rechte Kontrollfreaks, sexuelle Perverslinge. Hatte es doch eine Zeit gegeben, da jeder, der in Institutionen für Kinder verantwortlich war, ein Pädophiler mit schmalem Kragen zu sein schien. Und diejenigen, die für die Pädophilen verantwortlich waren, hatten breitere Kragen und verschleierten alles, um der heiligen Mutter Kirche dabei zu helfen, das Gesicht zu wahren. Weil sie die Kirche für eine große und gute

Organisation hielt. Sie hatte es von Geburt an gelernt – von ihrer Mutter und ihrem Vater –, dieses Gefühl ruhiger Resignation, die Fähigkeit, Liebe zu absorbieren und weiterzuverbreiten. Sie wollte eine Kirche, die rational, gütig, liebevoll, ritualistisch, christuszentriert war. Eine Kirche, die am Ende auch Frauen offenstehen würde. Auch wenn sie wusste, dass zu ihren Lebzeiten keine Aussicht darauf bestand. Eine Kirche, die nicht auf Bespitzelung oder Einmischung in sexuelle Angelegenheiten aus war – alles, was in gegenseitigem Einvernehmen geschah, musste ohne Sünde sein. Eine Religion des Gebets, die befriedigende und schöne Rituale pflegte – wie etwa Ostern. Einen Glauben, der Anteilnahme bewies und anderen zugutekam, eine Religion der Werte, die, stets bereit zu helfen, andere und ihre Bedürfnisse mit tausend Taten am Tag berücksichtigte. Ihr Glaube entsprang eher ihrem menschlichen Herzen als ihrem Hirn. Und jetzt hatte sich die Substanz dessen, was sie erhofft hatte, verflüchtigt.

Gerry zu verlassen schien ihr ein Ding der Unmöglichkeit. Die Dinge würden so sein, wie sie schon immer gewesen waren. Wie konnte man in ihrer beider Alter noch sein Leben verändern? Sie hatte viele Leute gekannt, die sich getrennt hatten – Leute, von denen sie geglaubt hatte, dass sie füreinander geschaffen waren. Doch das war nur nachlässiges Denken – niemand konnte Einblick in eine Beziehung nehmen – nicht einmal für ein, zwei Tage – und die Wahrheit erfahren. Einmal hatte sie sogar – aus Loyalität beiden Partnern gegenüber – an einer Trennungsparty teilgenommen – die mittlerweile erwachsenen Kinder waren umhergelaufen, hatten Kartoffelchips und Erdnüsse angeboten und nachgeschenkt, und alle hatten nervös geplaudert. Die Einzigen, die sich wohl in ihrer Haut fühlten, waren die beiden, die auseinandergingen – alle anderen hatten Angstzustände, fürchteten sich davor, das Falsche zu sagen. Bis der Alkohol seine Wirkung zeigte.

Wie sollte sie es ihrem Sohn beibringen? Wo würde sie wohnen? Wo würde Gerry wohnen? Obwohl ihr diese Probleme früher unüberwindlich erschienen waren, jetzt, angesichts der Maßlosigkeit seines Trinkens, schienen sie lösbar. Mochte es ihr auch verwehrt bleiben, einer Organisation beizutreten, so konnte sie doch immer noch allein wohnen. Sie könnten ihre Wohnung verkaufen und zwei kleine Apartments erwerben. Ihres müsste einen Garten haben. Und Gerry würde all die Bücher und CDs loswerden müssen. Sich sein Abendessen selbst zubereiten müssen. Vielleicht sollte er nach einer Wohnung in der Nähe von Marks & Spencer Ausschau halten. Aber jetzt war sie ja schon wieder dabei, ihn zu organisieren. Für ihn zu sorgen.

Sie schniefte und merkte, dass sie nicht mehr weinte. Nachdem sie schon einmal da war, konnte sie auch gleich die Toilette benutzen. Sie riss noch mehr Toilettenpapier ab und putzte sich damit die Nase. Sie hatte Angst, zu dehydrieren – gleichzeitig zu pieseln und zu weinen! Und dieser Gedanke entlockte ihr ein Lächeln. Vielleicht musste man auch das Schnäuzen mit einkalkulieren. Ein weiteres Austreten von Flüssigkeit. Das letzte Mal hatte sie während der Weihnachtsmesse geweint, in der Kirche mit Gerry. Noch mehr davon, und sie würde auf den Reservetank umschalten müssen. Das Syndrom des trockenen Auges verhinderte zwar keine Tränen, aber sie waren nicht eben hilfreich – hatten die falsche Zusammensetzung. Nicht genügend Lubrikation, sagte der Augenarzt – die falschen Mengen Wasser, Fett und Schleim. Entschieden zu wässrig.

Als sie hinabblickte, sah sie zwei runde rote Flecken, einen auf jedem ihrer Schenkel. Die Flecken erinnerten sie an die Wangen ihrer Stoffpuppe Raggedy Anne. Vollkommen rund, vollkommen rot. Einen Moment lang überlegte sie, was für eine Krankheit sie sich zugezogen haben mochte. An einem fremden Ort. Außerdem fiel ihr auf, wie dünn ihre Schenkel waren. Dann erst merkte sie, was das für Flecken waren – die Abdrücke ihrer Ellbogen, die sie aufgestützt hatte, als sie sich beim Weinen den Kopf hielt.

Es war schon erstaunlich. Da saß sie nun, weinte darüber, dass sie zu alt war, und erinnerte sich an Dinge aus ihrer Kindheit. Zu Hause hatte sie eine Pappröhre mit ihrem Mittelstufenabschluss. Der Abschnitt «mit Auszeichnung bestanden» war randvoll mit Fächerbezeichnungen. Himmel noch eins, sie war Rentnerin. Weshalb war der Stoff ihres Lebens so zusammengepresst? Außerdem hatte sie in einem Fotoalbum für Baby Gilmore eine Karte mit seinem Gewicht in Pfund und Unzen aufbewahrt – und das dazugehörige Krankenhausarmband. Ein einziger Gedanke konnte sie im Nu durch sechzig Jahre tragen. Und doch gab es derartige Lücken – Zeiträume, an die sich keinerlei Erinnerungen einstellten. Wohin waren sie entflogen? Sie betete, dass sie nicht, wie die Tauben auf dem Platz, alle auf einmal aufstoben. Sie leer und senil zurückließen. Hoffte, dass das Händeklatschen ihrer aufgehäuften Jahre nicht jeden Gedanken, den sie jemals gehabt hatte, in die Luft scheuchen würde. Sie hatte erlebt, was sowohl ihrer Mutter als auch ihrer Großmutter in ihrer Senilität widerfahren war. Das war mit ein Grund dafür, dass sie das Regime der Kreuzworträtsel aufrechterhielt. Ein mentales Trimm dich. Derlei Dinge schienen erbbedingt zu sein. Was wäre, wenn man ein Leben lang alle ernsthaften Erkrankungen von sich fernhielt, nur um am Ende eine Wand anzustarren und nicht zu wissen, wo man sich befand? Wenn man wie beim Slalom sämtliche Hindernisse umfuhr, nur um einen Whiteout zu erleben? Dann einen Blackout. Dann das Nichts. Ohne alles. Mit Gerry verhielt es sich genauso, nicht nur was verkehrte Wörter, auch was ganze Gespräche anging. Wieder und wieder fragte er: «Was gibt's heute Abend zu essen?», und wieder und wieder gab sie ihm Antwort. Und er vergaß es trotzdem. Er war vertieft in das, was er gerade tat, und vergaß, dass sie zu einem Empfang ins Rathaus oder anderswohin mussten. Dann tauchte Stella, herausgeputzt in ihrem besten Mantel, in der Tür zu seinem Arbeitszimmer auf, und er blickte von seiner Lektüre hoch wie ein aufgeschrecktes Tier, das dabei ertappt wurde, wie es an einer Wasserstelle trank. Mit dem Ergebnis, dass er bei seinen Architektenkollegen unrasiert und schmuddelig gekleidet erschien, der Kragen seines marineblauen Mantels mit Schuppen übersät. «Du hast Glück, dass graue Stoppeln zur Zeit Mode sind», flüsterte sie dann. «Obwohl ich selbst nicht gerade davon angetan bin.» Auf derartigen Empfängen achtete sie nicht auf seinen Alkoholkonsum. Bei solchen Gelegenheiten trank er immer verantwortungsvoll. Wusste, dass er sich nicht so weit gehen lassen durfte, dass er lallte oder torkelte. Tatsächlich hatte sie ihn im Laufe der Jahre nur selten betrunken erlebt. Aber er hatte sein ganzes Leben mit solchen Geselligkeiten verbracht – insofern wusste er, wie er damit umgehen musste. Aß so viele Kanapees, wie er konnte, um den Alkohol zu absorbieren. Trank ab und zu ein Glas Wasser, um alles hinunterzuspülen. Hielt sich mit Rotwein zurück, es sei denn, es wurde ein wirklich guter kredenzt. Sie selbst trank nicht viel, aber sie wusste, wenn sie es mit einem guten Wein zu tun hatte. Obwohl bei städtischen Feiern nie gute Rotweine serviert wurden. Sie hasste den blauen Speichel, den sie nach einer solchen Veranstaltung produzierte, wenn sie sich vor dem Zubettgehen die Zähne putzte. Einmal, als er angeheitert war, hatte

Gerry zugegeben, dass es ihm gut gehe, solange er wisse, dass zu Hause eine Flasche Jameson vorrätig sei. «Falls mir der Sinn danach steht.» Er brauchte das Gefühl der Sicherheit. Wenn er auf Reisen war, musste der Freund des Reisenden griffbereit sein.

Was tat sie hier? Auf einer Toilette zu sitzen und auf ihr Leben zurückblicken! Die Berufung, die sie sich ausgedacht hatte, war kaum mehr als eine vage Möglichkeit gewesen. Etwas, was sie erforschen sollte. Und in der Zwischenzeit hatte sie Abkürzungen genommen, Vermutungen angestellt, Gebete gesprochen, Tagträumen nachgehangen, nur um festzustellen, dass sie mit ihrem Bestreben, ein Mensch mit einer Aufgabe zu werden, gescheitert war. Sie war auf demselben Stand wie vor drei Tagen, als sie von zu Hause aufgebrochen war. Oder waren es vier? Mit dem heutigen Treffen waren ihre Pläne zerronnen. Sie würde einen anderen Ort finden müssen. Eine andere Zufluchtsstätte. Falls das Leben mit Gerry auf dieselbe trinksüchtige Art weiterging. Sie riss noch etwas Toilettenpapier von der Rolle und schnäuzte sich erneut die Nase. Dann warf sie es hinter sich in die Kloschüssel. Sie seufzte und stand auf, vergewisserte sich, dass sie anständig aussah, und blickte sich prüfend um. Mit einer wischenden Handbewegung setzte sie die Spülung in Gang. Die Welt begann wieder auf sie einzudringen. Die Toilette war voller Lärm: rauschendes Wasser, zuschlagende Türen, die verriegelt wurden, fließende Wasserhähne, dröhnende Händetrockner.

Als Stella aus seinem Blickfeld verschwunden war, legte Gerry den Kopf zurück und blickte zu der riesigen Hallendecke empor. Sie hatte verärgert gewirkt, und das sah ihr überhaupt nicht ähnlich. Das hier war doch nur ein weiterer Wartebereich. Aber damals waren die Umstände ganz andere gewesen.

Wie lange war das jetzt her? Michaels Alter würde die Antwort darauf liefern. Also, vor zweiundvierzig Jahren hatte Gerry den größten Teil eines Tages und einer Nacht in einem Belfaster Wartebereich verbracht. Mit verkrampftem Magen. Wie viele Zigaretten hatte er rauchen müssen, um die Verkrampfung zu lösen? Mit zitternden Händen zündete er sich noch eine an und zerknitterte die Packung. Er ging zum Abfalleimer, warf sie hinein und ging wieder zurück zu seinem Sitzplatz. Der Pink Lady, Mavis, sagte er, er wolle zum Krankenhauskiosk. Sie sagte, sie werde für ihn gehen – was er denn wünsche? Und noch während sie sprachen, überbrachte die diensthabende Schwester die Nachricht, dass er seine Frau in einer Stunde auf der Intensivstation besuchen könne. Der Besuch dürfe nicht lange dauern – nicht mehr als ein paar Minuten. Die Schwester bedeutete Mavis, Mr Gilmore zu gegebener Zeit den Weg zu zeigen.

Mavis sagte, sie werde ihn zum Kiosk begleiten. Er erstand zwanzig Benson & Hedges. Seine persönliche Pink Lady blieb diskret draußen und lief, die Hände hinter dem Rücken, im Korridor auf und ab. Gerry fand sie so aufmerksam und fürsorglich. Er riss das Zellophan von der Schachtel und steckte sich eine Zigarette an. Instinktiv wollte er der jungen Frau, die ihn bediente, zulächeln, doch sein Gesicht gehorchte ihm nicht. Die Schlagzeilen der Zeitungen hatten mit ihm oder seinem Leben nichts zu tun. Es gab öffentliche Ereignisse, und es gab Unglücksfälle privater Natur. Er blieb stehen und starrte auf das Angebot an Blumen. Welche Auswahl mitten im Hochsommer – welche Farbenfülle. Nelken. Stella liebte Nelken. Es gab rote und weiße. Unter den gegebenen Umständen kaufte er einen Strauß weißer Nelken und ließ ihn von der Frau einwickeln. Als die Verpackungsaktion beendet war, lagen Wassertröpfchen auf der Ladentheke. Das Einwickelpapier war schlicht – braun. Die Feuchtigkeit färbte es dunkel. Er bezahlte. Die Frau überreichte ihm die Blumen und sagte, wie sehr sie den Geruch liebe. Er betrachtete die Blumen, ihre komplizierte Krenellierung, ihr Weiß. Er schaute auf seine Armbanduhr. Die Zeit verging so langsam. Vermutlich war noch einiges zu tun, bevor sie auf die Intensivstation verlegt werden konnte. Seit er ins Krankenhaus gekommen war, zitterten ihm die Knie – kein Schlottern, eher ein kaum wahrnehmbares Schaudern –, die Schwingungszahl einer Stimmgabel. Es hing davon ab, welches Bein er belastete. Eine Art Frösteln. Als stecke eine heftige Kälte in ihm. Als würden plötzlich seine Beine unter ihm nachgeben und er, ohne selbst hingehen zu müssen, ins Krankenhaus eingeliefert werden. Das Weiß der Nelken war nicht etwa eine Abwesenheit von Farbe, ein verblichener Farbton, sondern selbst eine Farbe, intensiv, lebhaft und rein. Gleißendes Weiß – ein Weiß, das reflektierte. Er hörte, was die Frau sagte, hob den Strauß ans Gesicht und atmete den Duft ein. Er merkte kaum, was er tat. Ja, sagte er, sie sind sehr hübsch – oder etwas dieser Art. Sie erinnerten ihn an die Ansteckblumen auf seiner Hochzeit.

Mavis machte ein trauriges Gesicht, als er auf den Korridor hinaustrat. Blumen seien auf der Intensivstation nicht gern gesehen, sagte sie. Seine Zigarette drückte er im nächstgelegenen Aschenbecher aus. Mavis blickte auf ihre Uhr und meinte, ebenso gut könnten sie in den Wartebereich zurückgehen. Es war eine Uhr, die sie an der Arbeitskleidung trug und deren Zifferblatt um 180 Grad gedreht war, doch er hatte keine Lust, sie danach zu fragen. Später erzählte sie ihm, sie sei Krankenschwester im Ruhestand. Vielleicht erklärte das den sonderbaren Zeitmesser. Er bot ihr die Nelken an, und sie nahm sie entgegen und blieb lange mit den Blumen in den Armen sitzen. Sie sagte, sie werde ein gutes Zuhause für sie finden.

Irgendjemand werde sich darüber freuen. Er wünschte, sie würde endlich gehen, nicht zuletzt wegen des Geruchs der Nelken. Er spürte, wie der Wartebereich geradezu anschwoll von ihrem süßen Duft. Und als könne sie seine Gedanken lesen, fragte sie ihn, ob er etwas dagegen hätte, wenn sie fortginge und sich eine Weile mit einer anderen Angelegenheit befasste, die dazwischengekommen sei. Sie werde rechtzeitig zurück sein, um ihm den Weg zu zeigen. Er saß da und blickte auf seine Füße. Er kam nicht umhin, zu lauschen, was um ihn her vorging. Er schaute viel zu oft auf seine Armbanduhr, aber er konnte nicht anders.

Schließlich kam Mavis zurück, dankenswerterweise ohne die Blumen. Sie ging mit ihm zum Aufzug und drückte auf den Knopf. Der Aufzug schien eine Ewigkeit zu benötigen. Drinnen drückte Mavis auf den Knopf der betreffenden Etage. Im Fahrstuhl standen zwei weitere Personen. Jemand hatte es geschafft, Graffiti auf die Rückseite der Tür zu kritzeln. Obwohl die Leute zusammengehörten, sprachen sie nicht miteinander. Beide stiegen im dritten Stockwerk aus. Es waren keine Spiegel angebracht. Das hier war kein Hotel. Er wollte beten, vermochte es aber nicht, weil er nicht mehr gläubig war. Ein Gebet war nichts als ein inniger Wunsch. Dass Stella überlebte. Dass sie nicht zu Schaden gekommen war. Die Tür ging auf, und draußen fühlte er sich weniger beengt, konnte wieder atmen. Was würde er sehen? Auf der Intensivstation wuschen sie sich vor dem Eintreten die Hände. Mit einem seifigen Desinfektionsmittel, das kühlte, während der Alkohol verdunstete. Gerry stand da, die Hände auf dem Rücken. Mit der Rechten hielt er sein linkes Handgelenk. Die Schwester betonte, dass er seinen Besuch kurzhalten müsse. Auf die Gefahr hin, brüsk zu klingen – höchstens ein, zwei Minuten. Und er müsse daran denken, dass Stella eben erst aus der Narkose erwache. Hinterher könne er mit den Ärzten reden.

Das Bett wirkte groß und hoch über dem Fußboden. Wie eine Art drapierter Altar. Überall Schläuche und Monitore, Infusionsständer und Katheter. Doch inmitten von alledem ihr Gesicht. Mit geschlossenen Augen. Er sagte ihren Namen. Dann seinen Namen, für den Fall, dass sie seine Stimme erkannte. Er trat an den Bettrand und ergriff ihre Hand. An ihrem Finger war eine Art Wäscheklammer festgeklemmt. So gut er konnte, drückte er ihre Hand.

«Ich liebe dich», sagte er.

Er stand auf und betrachtete den Schnee hinter seinem Spiegelbild in der Scheibe. Das Fenster musste doppelt verglast sein, denn er sah gleich zwei Spiegelbilder, die einander überlappten. Sah doppelt. Nur in Animationsfilmen sahen Betrunkene doppelt. Er versuchte, in der Spiegelung den Bluterguss an seinem Kinn zu erkennen, doch die bewegten Bilder des Schnees und der Blinklichter von den Flugzeugen erschwerten ihm die Sicht. Der Bluterguss war zu klein und hatte die falsche Farbe. Auf dem Weg zu der Sitzreihe waren sie an einer Apotheke vorbeigekommen. Dort musste es einen Spiegel geben. Bevor sie die Hotellobby verlassen hatten, hatte er sich im Spiegel gemustert – die Farbe allerdings nicht wahrgenommen. Aber er wollte verdammt sein, wenn er sich noch einmal zu der Apotheke schleppte, nur um ein bisschen Rotblau und Schwarz zu sehen. Mit zwei Stücken Handgepäck beschwert. Seiner Umhängetasche und Stellas Kabinenkoffer. Wenn er sie unbeaufsichtigt ließ, gäbe es eine Lautsprecheransage, und bevor sie sich's versahen, wurde ihr Zeug in die Luft gesprengt werden. Also setzte er sich wieder. Der Whiskey sprach mit ihm – murmelte ihm angenehm ins Ohr. Er fühlte sich gut und breitete die Hände neben sich aus. Die Stühle waren eine Art Marcel-Breuer-Kreation für Arme. Stahlrohre und schwarzes Leder. Mit dem Daumennagel drückte er gegen den schwarzen Bezug und untersuchte die Kerbe. Sie verschwand rasch. Kunststoff. Ganz und gar nicht Leder. Wie die Haut eines alten Menschen – Leder hätte den Abdruck seines Daumennagels länger bewahrt.

In der Flasche war noch ein winziger Rest. Sah nach einem allerletzten Schluck aus. Er zögerte den Genuss noch ein Weilchen hinaus. Dann fiel ihm ein, dass er sich eine CD gekauft hatte. Er wühlte in seiner Umhängetasche und holte sie hervor. *Seven Last Words from the Cross.* Sieben letzte Worte am Kreuz. Die glänzende Scheibe saß in ihrem Haltekranz und blickte zu ihm auf. Er drückte sie heraus, drehte sie um und hielt sie in die Höhe, um sein Kinn zu begutachten. Schlimm genug – und es wurde immer hässlicher. Was die Farbe betraf, hatte Stella recht. Das dunkle Blut konnte er sehen. Was das für ein Gericht wäre – Aubergine mit Erdbeeren. Aber was war mit der Vanillesauce? Wann verfärbte ein Bluterguss sich gelb? Später. Vanillesauce war für Nachspeisen. Wie er sich so anstarrte, merkte er, dass im Mittelpunkt seines Spiegelbildes ein Loch klaffte. Keine Seele. Nichts dergleichen. Existierte nicht. Er steckte die CD wieder auf und ließ die Hülle in seine Tasche gleiten. *Seven Crosswords from the Last.* Sieben Kreuzworträtsel vor dem letzten. Verdammte Scheiße – er wurde betrunken, brachte die Wörter durcheinander. Oder war es womöglich sein Alter? Fing er an, senil zu werden? Wurde er zum Greis? Falls es die richtige Wortfolge war, versuchte er sich die Situation vorzustellen. Dass Stella bald starb – und sie vor dem letzten Rätsel ihres Lebens nur noch eine Woche lang Kreuzworträtsel zu lösen hatte. *Seven Crosswords from the Last.* Sieben Kreuzworträtsel vor dem letzten. Das musste er sich merken. Ihr erzählen und sie vielleicht zum Lachen bringen. Sie beschwichtigen, sie besänftigen. Kurz bevor sie davongestürzt war, hatte sie ihm einen schrecklichen Blick zugeworfen.

Seven Cross Words from the Last. Nicht *crosswords*, sondern *cross words*, böse Worte. *Last* war der Leisten des Schusters. Sieben Stück waren erforderlich. Als Kind war er auf dem Schulweg immer am Schaufenster eines Schuhmachers vorbeigekommen, in dem eine elektrische Gliederpuppe langsam, aber ohne Unterlass auf einen Leisten einhämmerte – jeden Tag, den ganzen Tag. Gerry begann den Schumacher zu hassen. Klopf – klopf – klopf. «Geh und fick dich selbst, du Arsch.» Er konnte sich ein Lachen nicht verkneifen. Genau das meinte er mit Witz und Drink. Junge, Junge, fühlte er sich gut. Er zählte die Wörter an den Fingern ab. «Geh und fick dich selbst, du Arsch.» Das waren sieben. Oder sagte man: «Geh und fick dich, du Arsch»? Er schloss die Hand zur Faust und begann die Finger einen nach dem anderen aus ihr zu lösen und aufzurichten. Jetzt waren's nur noch sechs. Wieder musste er lachen und tat so, als hämmere er Nägel in Stiefel. Klopf – klopf – klopf. Er lachte so laut, dass er sich mit einem Taschentuch die Tränen aus dem Gesicht wischen musste.

Es war wirklich ein guter Urlaub gewesen. Nur sie beide. Stella war sehr still gewesen, hatte den Schnabel fast gar nicht aufgemacht – gestern und heute. Und das sah ihr nicht ähnlich. Er sollte sie danach fragen. Wenn irgendjemand wusste, was ihr fehlte – dann sie. Sie wusste alles. Jedes kleinste bisschen. Und dafür bewunderte er sie. Bewunderung hatte er schon immer für einen wesentlichen Bestandteil der Liebe gehalten – auch wenn er sagte, sie hätte Premierministerin oder Päpstin sein können, nur dass eines dieser Ämter ihr nicht offenstehe. Zu Hause hatte sie eine Konfektdose Quality

Street – voll bis zum Rand und, in ihrer unverkennbaren Handschrift, mit dem Etikett «Schlüssel unbekannter Herkunft» versehen. Er liebte ihren Optimismus. Schlüssel, die für den Fall aufbewahrt wurden, dass man jemals die dazu passenden Schlösser fand. Ebenso Zierschalen voller Gegenstände, deren Nutzen er längst vergessen hatte – schwarze Plastikdinger, die in andere schwarze Plastikdinger passten, kleine verbogene Schrauben, Nagelknipser, unangespitzte Bleistiftstummel, Würfel, Pinzetten, Plastikspielzeug aus Christmas Crackern, kleine runde Döschen Lippenbalsam, Nagelfeilen, ein Tischtennisball, ein halbes Stück weiße Kreide, unzählige Haarklemmen. Gott weiß was noch. Was für Dinge wusste sie? Der Kategorien war kein Ende. Ebenso wenig der Abschlüsse in Gerontologie und Dentologie und Philosophie und Geschichtswissenschaft, die er ihr zuschrieb, und der Doktortitel in Theologie und Embryologie und William-Morris-Tapetendesign. Sie wusste, dass die Litanei, die beim Segen nach dem Rosenkranz gebetet wurde, Litanei von der Seligen Jungfrau Maria oder Lauretanische Litanei hieß. Sie wusste, dass schon Albert Pierrepoints Vater Henker gewesen war, dass man Wörter wie «Lid» und «Lied» oder «Leib» und «Laib» Homophone nannte. Obwohl sie selbst nie unter Labyrinthitis gelitten hatte, wusste sie, dass es etwas war, was eine Frau mittleren Alters, die unter Drehschwindel und Erbrechen litt, auf Hände und Knie zwang. Für den Fall, dass sie jemals einen solchen Anfall bekam, kannte sie sämtliche Buslinien der Stadt Glasgow, die sie nach Hause oder doch in die Nähe bringen würden – die Linien 66, 20, 11, 59, 18, 44 und 44A. Bis die Stadtväter beschlossen, die Nummern der Buslinien zu ändern, alle am selben Tag. Da wusste sie nicht mehr, wohin sie fuhr – genau wie alle anderen auch. Und noch Monate danach sah man Leute aus Glasgow auf der Suche nach Drumchapel in

Barcelona umherirren. Sie wusste, auf welche Schule Seamus Heaneys Schwestern gegangen waren. Das Memorare kannte sie auswendig. «*Gedenke, gütigste Jungfrau Maria, man hat es noch niemals gehört, dass jemand, der zu Dir seine Zuflucht nahm, Deine Hilfe anrief, um Deine –*» Wie ging es noch gleich weiter? Er hatte das Memorare nicht memoriert. Kein großer Verlust für die Gedächtnisbank.

Sie kannte die Rezepte für Champignons Stroganoff und Spaghetti alla carbonara und etwa zweiundvierzig andere Gerichte, ohne ein Kochbuch hinzuziehen zu müssen. Sie wusste, dass ein *bonspiel* ein großes Curlingturnier war, dass Curlingsteine auf der schottischen Felseninsel Ailsa Craig abgebaut wurden, dass Ailsa Craig auch unter dem Namen Paddy's Milestone bekannt war. Dies und viel, viel mehr. Oh – und dass eine Sitzprobe im Gegensatz zu einer Stuhlprobe nichts Medizinisches war, sondern Teil der Einstudierung einer Oper. Sie wusste, dass eine Kammerzofe eine Art höheres Stubenmädchen war. Jeggings eine Kreuzung zwischen Jeans und Leggings. Sie wusste die Tageszeiten, wenn auf BBC 1, ITV, BBC 2, Channel 4 die Nachrichten kamen – selbst an verlängerten Wochenenden, wenn die Programmabfolge durcheinandergeriet. Sie wusste, dass Vulture eine Müllwagenmarke war. Nach einem Streifzug durch karitative Secondhandläden war sie erstaunt über die vielen Menschen, die Kalligrafie aufgegeben hatten. Und über diejenigen, die keine Romane von Cecelia Ahern und Maeve Binchy mehr lasen. Sie kannte die Fragen, die man den Kleinen stellen musste, die eben erst eingeschult worden waren. Fragen, auf die sie die Antwort wussten: «Neben wem sitzt du?» Sie wusste, was Stumpwork war, beherrschte diese Form der Stickerei allerdings nicht. Musste sich mit Stricken zufriedengeben. Aus ihrer eigenen Grundschulzeit wusste sie, dass Cambridge am Fluss Cam lag und Oxford am Cherwell. Sie wusste, dass Hochzeitseinladungen nur von den Eltern der Braut verschickt werden durften. Sie kannte Graham Greene – nicht sosehr die Thriller als vielmehr die großen Romane über den Glauben. *Das Herz aller Dinge, Ein ausgebrannter Fall, Die Kraft und die Herrlichkeit.* Sie wusste, dass Tanzveranstaltungen in den ländlichen Bezirken Nordirlands «*Fifty fifties*» genannt wurden – halb Ceilidh, halb Gesellschaftstanz –, dass CODA für den Carnival of Dance, Andersonstown, stand – in den Sechzigerjahren ein riesiges Festzelt mit Showbands, zu deren Musik man sich bewegte, sich für alle sichtbar berühren durfte, mit Fremden Händchen hielt. Sie wusste, dass Vicky Coren, die eine Kolumne für den *Observer on Sundays* verfasste, darüber hinaus eine Pokerspielerin von Weltrang war und die Tochter von Alan Coren, dem Humoristen, der für den *Punch* schrieb, betrüblicherweise aber nicht mehr unter uns weilte. Sie wusste, dass Claire Rayner, die Kummerkastentante, die Mutter von Jay Rainer, dem Restaurantkritiker, war. Sie konnte fast jedes Wort richtig buchstabieren, ausgenommen «Karotten», das sie stets mit zwei «r» und einem «t» schrieb. Karroten. Chrysanthemen, hieroglyphisch, Ophthalmologe, Kaleidoskop, Akquisition – all das schrieb sie richtig. Karroten schrieb sie falsch. Trotz ihrer wenigen Begegnungen mit Alkohol wusste sie, dass sich Rotweinflecken auf einem weißen Leinentischtuch mit ein paar Tropfen Wodka entfernen ließen. Dass ein *madrileño* ein Mann aus Madrid war und sein weibliches Gegenstück als *madrileña* bezeichnet wurde. Sie wusste, wie man Kilometer in Meilen umwandelte, indem man mit fünf multiplizierte und durch acht dividierte, und konnte derartige Summen im Kopf rechnen, ehe er auch nur bis drei zählen konnte. «Bis Baltimore sind's noch zweiunddreißig Kilometer», sagte sie, die Landkarte auf dem Knie. «Zwanzig Meilen.» Sie wusste, dass es Glen Campbell war, der *The Witchita Lineman* gesungen hatte. Sie war der Auffassung, dass man, wenn man sich hinlegte, dem Wind nicht so stark ausgesetzt war, wie wenn man aufrecht stand. Der Brise, nicht dem Darmwind. Sie wusste, dass ein gewöhnlicher Sehtest eine Dreiviertelstunde in Anspruch nahm und nicht, wie ihr Ehemann behauptete, dreißig Minuten. Sie wusste etwas, wenn auch nicht alles über Hopi-Kerzen. Sie wusste, dass CMD ein Akronym für craniomandibuläre Dysfunktion war. Sie wusste, dass Tony Blairs Sohn in Bristol zur Universität ging und St Pauls ein anrüchiges Viertel in ebendieser Stadt war. Sie wusste, dass Diego Forlán früher für Manchester United gespielt hatte, jetzt aber für Atlético Madrid spielte. Sie wusste, dass die Amerikaner ihren Präsidenten immer im November wählten und die britischen Parlamentswahlen stets an einem Donnerstag abgehalten wurden. Wenn es um Kugeln ging, wusste sie den Unterschied zwischen Rollen, Nicken und Gieren – wusste, wann ein Gieren zu einem Strudeln wurde. Von den Nonnen in der Schule kannte sie die verschiedenen Techniken, Strumpflöcher zu stopfen und dünne Stellen auszubessern. Sie wusste, dass es im Irischen einen aus nur zwei Wörtern bestehenden Ausdruck gab, um das phosphoreszierende Licht an Euter und Zitzen einer Kuh bei regnerischem Wetter zu beschreiben. *Teine thanaidhe.* Sie wusste, dass Cecil Frances Alexander aus Derry eine Frau war, kein Mann – Verfasserin so beliebter Hymnen wie *All Things Bright und Beautiful*, *There is a Green Hill Far Away* und *Once in Royal David's City.* In der Tat, dachte er, falls er denn überhaupt etwas dachte, das entwickelt sich ja zu einer regelrechten Hymne auf sie. Auf Stella. Den Meerstern. Von ihm für sie. Von einem Mann für eine Frau. Für die werte Dame. Obwohl es etwas Zeit beanspruchen würde, seine Gedanken zu vertonen. Sie wusste, dass Orangen aus Valencia sehr saftig waren, nicht viele Kerne hatten und sich daher besser zum Pressen von Orangensaft eigneten. Dass Orangen aus Sevilla, frisch vom Baum gepflückt, bitter wie Ruß waren und sich nur für das Kochen von Orangenmarmelade eigneten. Dass Stechpalmen, um rote Beeren hervorzubringen, in Gruppen von männlichen und weiblichen Pflanzen zusammenstehen mussten. Und sie kannte sich aus mit der Liebe – wie man Liebe macht und wie man Liebe rettet. Sie kannte jeden Schritt der St. Patrick's Day Hornpipe und hätte sie tanzen können – mit ihm oder ohne ihn –, wären ihre Glieder nicht so steif geworden. Sie kannte nur zwei Witze, konnte aber beide nicht erzählen. Zu jedem Zeitpunkt wusste sie, wo sämtliche Gegenstände im Haus zu finden waren: der doppelseitige Spiegel, der Senf – sowohl in Pulverform wie aus dem Glas –, die Nagelschere mit den roten Griffen, die Tube UHU, die schwarzen Trinkstrohhalme, die Bindfadenrolle, die Scrabble- und Monopoly-Schachteln, eine Heftzwecke oder, wie sie es nannte, ein Reißnagel aus Messing, Büroklammern, neue Klopapierrollen, Kerzen, Farbschaber und wo auf der Skala Radio 4 zu finden war. Und sie wusste, dass Ashby-de-la-Zouch nicht im Haus zu finden war, sondern in Leicestershire.

Sie war also nicht auf den Kopf gefallen. Außer dass sie Karotten mit zwei «r» und einem «t» buchstabierte.

Er trank die Flasche zu Ende.

Im Fenster spiegelte sich ein orangefarbenes Blinklicht. Gerry blickte auf und hörte den Alarm des Shuttlefahrzeugs. Neben der Sitzreihe hielt es an, doch das Warnsignal schrillte weiter. Er drehte sich um. Der einzige Fahrgast hinter dem Sikh war Stella, die vorsichtig wieder festen Boden betrat.

«Danke. Ich bin Ihnen sehr verbunden», sagte sie. Der Fahrer nickte. «Er hat gemeint, ich könnte eine Mitfahrgelegenheit gebrauchen», sagte sie zu Gerry. Sie war wie ein schüchternes Kind. «Er hat darauf bestanden.»

«Hab ich dir nicht gesagt, du sollst dich nicht von fremden Männern mitnehmen lassen?», sagte Gerry. «Wahrscheinlich hat er gedacht, dass du alt bist.» Das Shuttlefahrzeug fuhr davon. «Der Lärm einer Wiesenralle. Das müsste dir doch in den Kram passen. Eine vom Aussterben bedrohte Spezies.»

«Was willst du damit sagen?»

«Gläubige. Ich meine, wo sind die alle hin? Bis auf dich.» Er gestikulierte zu stark, wedelte mit den Händen, versuchte, seinen Blick zu fokussieren, schwankte leicht. «Wiesenrallen findest du nur noch auf den Äußeren Hebriden. Die und religiöse Fanatikerinnen. Frauen, die sich nie die Haare schneiden lassen. Gegenden, in die die moderne Welt – und ihre Methode … Methodologie nicht vorgedrungen ist.»

«Du bist betrunken», sagte sie. «Ich weiß, dass du betrunken bist, wenn du mich verspottest.»

«Tu ich doch gar nicht.»

«Du erinnerst dich nicht an die Verspottung, weil du betrunken bist.»

«Was ist nur mit dir los?»

«Mit *mir* ist gar nichts los», sagte Stella. «Wenn sie dich nicht ins Flugzeug lassen, werde ich mit Freuden allein nach Hause fliegen.»

Er hievte sich hoch, stellte sich vor sie und starrte sie an.

«Hast du geweint?», fragte er. Sie antwortete nicht. «Worüber?»

Stella setzte sich. Sie wollte ihn nicht anschauen, doch selbst als sie geradeaus blickte, konnte sie sein Spiegelbild sehen. Mit der Hand formte sie einen Schutzschirm, beschattete die Augen und blickte zu Boden.

«Gerry …»

«Was?» Langes Schweigen. «Immer wenn du mit meinem Namen beginnst, weiß ich, dass etwas Schlimmes kommt.»

«Ich möchte dich verlassen», sagte sie, «aber ich weiß nicht, wie ich es anstellen soll.»

Gerry stand lange in der gleichen Position da.

«Gibt es einen anderen?»

Sie lachte laut.

«Spinn nicht rum.»

Er versuchte, aus der Flasche zu trinken, aber es kam nichts mehr heraus.

«Das war's. *Finito.*»

«Wir oder die Flasche?» Er drehte sich um und blickte um sich, taumelte jedoch ein wenig. «Wenn ich einen Abfalleimer fände, könnte ich den Kerl entsorgen.» Er wanderte davon, mit beiden Händen hinter dem Rücken die Flasche umklammernd. «Wahrscheinlich denkst du von mir genau dasselbe», rief er über die Schulter. «Bin gleich wieder da.»

Stella nahm ihr Reisenecessaire heraus und machte den Reißverschluss auf. Hatte er gehört, was sie gesagt hatte? Außerdem war sie richtig dumm gewesen, es ausgerechnet in diesem Moment zur Sprache zu bringen. Er würde sich an nichts erinnern können. Sie fand ihre Armbänder, streifte sie über und vergewisserte sich, dass die Plastikknöpfe nach innen zeigten – auf ihre Haut drückten. Als Nächstes ihre Puderdose – sie öffnete sie und betrachtete sich im Spiegel. Ihre Augen waren leicht gerötet, aber *so* schlimm war es nun auch wieder nicht. Sie fand ihre Brille, und als sie sie aufklappte, klemmte sie sich am Scharnier den Zeigefinger ein. Als wäre sie von einem Marienkäfer gebissen worden. Noch so eine Demütigung. Sie setzte die Brille auf und besah sich ihren Finger. Er blutete nicht. In jenem Sommer in Toronto waren die Marienkäfer überall gewesen. Millionen und Abermillionen von ihnen auf dem Strand am Seeufer. Und gelegentlich wurde man gebissen. Von Marienkäfern angegriffen zu werden war wie das Ende der Welt. Sie waren braun und gelb – nicht rot und schwarz wie die britischen. Es war unmöglich, sie nicht zu zertreten – als laufe man auf Rice Krispies. Oder auf Coco Pops.

In diesem Licht war es nicht leicht, ihre Augen zu sehen. Sie setzte die Brille wieder ab und beugte sich dicht an den Spiegel. Wie sonderbar – Augen, die Augen betrachteten. Augen zu sehen, indem man Augen gebrauchte. Die Wunde war in ihrem Innern. Und die hatte kein Spiegelbild. Mitten in einem Streit hatte Gerry einmal zu ihr gesagt, er glaube nicht an Seelen, falls sie aber zufällig doch existierten, wäre ihre wie ein Rasiermesser. Dazu habe die katholische Kirche sie gemacht, sagte er. Unbeugsam, engstirnig, imstande, furchtbaren Schaden anzurichten, indem sie sich an Regeln und Systeme klammere. Aber sie hatte ihm grundlegend widersprochen. Ihm gesagt, wenn sie überhaupt ein guter Mensch sei, dann aufgrund ihrer Religion. Wenn sie überhaupt einen Sinn für Recht und Gerechtigkeit, einen Begriff von Gleichheit habe, dann aufgrund der Kirche. Sie war von den Vertretern der Kirche, von ihren Eltern und ihren Lehrerinnen erzogen worden, von Menschen, die sie liebte und denen sie vertraute, Menschen, die ihr die Liebe zu anderen und die Liebe zu Christus eingeflößt hatten. Das alles war so einfach, dass ein Kind es begreifen konnte, so vollkommen zwingend, weil es ihrer natürlichen Liebesfähigkeit entsprang. Es hatte nichts mit Philosophie oder Intellekt zu tun. Ihre Religion war der große Gleichmacher. In der Messe konnte man mit Menschen anderer Hautfarbe, Rasse oder Intelligenz auf ein und derselben Kirchenbank sitzen – einer Professorin, einer Schauspielerin, einem Landarbeiter oder einem erwerbsunfähigen Hohlkopf – und wusste doch mit absoluter Sicherheit, dass sie in den Augen Gottes alle gleich waren. Und was immer sie an Güte und Großzügigkeit besaß, stammte aus jenen frühen Quellen. Da war kein Platz für Dünkel oder Hass jedweder Art. Abgesehen von der «Behandlung deines eigenen schönen Geschlechts», wie Gerry immer sagte. Andere Eigenschaften – ihr Gefühl der Resignation, ihre Fähigkeit, Liebe zu absorbieren und weiterzuverbreiten, ihre Ruhe, ihr Stoizismus, ihre Demut. Worauf ihr Mann stets entgegnete: Welcher Mensch bei klarem Verstand würde mit seiner Demut prahlen? Solche Dinge, erwiderte Stella, ließen sich sagen zwischen Menschen, die einander lieben. Ihre Kirche sei ihr Ein und Alles. Wie bei jeder menschlichen Einrichtung gebe es schwarze Schafe oder faule Äpfel. Der Garten Eden sei eine Metapher für eine Gegend und eine Völkerschaft, aber man könne seinen Hintern darauf verwetten, dass ein Prozentsatz jener dazugehöre, die sich erotisch zum eigenen Geschlecht hingezogen fühlten. In diesem Kontext, sagte Gerry, sei «Hintern» nicht schlecht gewählt. Männer *und* Frauen, lautete Stellas Antwort. In Eden habe es keinen Gärtner gegeben. Ja, es habe gar kein Eden gegeben.

Aber wenn man bei der Metapher bleibe, so müsse ein Teil Unserer Ersten Eltern der Gärtner gewesen sein und der andere die Blume. Worauf Gerry unweigerlich hinzufügte: «Und der Apfel war ein fauler Apfel.»

Sie wurde sich eines Geräusches bewusst, dass sie gut kannte – eine Art Knurren. Sie blickte über die Schulter, und da schob sich Gerry in ihr Gesichtsfeld.

«In der ganzen verdammten Halle gibt's nicht einen Abfalleimer.»

«In die Abfalleimer legen die Leute Bomben», sagte Stella. «Deshalb gibt's keine. Hat mit Sicherheit zu tun.»

«Leider habe ich im Moment keine Bombe dabei.»

«Geh zum Abflugbereich, zur Sicherheitskontrolle. Da gibt's einen Mülleimer für Leergut.»

Gerry zuckte die Achseln und wankte davon. Als Stella ihm nachblickte, sah sie, wie er, die Augen auf der Suche nach Hinweisen auf den Abflugbereich nach oben gerichtet, an einem Abfallbehälter vorbeiging.

Das Reisenecessaire vor ihr war noch geöffnet. Sie nahm ihre Augentropfen heraus und schraubte den Verschluss auf. Sie legte ihre Brille beiseite und lehnte den Kopf zurück. Ihre Ellbogen fuhren fast reflexartig in die Höhe. Dies musste zehn-, zwanzigmal am Tag getan werden – tagein, tagaus. Sie starrte zu den hohen Metallsparren der Abfertigungshalle empor und drückte das kleine Plastikfläschchen zusammen. Nichts. Dann, als sie am wenigsten damit rechnete, der kalte Spritzer in ihr linkes Auge. Unwillkürliches Zwinkern. Das Gleiche mit dem rechten Auge. Unwillkürliches Zwinkern. Diesmal ein Tränenüberschuss, der ihr über die Wange lief. Sie wässerte ihre Augen, als wären es Blumen. Sah nach ihnen. Nachdem sie gesehen hatten. Gerry wird der Urheber von Tränen sein, noch ehe die Nacht zu Ende geht, so wie er sich aufführt. Eben auf der Toilette hatte sie geweint, und als sie sich daran erinnerte, fühlte sie sich in den Flughafen von Glasgow zurückversetzt, wo sie sich von ihrem Sohn und ihrem neuen Enkel verabschiedet hatte. Und natürlich von Danielle. In der Zeit vor dem Syndrom des trockenen Auges konnte sie weinen wie nur irgendeine. In jenem ersten Sommer, als die Kanadier Glasgow besuchten, hatten sie Glück mit dem Wetter gehabt – fast eine Hitzewelle –, und als sie auf die seichter gewordenen Flüsse hinabblickten, hatten die Brückengeländer unter ihren Armen sich heiß angefühlt. Auch abends war die Luft noch warm, und die Leute saßen in T-Shirts vor ihren Häusern. Für Wespen war es noch zu früh, und so war es eine Wonne, im Freien zu picknicken. Das Baby weinte viel, und sie hatte ein Bild von Gerry vor Augen, wie er den Sportkinderwagen oder Buggy, so nannten ihn die Kanadier, im Botanischen Garten hin und her schob, als würde er den Rasen mähen. Auf und ab, auf und ab, bis das Baby eingeschlummert und das Gras voller Reifenspuren war. Und als es galt, am Flughafen Abschied zu nehmen, war es für Stella durchaus denkbar, dass dies das letzte Mal war, dass sie einander sehen würden. Ein Unglück oder etwas Unvorhergesehenes und Tragisches würde geschehen, bevor sie sich wieder begegneten. Einmal waren Gerry und sie zu den Cliffs of Moher gefahren, den höchsten Klippen Irlands, die über den Atlantik ragen. In den Jahren der Großen Hungersnot waren ganze Familien an diese Stelle gepilgert, um einen letzten Blick auf das Segelschiff zu erhaschen, das ihre Angehörigen für immer an einen besseren Ort entführte. Migranten. Exilanten. Dass Michael und seine Familie mit dem Flugzeug reisten, erleichterte den Abschied keineswegs. Sie wusste, dass sie telefonisch in Kontakt bleiben konnten – die Zeit der Telefonate zu drei Pfund die Minute war lange vorbei. Und es war die Zeit, als das Pfund noch etwas wert gewesen war. Nichts davon machte einen Unterschied. Was Stella vermisste, war die Erziehung, die alltägliche Plackerei der Liebesrituale: Babysitten, Baden, Vorlesen, Umarmen, Schmusen, die schiere Körperlichkeit von alledem. Die ersten Wörter. Die ersten Schritte. Das Bedürfnis, involviert zu sein und Großmutter genannt zu werden. Selbstverständlich flogen Stella und Gerry zwischendurch nach Kanada, aber das war nicht das Gleiche. Bei derartigen Besuchen trat Höflichkeit dazwischen. Danielle musste respektiert werden. Lippen mussten versiegelt bleiben. Sie schraubte den Verschluss auf den Augentropfer und wischte sich mit einem Papiertaschentuch die Wangen ab. Inzwischen wieder klarsichtig, hielt sie Ausschau nach Gerry.

Schließlich kam er mit leeren Händen zurück und setzte sich auf den Stuhl neben ihr. Lange sagte er nichts. Sie sah ihn nicht an, sondern nestelte an ihren Armbändern herum.

«Und?»

«Und was?»

«Was willst du damit sagen?»

«Wenn wir nach Hause kommen», sagte sie, «bieten wir die Wohnung zum Verkauf an. Dann besorge ich mir eine Wohnung für mich allein.» Gerrys Hände waren leer. Er flocht seine Finger ineinander und straffte sie, bis seine Knöchel weiß hervortraten.

«Du solltest lieber bis zum Sommer warten», sagte er. «Dann erzielst du einen besseren Preis.»

«Auch die Wohnung, die ich mir kaufe, wird zu Sommerpreisen angeboten werden.»

Wieder trat Schweigen ein. Gerry ließ den Kopf sinken. Sein Kinn ruhte auf seiner Brust, und sie überlegte, ob er eingenickt war.

«Es ist ein bisschen verfrüht, die jetzt schon überzustreifen», sagte seine Stimme, ohne dass er den Kopf hob.

«Was meinst du?»

«Die Armbinden. Der Flug hat Verspätung», sagte er.

«Wegen des Schnees?»

«Ich bin nicht Sherlock Holmes, aber ich würde sagen, das ist eine ziemlich plausible Vermutung. Für Erklärungen ist auf den Monitoren kein Platz.»

«Womöglich sitzen wir die ganze Nacht hier fest», sagte Stella. Sie zog die Armbänder wieder ab. Gerry richtete sich auf, saß jetzt wie ein wacher Mann da und sagte: «Eine ganze Menge von denen hat Verspätung.»

Sie blickte hinaus auf den fallenden Schnee.

«Es wird immer schlimmer. Vielleicht sollten wir durch die Sicherheitskontrolle gehen und am Flugsteig warten. Falls wir einschlafen, fliegen sie womöglich ohne uns ab.»

«Womöglich? Die würden ganz bestimmt ohne uns abfliegen.»

Stella stand auf und wartete auf Gerry. Er seufzte und rappelte sich hoch.

«Du kennst den Weg», sagte sie. «Den Weg der leeren Flasche.»

Sie gingen los – er etwas wackelig auf den Beinen, sie mit einem Auge auf die Ausschilderung der Entfernung, die sie noch zurücklegen mussten.

«Bist du sicher, dass du gehen kannst?», fragte sie. «Vielleicht sollten wir uns von dem Sikh in seinem Wägelchen mitnehmen lassen.»

«Du wirst nichts dergleichen tun.»

Vor der Sicherheitskontrolle hatten sich kilometerlange Schlangen gebildet, die sich wieder und wieder um hundertachtzig Grad drehten wie ein zusammengelegter Feuerwehrschlauch. Es würde ewig dauern, durch die Kontrolle zu gelangen. Als sie sich durch das Labyrinth schlängelten, kam Gerry über die Absperrbänder hinweg auf Augenhöhe mit einer attraktiven jungen Frau. Mehrere Male. Er versuchte, sie in ein Gespräch über den Blizzard zu verwickeln, doch sie schaute jedes Mal weg. Vielleicht spricht sie ja kein Englisch, schlug Stella vor. Als die Frau und er das nächste Mal nebeneinander zu stehen kamen, hinderte ihn Stella mit einem scharfen Blick daran, sich mit ihr zu unterhalten. Nicht, weil sie eine attraktive Frau, sondern weil er eine Nervensäge sei, sagte sie.

Flachbildschirme zeigten ihnen, was von ihnen verlangt wurde – Jacken ausziehen, Laptops hervorholen, Hosentaschen leeren, was sie mit Gels, Cremes, Zahnpasta tun sollten. Schließlich schafften sie es zu den Röntgengeräten.

An einer Aluminiumbank trafen sie wieder zusammen und brachen in Richtung ihres Flugsteigs auf.

«Das war lächerlich unkompliziert», sagte Gerry. «Ich wollte dem Mann schon sagen, ich hätte eine Halbflasche im Körper versteckt.» Er deutete in seinen Mund. «Aber ich hab's mir anders überlegt.»

Am Flugsteig gab es eine Menge Leute – und trotzdem noch einige leere Sitzplätze. In einer Ecke fanden sie einen Stuhl, von dem aus man in die Nacht hinausblicken konnte, und Stella setzte sich. Gerry stand schwankend vor ihr.

«Ich möchte mich ausstrecken», sagte er.

«Du kannst nicht gleich drei Sitze in Beschlag nehmen.»

Er legte seine Umhängetasche als Kissen auf den mit Teppich belegten Boden und ließ sich zu Stellas Füßen nieder. Fast augenblicklich begann er zu schnarchen. Eine Frau, die eine deutsche Zeitung las, sah sich nach der Quelle des Geräusches um. Stella lächelte ihr zu, aber sie reagierte nicht. Nach einer

Weile streckte sie ihre Schuhspitze aus und gab Gerry einen kleinen Stoß. Er zeigte keine Wirkung. Sie stupste ihn fester an – dann trat sie ihn fast. Er hörte auf zu schnarchen und wälzte sich, ohne aufzuwachen, auf die andere Seite. Die Deutsche schüttelte ihre Zeitung aus und blickte erneut zu Stella herüber. Allmählich setzten die Schnarchgeräusche wieder ein. Die Deutsche holte ein iPod hervor und steckte sich Ohrenstöpsel in die Ohren.

Stella öffnete ein Fach ihrer Handtasche und nahm ein englisches Kreuzworträtsel heraus, das sie in dem Restaurant am Amstelkanaal aus einer Zeitung herausgerissen hatte. Es war das einzige, das ihr geblieben war. Sie benötigte etwa eine halbe Stunde, um es zu lösen, danach wollte sie ihre Beine ausstrecken. Aber sie hatte Angst, dass ihre Handtasche verschwand oder für Aufregung sorgte. Sie schob sie dichter an Gerry heran.

Sie ging zur nächsten Anzeigetafel. Ein Vielfaches an «*Delayed*»-Vermerken war übereinandergeschichtet. Sie hatten Glück, dass sie keinen Anschlussflug erreichen mussten. Auch hatten sie keinen besonderen Grund, schnellstmöglich wieder zu Hause zu sein. Es war nur der Verdruss des Wartens, die Enttäuschung über die Verzögerung.

Inzwischen hatte sich eine größere Menschenmenge eingefunden. Nahezu alle Sitzplätze waren belegt. Leute saßen auf dem Fußboden. Kinder schliefen auf Mänteln, die wie Matratzen ausgebreitet waren. Stella lächelte ein kleines Mädchen an, das am Daumen lutschte und zu ihr aufstarrte. Sie staunte über die Dreistigkeit kleiner Kinder – die Art, wie sie einen kritisch musterten. Ohne sich ihrer mangelnden Höflichkeit, ihrer Anstößigkeit, ihrer selbst bewusst zu sein. Neben dem Mädchen saß die Mutter, deren Hand sich nach unten verirrt hatte und die Haare im Nacken des Kindes liebkoste. Und auf dem Stuhl neben ihr, leicht gespreizt, saß eine Großmuttergestalt, die redete, redete, redete. Drei Generationen.

Ebenso gut konnte sie auch Informationen einholen. Vor dem Tresen der Fluggesellschaft hatte sich eine lange Schlange gebildet. Stella schloss sich ihr an. Die armen jungen Frauen in Uniform wurden ganz schön auf Trab gehalten. Als sie fragte, wie groß die Verspätung sein werde, schaute die Frau über die Schulter auf den Schnee – als wollte sie sagen, ich bin genauso schlau wie Sie. Dutzende Flüge seien verspätet oder annulliert, sagte sie, und zu allem Übel seien auch noch die spanischen Fluglotsen in Streik getreten. Überall Schnee, in Großbritannien und in Deutschland. Hier in Schiphol setze die Flughafenbehörde Schneepflüge ein, um die Startbahnen zu räumen. Für den Abend seien weitere schwere Schneefälle und Glatteis vorausgesagt. Es entstand eine Pause. Die blau uniformierte Frau zuckte leicht die Achseln. Sie lächelten einander an, und Stella wandte sich ab und ging davon.

Sie ging den mittleren Gang mit den Fahrsteigen entlang, die in entgegengesetzte Richtungen führten, und sah ein Leuchtschild, das auf ein *Meditation Centre* verwies, widerstand jedoch der Versuchung. Auf anderen Flughäfen hatte sie solche Stätten aufgesucht. Die Religion des kleinsten gemeinsamen Nenners. Gebetsteppiche zu vermieten. Ein Bild des heiligen Herzens Jesu, das in einem Schränkchen verwahrt wurde. Ein Schild: «Betgewänder für Frauen sind in diesem Kleiderschrank verstaut.» Und Gott weiß was noch. So ging sie denn zu den Geschäften. Draußen schleuderte der Wind dichten Schnee gegen das Gebäude.

Leute blieben stehen und lauschten einer langen Ansage auf Holländisch, auf die missmutiges Gemurmel folgte. Einige verdrehten die Augen, andere schüttelten den Kopf. Eine Übersetzung ins Englische besagte, die Wetterbedingungen seien so ungünstig, dass auf absehbare Zeit der gesamte Flugverkehr zum Erliegen komme. Man werde die Fluggäste über die Entwicklungen auf dem Laufenden halten, an diesem Abend jedoch würden keine Flugzeuge mehr landen oder starten. Nun war es an den Englischsprechern, zu murren und Gesichter zu schneiden. Eine Frau begann laut zu weinen. Stella zuckte die Schultern und fuhr fort, in Zeitschriften zu blättern. Die Ansage wurde in anderen Sprachen wiederholt. Sie sollte Gerry Bescheid geben – ihm die schlechte Nachricht überbringen.

Sie trat den Rückweg zu der Stelle an, wo er lag. Natürlich war ihr Sitzplatz in Beschlag genommen worden – von einem alten Mann mit einer roten Baseballkappe, der fest schlief. In ihrer Abwesenheit hatte Gerry sich mit dem Gesicht zur Wand gedreht. Stella kniete, öffnete ihren Kabinenkoffer und entnahm ihm den Roman, den sie gerade las. Bevor sie wieder ging, kauerte sie nieder und schüttelte seine Schulter.

«Gerry.»

Als sie seinen Namen zum dritten Mal gerufen hatte, schlug er die Augen auf und blickte zu ihr hoch.

«Wir kommen heute Abend nicht mehr weg», sagte sie. «Sämtliche Flüge sind annulliert. Du kannst also weiterschlafen. Behalte das Gepäck im Auge.» Sie richtete sich auf, wobei sie sich auf die Armlehne des Stuhls stützte, den sie dem alten Mann mit der roten Baseballkappe hatte abtreten müssen. Dann schlenderte sie davon.

Sie kam zu einem Gate mit nur schwacher Beleuchtung und ohne Flugzielanzeige. Es gab eine gewisse Anzahl Leute von anderen, überfüllten Flugsteigen, die hierher ausgewichen waren, trotzdem waren noch Sitzplätze frei, und der Bereich schien um einiges ruhiger. Es war dunkel und warm. Ob die Beleuchtung abgeschwächt war, um darauf hinzuweisen, dass der Flugsteig im Augenblick nicht benutzt wurde, oder ob eine Sicherung durchgebrannt und der Flugsteig außer Betrieb war – sie wusste es nicht. Sie nahm Platz. Die Sitze links und rechts von ihr waren leer. Zwei oder drei Personen hatten sich auf anderen Sitzen ausgestreckt und schliefen. Sie konnte nicht erkennen, ob es Männer oder Frauen waren, da sie die Schuhe ausgezogen hatten und ihre Köpfe halb verdeckt waren – sei es von Ellbogen oder von Tüchern. Sie streckte die Beine aus, kreuzte die Füße und spürte, wie komfortabel der Sitz war, wie schmiegsam die Rückenlehne. Besser als jedes *Meditation Centre*. Sie versuchte zu lesen, aber das trübe Licht war ein Problem. Schließlich gab sie auf. Die partielle Dunkelheit ließ die Welt draußen sichtbarer werden. Es fiel noch immer Schnee, schräg und lautlos.

Sie versuchte die Augen zu schließen, und verschränkte die Arme als Ballast. Im Sitzen zu schlafen war eine Fähigkeit, die ihre Mutter in vorgerücktem Alter wegen eines Zwerchfell-bruchs entwickelt hatte. Eine Fähigkeit, die Stella abging. Während einer Predigt konnte sie dösen und tat es häufig auch, aber das war eher eine Schlafstörung als Schlaf. Das lang-same Wegsacken des Kopfes, dann das jähe Aufschrecken, wenn ihr Kopf zu weit nach vorn gesunken war. Die Unfähig-keit, zu erraten, wovon der Priester gerade redete, wenn sie hochfuhr. Ohne die Augen aufzuschlagen, sprach sie ein Gebet für ihre Eltern – dass beide mit Frieden liegen mochten. Das war eine Redewendung ihres Vaters, wenn sie, als Kind, zu ihm ins Bett gekrochen kam. Verzog sie auch nur eine Augenbraue, sagte er: «Liege mit Frieden.» Schlief sie? Hatte sie den ganzen Albtraum der *béguinage* nur geträumt? Sie neigte sich zur Seite und stützte ihren Ellbogen auf die Armlehne des Sitzes, dann schmiegte sie den Kopf in ihre Hand. Die Augen noch geschlossen. Sie driftete. Der heutige Tag war eine Sackgasse gewesen. Der ganze Urlaub war eine Sackgasse gewesen. Die Substanz dessen, was sie sich erhofft hatte, war zerschmolzen – eine Schneeflocke, die ihre Zunge berührte. Dass sie sich auf Dinge verlassen hatte, die sie nicht selbst gesehen hatte. Wie anders der Aufbruch und die Heimkehr! In der Grundschule hatte Master Ryan sie mit feststehenden Redewendungen ausgestattet, die sie in ihren Aufsätzen benutzen sollten. Zuerst wischte er die Tafel ab. Wenn die Sonne schien, sahen alle, wie der Kreidestaub in der Luft wirbelte. In seiner makellosen Handschrift schrieb er: «Wörter und Wendungen.» Besonders gut war ihr «Ein Spaziergang auf dem Lande» in Erinnerung. Die Kreide quietschte, wenn er schrieb, und wenn es um Punkte und Kommata ging, klickte und knackte sie an der Tafel. Um den Lärm, den er machte, zu übertönen, musste er seine Stimme erheben. «Ich schreibe diese Wendungen hin, um euch zu helfen. Ich will sehen, dass ihr sie auch wirklich benutzt. Aber es sitzen einige Leute in dieser Klasse, die glauben, sie können's besser. Stimmt's, Geraldine Kearney?» Das hatte zur Folge, dass viele der Aufsätze einander glichen. Kinder «standen in aller Frühe auf» und «machten sich ausgelassen auf den Weg in die Berge oder Wälder», ihre Mütter «packten ihnen Eiersandwiches ein». Unterwegs begegneten alle demselben Schäfer, der sie warnte, den Esel nicht zu überhören, «der in der Ferne schrie». Das sei «ein sicheres Anzeichen für Regen». Doch als sie sich eben ihren «Schmaus im Freien schmecken lassen wollten», war «das erste Donnergrollen zu hören», was zur Folge hatte, dass «wir unter einem anderen Himmel heimkehrten als dem, der Zeuge unseres Aufbruchs gewesen war». Derlei Wendungen identifizierten den Lehrer und die Schule, die das Kind besucht hatte. Schwester Marie-Therese, die im ersten Jahr des Gymnasiums Englisch unterrichtete, gab die korrigierten Aufsätze zurück und fragte: «Und wie geht's Master Ryan in letzter Zeit?»

Allmählich nahm der Lärm im Flughafengebäude ab. Er kam und ging wie ein Rundfunksender bei schlechtem Empfang. Wie früher – vor der Ankunft all des digitalen Zeugs. Aber geändert hatte sich eigentlich nichts. Sie stellte gern einen bestimmten Sender ein, bei dem sie bleiben wollte, aber Gerry fummelte herum, wechselte zu Radio 3 und war eigennützig genug, nicht wieder die Station einzustellen, die er vorgefunden hatte. Genau wie mit dem Wasserkessel. Wenn sie den Kessel geleert hatte, füllte sie ihn zugunsten der nächsten Person gleich wieder auf. Das war ausnahmslos Gerry. Vielleicht war es ja auch ihr Gehör, das kam und ging. Höhlenechos, ein weinendes Kind, Klingeltöne, Lautsprecheransagen – obwohl schwer zu sagen war, ob diese auf Holländisch oder auf Englisch erfolgten. So wie es ihr schwerfiel, Traum und Wirklichkeit zu unterscheiden. Eine Angst beschlich sie. Ihr Kopf war zu schwer, um zu schlafen. Sie war müde – zutiefst müde. Es fühlte sich an wie die Müdigkeit eines ganzen Lebens. Abgesehen vom anstrengenden Lehrerberuf war da jede Windel, die sie gewaschen, jede Mahlzeit, die sie gekocht, jedes Hemd, das sie gebügelt, jeder Fußboden, den sie gesaugt hatte. Das alles schien sich in genau diesem Moment in ihren Knochen bemerkbar zu machen. Dass Gerry ernstlich zu trinken begann, griff sie an, machte sie nervös, flößte ihr Gedanken ein, auf die sie nicht stolz war. Aber nicht nur das, die Erinnerungen an die Schießerei. Dass sie das alles dieser Frau, Kathleen, anvertraut hatte. Es war zu viel in so kurzer Zeit gewesen. Sie presste die Augen zusammen in der Hoffnung, schlafen zu können, aber es war sinnlos. Schlaf hatte mit Entspannung zu tun, nicht mit Spannung. Sie versuchte auf andere Gedanken zu kommen, doch jedes Mal kehrte sie irgendwann wieder zu dem Tag in Belfast zurück. Es war ein Tag von der Art, wie er sich dort nicht sehr oft einstellte – *als ich im Sterben lag*. Sonnig und heiß – der Himmel blau, mit weißen Wolken, die am Horizont entlangtrieben. Dieser Gedankengang brachte sie zu sehr in Gefahr. Sie sollte an andere Dinge denken. Tage wie diesen hatte es auch in ihrer Kindheit gegeben – Julitage, wenn im Sonnenschein der Teer auf den Straßen aufweichte. Und sein wunderbarer Geruch. Sie war gewarnt worden, nicht damit zu spielen. Das war eine gute Ablenkung, ein guter Schutzschild. Und sie erinnerte sich an ihre Mutter und deren Gebrüll: «Dieses Schwarz geht nie wieder aus den Kleidern raus, egal wie oft man sie wäscht.» Alles wurde in der Zinkwanne auf dem Herd gekocht. Die Kleider bauschten sich auf, der Holzlöffel drückte sie wieder hinunter. Drückte die Luft aus ihnen heraus. Die warme Küche von Seifengeruch erfüllt. Mit einem Lutscherstiel hatte sie im Straßenteer herumgestochert, ihn wie steifen Sirup hin und her geschoben. Im Rinnstein gekauert. Das Flimmern der Luft über der schwarzen Oberfläche gesehen. Düsteres Zeug. Gefährlich. Zu nahe dran. Aber sie hatte den dunklen Geruch geliebt. Es blieb an ihren Händen kleben, und natürlich wischte sie sich die Hände an dem ab, was sie auf dem Leib trug, was nicht viel war, eine solche Affenhitze hatte an dem Tag geherrscht. «Wie kannst du es wagen, in diesem Zustand hier hereinzukommen!», hatte ihre Mutter geschrien. «Die Sachen wandern sofort in den Mülleimer. Der Teer würde alles andere in der Wäsche verdrecken.» William Faulkners *Als ich im Sterben lag* – so etwas konnte man nicht erfinden. Ein seltsames, großartiges Buch, das sie gerade wieder gelesen hatte. Nicht zu verwechseln mit Brian

Faulkner – dem damaligen Premierminister. In den frühen Siebzigern, als der Krieg am ärgsten gewütet hatte. Vielleicht sollte sie sich wieder dem schwarzen Zeug zuwenden. Das schwarze Zeug und das Kochen von Kleidern war ungefährlich. Etwas, was sie erstaunte, war die Schärfe der Erinnerung an die Ereignisse kurz vor dem Hauptereignis. Wie bewerkstelligte es das nur, das Gedächtnis? Details auszuwählen und in Erinnerung zu behalten, ohne um die Schrecklichkeit dessen zu wissen, was da kommen sollte? Es musste eine Art Fixiermittel geben, welches das Gehirn festigte. Sie hatte ein weißes Sommerkleid und vorne offene Sandalen getragen. Eine Variante der A-Linie war nach wie vor aktuell und machte ihren Zustand etwas weniger offensichtlich. Ihr missfiel die Idee, zu prahlen – selbst mit etwas so Natürlichem wie einem Baby. Inzwischen aber war es allzu offensichtlich – die Art, wie sie alles vor sich hertrug. Der Tag zu heiß für Strumpfhosen. In der Schwangerenberatungsstelle war ihr gesagt worden, einige Mütter seien dankbar für eine Winterschwangerschaft, weil die Körpertemperatur in ihrem Zustand tatsächlich anstieg – als trügen sie eine Wärmflasche um die Taille. Und bis zu diesem Tag erinnerte sie sich daran, dass sie sich ausgemalt hatte, wie ihr Leben sich verändern würde. Ich werde Mutter, und ich werde mitten in der Nacht aufstehen, und ich werde stillen, und es wird eine große Freude sein. Und Gerry wird sich ach! so mitfühlend im Schlaf umdrehen. Mir vielleicht das Frühstück-ans-Bett bringen, bevor er zur Arbeit geht. Das war ein einziges Wort – Frühstück-ans-Bett –, ein so seltenes Vorkommnis, dass es die Zusammenschreibung erforderte. Ein reines Hirngespinst, wie sich herausstellte. *Als ich im Sterben lag* – als sie den Roman in ihrem Schulabschlussjahr zum ersten Mal gelesen hatte, war sie verwirrt gewesen. Samtliche Kapitel waren mit etwas Merkwürdigem wie Darl oder Jewel überschrieben und aus der Ich-Perspektive erzählt, und sie fasste sie – idiotischerweise, wie sie hinterher dachte – als Gedanken ein und derselben Person, ein und desselben Ichs auf. Tatsächlich waren es die Gedanken verschiedener Figuren namens Darl oder Jewel. Dauernd musste sie vor- und zurückblättern – was geht eigentlich vor? –, bis sie endlich begriff, was geschah. Sie hätte sich in den Hintern beißen können. Sie war eben zur Bücherei gegangen, um *Als ich im Sterben lag* zurückbringen, zusammen mit zwei oder drei anderen Büchern, an die sie sich nicht mehr erinnern konnte. Vermutlich Ratschläge zu Geburt und Mutterschaft. Vielleicht Dr. Spock. *HABEN SIE VERTRAUEN ZU SICH SELBST. Sie wissen nämlich mehr, als Sie sich selbst zutrauen.* Und jetzt ging sie zur Metzgerei an der Kreuzung. Würstchen, Koteletts, vielleicht etwas Kalbsleber, falls vorhanden. Sie hatte die Gewohnheit entwickelt, einen Wochenvorrat an Fleisch einzukaufen und es im Kühlschrank aufzubewahren, um sich einen nochmaligen Gang zu den weit entfernten Läden zu ersparen. Zumal in ihrem jetzigen Zustand. Zumal während einer Hitzewelle. Die Metzgerei lag neben Madden's, der Gemüsehandlung, wo sie Kartoffeln, einen Wirsing und Rote Bete erstehen würde, die Gerry sehr gern mochte. Ein Geschmack nach Erde, sagte er. Und alles war nach Plan verlaufen, und mit dem alten Trevor hatte sie viel Spaß gehabt – wie er ihr die Rote Bete überreichte, sich dabei bückte und verbeugte und Kratzfüße machte, als böte er goldene Äpfel feil. Und wie sie es ihm nachtat, als sie sie entgegennahm, sich ebenfalls verneigte und Kratzfüße machte, als wären es silberne Äpfel. Während der alte Metzger die Fleischsorten getrennt in Hüllen aus grauem Saugpapier einwickelte und sie dann gemeinsam in braunem Papier verpackte, plänkelte er mit einem seiner jungen Gehilfen, der, dem Geräusch nach zu urteilen, im Hinterraum Messer schärfte. Er erklärte, er erhole sich gerade von einer Schulterverletzung – behauptete, zwar könne er die Bänder seines Kittels zubinden, aber er sei verdammt, wenn es ihm gelänge, morgens seinen BH anzulegen. Und sie lachte über seine Verrenkungen, als er versuchte ihr seine Defizite zu demonstrieren – und sein Scheitern. Und dann ging's wieder hinaus auf die Kreuzung, in den tosenden Verkehr und den Hitzeschleier über dem Asphalt, von wo das Auge das Graugrün der Hügel in der Ferne sehen konnte. Die Luft flirrte, so heiß war es. Und der Ampel, die nach Andersonstown führte, näherte sich ein Fahrzeug mit britischen Soldaten, bevor es auf ihrer Straßenseite anhielt. Und dann geschah etwas. Auf einem Fußgängerüberweg überquert sie die Straße, als sie getroffen wird. Es fühlt sich an wie ein Auto. Aber wie hätte das geschehen können? Die Ampel hatte doch auf Rot gestanden. Mitten am Tag ein Betrunkener? Fahrlässigkeit am Steuer? Sie hatte das Gefühl, rennen zu müssen. Etwas in ihr, ihre ureigenste Natur, sagte: *Renn!* Und sie rannte, ihren Einkaufskorb umklammernd. Sie wusste nicht, wie lange sie gerannt war, wie viele Schritte, doch aus irgendeinem Grund wurde aus dem Rennen ein Fallen, und schon lag sie auf dem Boden – war der Länge nach hingestürzt, auf dem Bürgersteig aufgeschlagen – auf ihrem Babybauch – und irgendwie war sie außerstande, sich umzudrehen, ihre Knie nachzuprüfen, um zu sehen, ob sie sich die Haut aufgeschürft hatte oder nicht. Es war wie das «Einhalten der Tränen» als Kind. Sturz und Aufprall waren so heftig, dass ihre Hände brannten und ihre Knie bluteten, aber sie durfte nicht weinen, ganz gleich, was geschah, und so rannte sie nach Hause zu ihrer Mutter und hielt die Tränen ein, und erst wenn ihre Mutter die Hände auf sie legte und ihr Gesicht an ihres drückte, stürzten die Tränen aus ihr heraus. Doch ihre Mutter war schon vor Jahren gestorben, und sie, die

Tochter, etwa sechzig Kilometer von dem Haus entfernt, in dem sie aufgewachsen war, und sie konnte nicht verstehen, weshalb sie hier lag. Ausgespreizt. Das war das richtige Wort. Sie lag ausgespreizt auf dem Boden, auf der Wölbung, die aus ihr herausgewachsen war. Außerstande, ihre Knie nachzuprüfen. Und sie war konfus. Sie glaubte, einige Kinder hätten mit Zündplättchenpistolen gespielt. Äußerste Konfusion. Aber die hätten doch in der Schule sein müssen. In ihrem Klassenzimmer, den Blick auf die Tafel gerichtet. Dann fiel ihr ein, dass ja Sommerferien waren. Pap, pap, pap, pappa. Vor ihrem Gesicht lag ihr Korb, und in dem Bastgeflecht war ein Loch, das vorher noch nicht da gewesen war, und etwas sickerte heraus und bildete ein Rinnsal – das wegen des abfallenden Geländes auf sie zurieselte. Etwas musste aufgeplatzt sein, als sie stürzte – die Rote Bete oder die Leber –, denn die Flüssigkeit hatte einen Farbton zwischen Rotbraun und Blaurot. Und sie fühlte sich nass an. War ihre Fruchtblase geplatzt? Sie fragte sich, ob sie ihren Arm bewegen konnte. Zu ihrer Verwunderung bewegte er sich, als sie ihm den Befehl dazu erteilte. Mit den Fingern tastete sie sich bis zur Taille vor. Sie war eindeutig durchnässt. In ihrem Schwangerschaftskurs hatten sie den Abgang des Fruchtwassers durchgenommen. Auf Englisch klang das wie ein Volkslied. *The Breaking of the Waters.* Wie Thomas Moores *The Meeting of the Waters.* Sie liebte die irischen Balladen und Balladensängerinnen. Es gab da eine Ballade – *Molly Bawn* – über eine Frau, die von ihrem Geliebten erschossen wird, weil er sie mit einem Schwan verwechselt. Wegen ihrer weißen Schürze. Und wegen des Einbruchs der Dunkelheit. Ein kurzer Blick aus den Augenwinkeln. Wie ein Warnsignal die Blume eines Kaninchens. Und er wirbelt herum und schießt. Ihre Glieder wurden schwach. Dennoch gelang es ihr, die Hand ans Gesicht zu führen, und es war Blut. Jesus, Maria und Josef, da unten stimmte irgendetwas nicht. Vielleicht war auf sie geschossen worden, so wie auf Molly Bawn, und sie würde sterben. Ein Akt der Reue. *Mein Gott, aus ganzem Herzen bereue ich.* Man sollte meinen, so etwas wüsste man. Vielleicht war sie durch ihren Korb angeschossen worden. Durch ihren «Brotkorb», ihren verdammten Bauch, geschossen worden. In der Zeitung hatte sie von einem katholischen Jungen gelesen, der in der Antrim Road aus einem vorbeifahrenden Auto heraus angeschossen worden und noch eine halbe Meile bis zur Ponsonby Avenue gerannt war, bevor er tot umfiel. Pap, pap, pap. Irgendwo weinte ein Baby, ein noch ganz junges Baby, dem Klang nach einen Tag alt, das bläkte, bis es rot im Gesicht wurde – mäh, mäh, mäh –, die Quäklaute in rascher Abfolge, einer nach dem anderen, mitten im Verkehrslärm, mitten im Geheul eines Motorrads – und sie dachte: Ist das mein Baby? Habe ich ein Kind geboren, ich, die ich hier im Sterben liege? Ist es irgendwie aus mir herausgeglitten, ohne dass ich es gemerkt habe? Herr, erbarme dich. So war das eigentlich nicht vorgesehen. Sie hatte an Kursen teilgenommen, und davon war nie die Rede gewesen. Der Bürgersteig war rau und drückte gegen ihre Wange. Bewegungsunfähigkeit. Bis auf das Zittern. Zittern war ein Leichtes. Ihr Magen wurde mit einem Metallschwamm gescheuert. Mit dergleichen hatte ihre Mutter angebrannte Töpfe gereinigt. Dergleichen hatte sie im Englischunterricht angeführt. Ein Oxymoron – Härte und Weichheit. Stahlwolle. Sie lag an einer niedrigen Mauer, einer Einfassungsmauer aus roten Ziegelsteinen, die kniehoch gewesen wäre, wenn sie oder jemand anderes aufrecht gestanden hätte. Es war ein Supermarkt, und aus einem Spalt im Boden direkt vor ihrem Gesicht, wo ihre Handtasche in der Sommerhitze schmorte, wuchs ein Büschel Löwenzahn. Zwei gelbe Pusteblumen, in Blüte oder noch in Knospe. Und eine weitere mit grauen Fusseln – bereit, in alle Winde verstreut zu werden. Blieb ihr noch Zeit? Ihrem Baby? Und Gott allein wusste, wo ihr Kleid war. Es mochte ihr bis zum Nacken hochgerutscht sein. Auf der anderen Seite der Mauer lag ein Soldat flach auf dem Boden. Sie konnte sich nicht vorstellen, dass er ihr von seiner Position aus unters Kleid schauen konnte. Er brüllte ihr etwas zu, aber sie konnte nicht verstehen, was er sagte. Was für einen Zweck hatte es, Leute mit solch unverständlichen Akzenten herüberzuschicken? Wie eigensüchtig von ihr, in einem Augenblick wie diesem nur an sich selbst zu denken, wo sie doch an das Kind in ihrem Bauch hätte denken sollen. Darum ging es doch bei all dem Pap, pap, pap. Sie war felsenfest davon überzeugt, dass es ein Junge war – sagte, dass er sie dauernd mit seinen Fußballstollen attackiere. Lag sie in der Badewanne, konnte sie auf ihrer Bauchdecke tatsächlich blasse Bewegungspunkte sehen, wenn er sie von innen trat. Dann schloss sie die Augen. Ließ die Jalousien herab. Sie war sich der roten Welt hinter ihren Lidern bewusst – der roten Welt ihres Körpers. Ein Mann beugte sich herab und fragte sie, ob alles in Ordnung sei. Er schüttelte sanft ihren Arm, aber sie hatte keine Lust, zu antworten. Als Nächstes hörte sie das Alarmsignal eines Rettungswagens, und zum ersten Mal in ihrem Leben, das in letzter Zeit von vielen solchen Sirenen durchkreuzt worden war, begriff sie, dass dieser für sie bestimmt war.

Auf ihrem Gesicht befand sich ein durchsichtiges Plastikding, in das sie hineinatmen musste, und sie konnte schwach das Geheul des Rettungswagens hören, in dem sie lag. Der Sanitäter stellte alles Mögliche mit ihr an, hin und wieder legte er eine Pause ein, um ihren Handrücken zu reiben und ihr Mut zuzusprechen. Alles wird gut. Ihr Kopf hämmerte, als ihr aufging, dass, wenn man auf sie geschossen hatte … dann auch auf ihr

Kind. Mit einer Heftigkeit, die sie aus ihren durchbohrten Gedärmen heraus aufbot, fing sie an zu beten, dass, wenn hier irgendjemand sterben musste ... dann sie und nicht ihr Kind. Was sie benötigte, war ein Wunder. So sprach sie ein Gebet, bis sie zu zittern begann. Und legte ein Gelübde ab. Wenn ihr Kind verschont bliebe, würde sie ... Jemand schüttelte sie. Redete mit ihr. Es war Gerry, der vor ihr kauerte. Es war noch immer dunkel.

«Was? Was ist?»

«Ich dachte schon, du wärst gegangen.» Seine Stimme war heiser und verkatert. «Ich habe dich gesucht. Überall.» Bei dem Versuch, auf Augenhöhe mit ihr zu reden, kroch er fast auf Händen und Knien. Stella richtete sich in ihrem Sitz auf, blinzelte und prüfte, ob sie gesabbert hatte, indem sie sich die Mundwinkel abwischte. Ihr Herz hämmerte noch immer.

«Ich habe nicht geschlafen.» Sie schauderte und sagte: «So etwas habe ich seit Jahren nicht gehabt.»

Er konnte es an ihrem Gesicht ablesen. Er streckte die Hand aus und nahm die ihre.

«Das ist der Stress», sagte er.

«Verursacht von Betrunkenen.»

«Du zitterst ja.»

«Glaubst du, das wüsste ich nicht?»

Gerry stand auf und schob sich auf den leeren Sitz neben ihr. Er drückte fest ihre Hände. Umfing mit dem Arm ihre Schultern, tätschelte sie immer wieder. Sein Atem roch muffig. Dann hob er ihren Kopf auf seine Schulter. Legte seine Wange an ihr Haar und ihre Stirn.

«Du Ärmste.»

«Es ist, als würde alles wieder von vorn beginnen. Jetzt. Immer noch.»

«Es mag nicht der schönste Ort der Welt sein, aber richte

dein Augenmerk auf den Flughafen. Hör genau hin. Geh nicht zurück in die Vergangenheit. Konzentriere dich. Bleib bei mir, hier.» Mit den Fingern streichelte er über ihren Handrücken und hielt Stella mit dem anderen Arm fest. Eine gefühlte Ewigkeit lang. Allmählich ließ ihr Zittern nach.

«Wie spät ist es?», fragte sie.

«Nach sieben.»

«Hast du an meine Handtasche gedacht?»

Er zeigte neben sich. Seine eigene Tasche stand vor seinen Füßen.

«Ich bin am Verdursten», sagte er.

Als das Zittern sich gelegt hatte, wühlte Stella in ihrer Handtasche und holte die noch halb mit Wasser gefüllte Plastikflasche hervor.

«Es wird lauwarm sein.» Er setzte sie an den Mund, legte den Kopf in den Nacken und trank.

«Zumindest ist es nass.» Er hielt ihr die Flasche hin. Sie trank, doch bevor sie den letzten Schluck nahm, hielt sie inne und bot ihm die Flasche an. Er nickt ihr zu, dass sie sie austrinken solle.

«Hast du überhaupt geschlafen?», fragte er.

«Immer mal ein bisschen.» Stella blickte über die Schulter zu dem dunklen Fenster. «Es schneit ja immer noch.»

«Zwischendurch hat's ein, zwei Mal aufgehört», sagte er und nickte langsam. «Ich dachte schon, du wärst auf und davon und hättest mich verlassen.»

«Wo sollte ich denn hin?»

Um sie herum wachten die Leute auf. Flughafengongs und Durchsagen hatten eingesetzt. In der Nähe weinte ein Kind. So diskret sie konnte, roch Stella unter ihren Armen.

«Und was ist mit dem Wohnungsverkauf?», fragte Gerry.

Es entstand eine lange Pause.

«Du erwischst mich zu einem ungünstigen Zeitpunkt, Gerry.»

«Entschuldige.»

«Es müssten Kompromisse geschlossen werden.»

«Nämlich?»

«Kompromisse, die ein verblendeter Alkoholiker eingehen muss.»

«Ich bin kein verblendeter Alkoholiker.»

«Indem du das sagst, beweist du, dass du beides bist. Verblendet und Alkoholiker.»

«Unsinn.»

«Gerry, du kannst eine solche Nervensäge sein. Glaubst du etwa, ich weiß nicht, wie viel du trinkst? Wenn ich es auch nur erwähne, bin ich eine Kratzbürste. Glaubst du, ich hätte nicht zwei Augen im Kopf? Oder eine Nase? Du könntest es auch weiterhin hinter meinem Rücken treiben, bis du keine Leber mehr hast. Und es ist ja nicht nur das Trinken – es sind die Schwindeleien, die damit einhergehen. Es gibt niemanden, der das in Ordnung bringen kann, als dich allein.»

«Wenn du es ernst meinst – ich meine es auch ernst.»

«Wie viele Male habe ich das schon gehört?»

«Ein oder zwei Mal.» Er zuckte mit den Achseln. «Also, nach gestern Abend höre ich auf.»

«Du legst ein Gelübde ab?»

«Ja.»

«Ein heiliges Gelübde?»

«An so etwas glaube ich nicht. Es ist *mein* Gelübde. Ich werde tun, was ich sage.»

«Und wenn du scheiterst?»

«Werde ich mir Hilfe besorgen. Es noch einmal ablegen.»

«Du bist der Einzige, der Veränderungen vornehmen kann.»

«Ich habe das Rauchen aufgegeben – das Schwierigste, was ich je getan habe. Hab auf dem Kaminboden gelegen und Stumpen zum Schornstein hinaufgepafft, wenn du zu Bett gegangen warst.»

«Und glaubst du etwa, das hätte ich nicht bemerkt? Morgens, wenn ich reingekommen bin, um die Vorhänge aufzuziehen? Als es dir irgendwann gelungen ist, war ich stolz auf dich.»

Er nahm ihre Hand in seine, streichelte über ihren Handrücken. Die Haut leuchtete in dem schräg einfallenden Licht. Er zwinkerte ein wenig, dann blickte er sie an.

«Es tut mir leid», sagte er.

«Was?»

«Alles.» Er starrte sie weiter an. «Wenn ich dich betrachte, sehe ich alles, was du warst.» Lange herrschte Schweigen zwischen ihnen. «Und bist. Du hättest jeden heiraten können, und es hätte funktioniert.»

«Abgesehen von *dir* natürlich.»

«Auch Bewunderung ist ein Teil davon …»

«Wovon?»

«Liebe.» Er blickte ins Rund, um zu sehen, ob ihn jemand hören konnte. «Ich liebe dich», flüsterte er. «Und ich bewundere dich.» Wieder trat Stille ein. Stella entzog ihm ihre Hand und hob in einer Geste die Schultern.

«Wenn das so wäre, würdest du dich anders benehmen. Früher warst du ein so fürsorgliches Individuum. Dein Alkoholkonsum ruiniert alles – lässt den anderen einsam zurück.»

«Du hast diese ganze Reise geplant.»

«Ich hatte eine Ahnung», sagte Stella leise. «Ich musste der Sache nachgehen.»

«Mein Auftritt gestern Abend tut mir leid …»

«Das habe ich alles schon gehört.»

«Gestern Abend war das Ende meiner Zuteilung.»

«Freut mich zu hören.» Sie verschränkte die Arme. Dann drehte sie sich um und sah ihm geradewegs ins Gesicht. «Und was ist mit deinen Spötteleien?»

«Ich habe dich noch nie verspottet, Stella.»

«Und was ist mit meinem Glauben?»

«Das ist eine Debatte. Wir reden hier davon, dass wir über den größten Schwindel unseres Lebens debattieren.»

«Wenn das keine Spöttelei ist, dann weiß ich auch nicht – Menschen suchen nach Sinn und Zweck.»

«Aber wenn der Sinn und Zweck, den sie finden, verkehrt ist», sagte Gerry, «was dann?»

«*Wieder schauen. Genauer schauen. Besser schauen.* Wie Mister Beckett sagen würde.»

«Aber wenn da nichts ist?»

«Meine Religion ist das *Praktizieren* meiner Religion. Die Messe ist das Kostbarste in meinem Leben. Sie ist mein Storyboard fürs Durchkommen. Sie ist, was ich bin, und dafür musst du mich respektieren, nicht verspotten.»

«Aber du musst mir *meine* Wahrheit erlauben», sagte Gerry. «*Die* Wahrheit.»

«Du tust es schon wieder. Servierst mich ab», sagte sie. Sie starrte ihn an. Hob ihr Reisenecessaire auf. «Entschuldige mich», sagte sie und stand unsicher auf. Er blickte zu ihr hoch.

«Ich muss es wissen.»

«Schon gut, ich komme zurück.»

Über Nacht hatte der Abfall sich vermehrt. Die Abfalleimer, die Gerry am Vorabend nicht hatte finden können, quollen über. Kaffeepappbecher mit Plastikdeckeln, Zeitungen, Sandwichpackungen, Papiertaschentücher, Orangenschalen und

Dinge, die verdächtig nach straff zusammengerollten, gebrauchten Windeln aussahen. Aber was sollten die Leute auch anderes tun? Sie steckten fest. Etwas glitzerte inmitten des Chaos, aber es war nur das Katzensilber im Material des Bodenbelags. Wie Sternenstaub. Es flimmerte wie Frost, als sie sich voranbewegte. Von ihrer Sitzposition taten ihr die Hüften weh, und ihre Gedärme waren angespannt. Sie schienen noch immer zu fibrillieren, so intensiv war das Wiedererleben gewesen. Und sie hatte ein starkes Kältegefühl, als hätte sie zu viel Eis geschluckt. Vor der Damentoilette hatte sich eine lange Schlange gebildet, die bis auf den Gang reichte, und sie lief an ihr vorbei. In der Nähe war nirgendwo ein Sitzplatz zu ergattern. An einer Wand sah sie eine Lücke, wo keine Leute waren. Sie stellte ihr Reisenecessaire ab, ließ sich vorsichtig auf dem Fußboden nieder und schob sich mit dem Rücken an die Wand, damit sie sich anlehnen konnte. Jetzt war sie unten, aber würde sie jemals wieder hochkommen? Ohne eine helfende Hand? Von hier aus konnte sie die Schlange im Auge behalten. Raum zum Denken. Wie ein Teenager saß sie mit hochgezogenen Knien auf dem Boden. Was sollte sie tun? Die Vereinbarung, die sie vorschlug, musste Bestand haben. Und wenn man das Feld räumen wollte, musste man zunächst einmal wissen, wohin man sich wenden konnte. Ihr Zufluchtsort war seit gestern Morgen verschwunden. Sie brauchte einen anderen Ort, eine andere Idee. Und auf gewisse Weise fühlte sie sich hintergangen. Sie hatte hart gearbeitet, vieles ertragen und das Gefühl gehabt, dass Kameradschaft im Alter etwas war, worauf sie sich freuen konnte, etwas, was ihr zustand. Wie eine Pension. Sie verdiente jemanden, auf dessen Arm sie sich stützen konnte. Was war Liebe anderes als ein lebenslanges Gespräch? Mit Schweigepausen. Das Wissen, *wann* man schweigen durfte. Vor allem das Wissen, wann man *lachen* durfte. Sie schloss die Augen und sprach ein kurzes Gebet, dass sie die richtige Entscheidung treffen möge.

Wenn Gerry mit dem Trinken aufhörte, war alles möglich. Im Grunde war er ein gütiger und talentierter Mann, der ein Problem hatte. Sie fragte sich, ob Kompromisse eingegangen werden konnten. Für ihn war es besser, in ihrem Leben zu sein, als nicht in ihrem Leben zu sein. Wenn er nüchtern war. Wenn sie Teil seines Lebens war, wären seine Chancen, nüchtern zu bleiben, größer. Auch wenn sie sich dagegen sträubte, ein Hausdrachen zu werden. Die Veränderung würde eintreten, wenn sie ihn überzeugen konnte, dass sie sich andernfalls trennen würden. In einem der Secondhandladen, die sie in Glasgow frequentierte, hatte man ein Motto auf die Schaufensterscheibe gemalt: «Niemand sollte niemanden haben.» War auch er von dem, was ihr in Belfast zugestoßen war, verwundet? Sie war geheilt, er vielleicht nicht. War sein Alkoholismus *ihre* Schuld? Sollte sie ihm noch einmal eine Chance geben, nur weil sie die Angewohnheit hatte, ihm Chancen zu geben? Die Schlange vor der Toilette wurde allmählich kürzer.

Auf dem Rückweg fühlte sie sich viel besser. Ihre Gedärme hatten sich erheblich beruhigt. Sie stand auf dem Fahrsteig und genoss das Vergnügen, entlanggetragen zu werden. Fortbewegung ohne Anstrengung. Ihre Hand, die auf dem schwarzen Handlauf ruhte, gab ihr Halt. Pfefferminzgeschmack im Mund, ein Glanz auf ihrer frisch gewaschenen Haut. Die Schlange vor der Toilette war nichts Neues. Das Gleiche beim Waschbecken. Sämtliche Papierhandtücher waren aufgebraucht, und die meisten davon schienen auf dem Fußboden gelandet zu sein, wo sie Gott weiß was für Nässe aufsaugten – sie hatte sich das Gesicht am Ärmel abgetrocknet.

Gerry saß noch auf demselben Stuhl. Er wirkte wie betäubt. So gut sie konnte, versuchte sie, um ihn her aufzuräumen. Ihm ihren Ordnungssinn aufzuzwingen, für sie beide einen Lagerplatz herzurichten. Sie faltete Zeitungsseiten zusammen und schob Gerrys Tasche mit der Schuhspitze weiter unter den Sitz, wo niemand über sie stolpern konnte. Sie hob einen Kaffeepappbecher auf und zerdrückte ihn, konnte ihn aber nirgends entsorgen. So stellte sie ihn wieder da ab, wo sie ihn gefunden hatte. Sie zuckte mit den Schultern und wandte sich zu Gerry, der inzwischen in dem schwachen Versuch, ihr behilflich zu sein, in die Hocke gegangen war.

«Das ist unmöglich», sagte sie. Sie setzte sich und zeigte auf den leeren Stuhl neben ihr. Gerry kletterte halb auf den Stuhl. «Jetzt, wo eine nur aus Frauen bestehende religiöse Gemeinschaft keine Option mehr ist …» Sie tat einen langen Atemzug und stieß einen ebenso langen Seufzer aus. «Wenn du dein Wort hältst – dass du aufhörst zu trinken –, muss die Wohnung *vielleicht* nicht verkauft werden.» Gerry nickte und legte seine Hand auf ihren Arm. Eine Weile herrschte Schweigen zwischen ihnen.

«*Alles wird gut sein*», sagte Gerry.

«Noch einmal.»

«*Alles wird gut sein.*» Mit beiden Händen machte Stella eine Pedalbewegung, als müsse noch mehr kommen.

«*Und jederlei Ding wird gut sein*», sagte Gerry. Er zögerte. «Ich hasse mich, wenn ich trinke.»

«Aber du trinkst doch die ganze Zeit.»

«Dann hasse ich wohl mich die ganze Zeit.»

«Ich werde dir dabei helfen, dass du dich wieder in dich selbst verliebst», sagte sie. Seine Hand bedeckte die ihre, die sich an der Armlehne festhielt. «Wir haben nicht mehr allzu lange, darum sollten wir einander wertschätzen.»

«Soll heißen?»

«Ein Blumenstrauß dann und wann wäre schön.»

Er beugte sich vor und zog die Umhängetasche unter seinem Sitz heraus. Er öffnete den Reißverschluss.

«Für die Gärtnerin», sagte er und holte den Netzbeutel hervor.

«Was ist das?»

«Blumenzwiebeln.»

«So dumm bin ich nun auch wieder nicht. Ich meine, was für Zwiebeln?»

«Gemischte Blumenzwiebeln. Hat der Mann gesagt.» Er reichte sie ihr. Sie lächelte und spähte durch die Maschen in den Beutel. «Du kannst sie vor dem Haus pflanzen. Obwohl wir die Gelegenheit dieses Jahr verpasst haben.»

«Sind das Tulpen?»

«Ich hoffe nicht. So tief könnte ich nicht sinken. *Tulips from Amsterdam.*»

«Danke für die Blumen… was immer es für welche sind.»

«Einige Tulpen könnten durchaus dabei sein. Ich habe keine Ahnung, was für Farben. Auch Narzissen. Gott weiß was noch. Einen Augenblick lang dachte ich, bei der Sicherheitskontrolle wird man sie beschlagnahmen.»

«Ich werde sie im Herbst pflanzen», sagte sie. «Nächstes Jahr werden wir's herausfinden.»

Er holte die Werther's aus seiner Hosentasche und bot sie ihr an.

«In Glasgow gekauft.»

Stella bedankte sich, öffnete die Packung und steckte sich ein Bonbon in den Mund.

«Ich glaube, du solltest auch eins nehmen.»

Auf allem lag der Schnee matratzendick. An anderen Stellen gab es noch höhere Verwehungen. Weiße Wellen. Sanfte Hänge.

Sie saßen beisammen und schauten hinaus. Am Horizont zeigte sich das erste Tageslicht als ein blasser Streifen und nahm stetig zu. Eine Weile sprachen sie nicht. Die Luft um sie her war von Karamellgeruch erfüllt. Allmählich wurde das Flughafengelände wieder sichtbar, gewann an Schärfe, gab im Licht des gefallenen Schnees seine Umrisse preis.

«Besser oder schlechter?»

«Viel schlechter», sagte Stella. «Was meinst du damit?»

«Das sagt immer die Optikerin.»

«Was?»

«Besser oder schlechter? Wenn sie Linsen anpasst.»

«Besser – jetzt, wo ich die Frage weiß. Aber gestern Abend schlechter.»

«Glaubst du, wir werden heute noch wegkommen?», fragte Gerry.

«Wir können nur hoffen.» Stella verabreichte sich ihre Augentropfen und zwinkerte die überschüssigen weg, dann wischte sie sich mit einem Papiertaschentuch über die Wangen. Sie lächelte.

«Überhöre nicht den Esel, der in der Ferne schreit.»

Gerry nickte und sagte: «Und sie kehrten unter einem anderen Himmel heim als dem, der Zeuge ihres Aufbruchs gewesen war.»

Beide schauten hinaus in die Dunkelheit. Über den Gebäuden am Ende des Vorfelds blinkte ein helles Licht. Es sah aus wie eine Maschine im Landeanflug. Offenbar wurde der Flugbetrieb allmählich wieder aufgenommen. Gerry stieß Stella mit dem Ellbogen an und nickte in Richtung der hereinkommenden Maschine. Doch je länger sie sie im Auge behielten, desto weniger schien sie sich zu bewegen. Das Licht hatte einen grünlichen Farbstich. Nach einer Weile kamen sie überein, dass es gar kein Flugzeug war, sondern der Morgenstern. Strahlend wie ein Suchscheinwerfer. Venus. Stella sagte, die Römer hätten Venus als Göttin der Liebe verehrt. Gerry behauptete, irgendwo gelesen zu haben, dass sie mitunter hell genug leuchte, um Schatten zu werfen. Falls das zutreffe, müssten die Schatten auf dem jungfräulichen Schnee doch bestimmt zu sehen sein. Doch sosehr sie spähten, von Schatten keine Spur.

Er versuchte, sich ein Bild dieser Landschaft vor dem Schneefall vorzustellen. Und als ihm das gelang, subtrahierte er die Gebäude. Riss sie ab und stellte sich vor, wie die Landschaft Jahrhunderte zuvor ausgesehen haben mochte, lange bevor man ans Fliegen dachte, als das Transportmittel einer Familie, die vor Gefahren flüchtete, ein flaches Boot oder ein ausgehöhlter Baumstamm gewesen waren, in denen sie gegen die Strömung ankämpfte. Tausende von Jahren vorher – Sumpfgebiete mit wehenden Riedgräsern und mit Gewässern, die den aufhellenden Himmel spiegelten. Vogellaute. Brachvögel, die in weiten Kreisen von Horizont zu Horizont flogen. Schwärme von Watvögeln, die gleichzeitig und explosionsartig aufflogen, um den Tag zu begrüßen. In solchen Gegenden waren Menschen geopfert, erwürgt, ins Moor geworfen und vergessen worden. Begräbnisse von Überlebenden. Dort lagen sie, Opfer einer Religion ohne Namen, bis jemand in unserer Zeit sie ausgrub und trocknete und über ihren gut erhaltenen Zustand staunte, bis hin zu den Bartstoppeln. Nichts außer ihren sterblichen Überresten hielt ihr Leben fest. In diesem grauen Licht neben Stella zu sitzen schien Gerry ein solches Privileg, etwas so Wunderbares zu sein, trotz des Albtraums ihrer Umgebung. Er glaubte, dass alles und jeder in der Welt

es wert war, wahrgenommen zu werden, doch die Person neben ihm war etwas, das weit darüber hinausging. Für ihn war
ihre Gegenwart so wichtig wie die Welt. Und wie die Sterne in
ihr. Wenn sie ein Beweis für das Gute in dieser Welt war, dann
war es Wunder genug, an ihrer Seite durchs Leben zu gehen.

Zitatnachweise

S. 10: *ungenossen in der Wildnis blühten.* Vgl. Elegie. Geschrieben
auf einem Dorfkirchhofe. Aus dem Englischen des Herrn Gray.
In: Johann Gottfried Seume: *Obolen*, Bd. 2. Leipzig: Martini,
1798. S. 24.

S. 44: *gern einen guten Tropfen trank, es aber auch bleiben lassen
konnte.* Vgl. James Thurber: Der Bär, der es bleiben ließ. In:
ders.: *75 Fabeln für Zeitgenossen. Den unverbesserlichen Sün-
dern gewidmet.* Mit 62 Zeichnungen des Autors. Deutsch von
Ulla Hengst, Hans Reisiger und H. M. Ledig-Rowohlt. Rein-
bek: Rowohlt, 1967, [21]2006. S. 35.

S. 72: *Aber alles wird gut sein, und jederlei Ding wird gut sein.*
Lady Julian of Norwich: *Offenbarungen von göttlicher Liebe.*
Zum ersten Mal in der ursprünglichen Fassung aus dem Alt-
englischen übersetzt und eingeleitet von Elisabeth Strakosch.
Freiburg i. Br.: Johannes-Verlag Einsiedeln, 1960, [5]2015.
S. 64. (Christliche Meister, Bd. 36).

S. 90: *arme, nackte, zweizinkige Tiere.* Vgl. William Shakespeare:
König Lear. Aus dem Englischen übersetzt von Wolf Graf Baudissin. In: ders.: *Sämtliche Werke in vier Bänden.* Herausgegeben von Anselm Schlösser, Bd. 4: *Tragödien.* Berlin: Aufbau-
Verlag, [5]1994. S. 555 (III, 4).

S. 94: *Tu all das Gute, das du kannst, mit allen Mitteln, die du hast,
an allen Orten, wo du bist.* Deutsch vom Übersetzer. Eine
weithin John Wesley zugeschriebene «Regel für ein christliches
Leben», die sich in dieser Formulierung in keinem seiner Wer-

ke finden lässt. Der Wortlaut, der ihr am nächsten kommt, findet sich erstmals bei Erskine Neale: «*Do all the good you can; in all the ways you can; to all the people you can; und just as long as you can.*» (Erskine Neale: *The Riches that Bring No Sorrow*. London: Longman, Brown, Green and Longmans, 1852. S. 110). Vgl. Quote Investigator, 24. September 2016 (https:// quoteinvestigator.com/2016/09/24/all-good/).

S. 98: *bis alles nicht mehr ist*. Deutsch vom Übersetzer. Vgl. «*Reflect how swiftly time has fled,— und so 'twill flee, till all's no more.*» James Watson: To a Lady with an Almanack. In: ders.: *The Spirit of the Doctor. Comprising Many Interesting Poems*. Selected from the original manuscript of the late Mr. James Watson (1820). Manchester: George Cave, 1820. S. 20.

S. 112: *dass er des Himmels Winde nicht zu rauh ihr Antlitz ließ berühren*. William Shakespeare: Hamlet, Prinz von Dänemark. Aus dem Englischen übersetzt von August Wilhelm Schlegel. In: ders.: *Sämtliche Werke in vier Bänden*. Herausgegeben von Anselm Schlösser, Bd. 4: *Tragödien*. Berlin: Aufbau-Verlag, [5]1994. S. 274 (I, 2).

S. 125: *Was geschehn ist, kann man nicht ungeschehn machen*. William Shakespeare: Macbeth. Aus dem Englischen übersetzt von Dorothea Tieck. In: ders.: *Sämtliche Werke in vier Bänden*. Herausgegeben von Anselm Schlösser, Bd. 4: *Tragödien*. Berlin: Aufbau-Verlag, [5]1994. S. 672 (V, 1).

S. 139: *Legt hier bei Euch sein müdes Haupt zur Ruh'*. William Shakespeare: König Heinrich VIII. Aus dem Englischen übersetzt von Wolf Graf Baudissin. In: ders.: *Sämtliche Werke in vier Bänden*. Herausgegeben von Anselm Schlösser, Bd. 3: Historien. Berlin: Aufbau-Verlag, [5]1994. S. 983 (IV, 2).

S. 147: *Mittwoch, 5. April 1944. Mit Schreiben werde ich alles los. Mein Kummer verschwindet, mein Mut lebt wieder auf*. Anne Frank: *Tagebuch*. Fassung von Otto H. Frank und Mirjam Pressler. Aus dem Niederländischen von Mirjam Pressler.

Frankfurt am Main: Fischer Taschenbuch Verlag, 2001, [11]2007. S. 238.

S. 160: *Trotzdem halte ich an ihnen fest, trotz allem, weil ich noch immer an das innere Gute im Menschen glaube.* Anne Frank: *Tagebuch.* Fassung von Otto H. Frank und Mirjam Pressler. Aus dem Niederländischen von Mirjam Pressler. Frankfurt am Main: Fischer Taschenbuch Verlag, 2001, [11]2007. S. 309.

S. 162: *Von alledem bleibt nichts.* Virginia Woolf: *Ein Zimmer für sich allein.* Aus dem Englischen von Renate Gerhardt. Die Gedichte übersetzte Wulf Teichmann. Mit einigen Fotos und Erinnerungen an Virginia Woolf von Louie Mayer. Frankfurt am Main: Fischer Taschenbuch Verlag, 1981, [4]1983. S. 102.

S. 165: *Vor der Zeit geschnitten aus dem Mutterleib.* Vgl. William Shakespeare: Macbeth. Aus dem Englischen übersetzt von Dorothea Tieck. In: ders.: *Sämtliche Werke in vier Bänden.* Herausgegeben von Anselm Schlösser, Bd. 4: *Tragödien.* Berlin: Aufbau-Verlag, [5]1994. S. 681 (V, 7).

S. 166: *mit einer Nadel bloß.* William Shakespeare: Hamlet, Prinz von Dänemark. Aus dem Englischen übersetzt von August Wilhelm Schlegel. In: ders.: *Sämtliche Werke in vier Bänden.* Herausgegeben von Anselm Schlösser, Bd. 4: *Tragödien.* Berlin: Aufbau-Verlag, [5]1994. S. 316 (III, 1).

S. 211: *Ein übel aussehend Ding, Herr, aber mein eigen.* William Shakespeare: Wie es euch gefällt. Aus dem Englischen übersetzt von August Wilhelm Schlegel. In: ders.: *Sämtliche Werke in vier Bänden.* Herausgegeben von Anselm Schlösser, Bd. 1: *Komödien.* Berlin: Aufbau-Verlag, [5]1994. S. 720 (V, 4).

S. 230: *Jeder Ast ist schwer vom Schnee, jeder Zweig gebeugt vom Schnee.* Deutsch vom Übersetzer. Thomas Hardy: Snow in the Suburbs. In: *The Complete Poems of Thomas Hardy.* Edited by James Gibson. London: Papermac, 1981, [7]1991. S. 732.

S. 233: *Und – hast du bekommen, was du haben wolltest von diesem Leben? [...] Ja, hab ich. Und was wolltest du? Sagen können, dass ich geliebt werde, mich geliebt fühlen auf dieser Erde.* Raymond Carver: Spätes Fragment. In: ders.: *Ein neuer Pfad zum Wasserfall.* Gedichte. Aus dem Amerikanischen von Helmut Frielinghaus. Frankfurt am Main: S. Fischer, 2013. S. 128.

S. 268: *HABEN SIE VERTRAUEN ZU SICH SELBST. Sie wissen nämlich mehr, als Sie sich zutrauen.* Dr. med. Benjamin Spock: *Säuglings- und Kinderpflege, Pflege und Behandlung des Säuglings. Probleme der Kindheit und Jugend. Krankheiten und Erste Hilfe.* Ins Deutsche übertragen von Cordula Bölling-Moritz und Dr. med Helga Haage. Frankfurt am Main: Ullstein, 1970, S. 15.

S. 277: *Wieder schauen. Genauer schauen. Besser schauen.* Vgl. «Wieder versuchen. Wieder scheitern. Besser scheitern.» In: Samuel Beckett: *Worstward Ho. Aufs Schlimmste zu.* Deutsch von Erika Tophoven-Schöningh. Frankfurt am Main: Suhrkamp, 1990. S. 6.